古典文獻研究輯刊

二 五 編

曾 永 義 主編

第 1 冊

〈二五編〉總 目

編 輯 部 編

宗教與古代文學藝術及人倫（上）

田若虹、邵蘇南 著

國家圖書館出版品預行編目資料

宗教與古代文學藝術及人倫（上）／田若虹、邵蘇南 著 -- 初
版 -- 新北市：花木蘭文化事業有限公司，2022〔民111〕
序 4+ 目 4+166 面；19×26 公分
（古典文學研究輯刊 二五編；第1冊）
ISBN 978-986-518-783-5（精裝）
1.CST：中國古典文學 2.CST：宗教文化
820.8 110022404

ISBN-978-986-518-783-5

古典文學研究輯刊
二五編 第一冊 ISBN：978-986-518-783-5

宗教與古代文學藝術及人倫（上）

作　　者　田若虹、邵蘇南
主　　編　曾永義
總 編 輯　杜潔祥
副總編輯　楊嘉樂
編輯主任　許郁翎
編　　輯　張雅淋、潘玟靜、劉子瑄　美術編輯　陳逸婷
出　　版　花木蘭文化事業有限公司
發 行 人　高小娟
聯絡地址　235 新北市中和區中安街七二號十三樓
　　　　　電話：02-2923-1455／傳真：02-2923-1452
網　　址　http://www.huamulan.tw 信箱 service@huamulans.com
印　　刷　普羅文化出版廣告事業
初　　版　2022 年 3 月
定　　價　二五編 19 冊（精裝）台幣 48,000 元

〈二五編〉總目

編輯部　編

《古典文學研究輯刊》二五編　書目

《古典文學研究輯刊》二五編
各書作者簡介·提要·目次

第一、二冊　宗教與古代文學藝術及人倫

作者簡介

　　田若虹教授，華東師範大學文學博士。主要研究領域：中國古代文學、文藝學、專門史、宗教學、民俗學。歷年來在日本、韓國、新加坡、香港、澳門、臺灣等國內外學術期刊如：韓國《中國學論叢》《中國小說論叢》；日本《清末小說研究》《清末小說から》；新加坡《八方文化》；澳門《文獻信息學刊》；臺灣《中國文化月刊》《鵝湖月刊》等國內外刊物發表論文八十餘篇。出版專著：《陸士諤研究》《陸士諤小說考論》《藝文論稿》《嶺南文化論粹》《世紀海洋之澳門藍色文明》《嶺南五邑海洋文化研究》等。邵蘇南，湖南大學經濟學碩士。長沙大學日語專業畢業、又獲中國政法大學法學士學位。其在日本文學，圖騰文化研究方面有所心得，在《人文研究》《學術導刊》等刊物發表學術論文數篇。本書圖騰文化、述人倫節操等與有力焉。

提　要

　　黑格爾指出：「最接近藝術而比藝術高一級的領域就是宗教……藝術只是宗教意識的一個方面」。（〔註1〕黑格爾：《美學》（第一卷），朱光潛譯，一百三十二頁，商務印書館，1979 年。）研究文學、藝術及人倫有多種角度，而本書主要從宗教的角度來求索兩者之間的內蘊，雖非創舉，卻在藝文、人倫研究領域內，並非多見。藝術、文學雖非宗教，但其涉及宗教：原始宗教是文學藝術的搖籃，

巫術靈異神話，為志怪素材之淵藪，而倫理思想及流傳於民間的俗信文化，與我國傳統文化心理主要結構因素之宗教，亦無不千絲萬縷。就藝術、小說發生學溯源；就文學作品描述的相關內容進行剖析；就倫理思想形成的文化淵源探討；就民間俗信文化形式及內容進行辨析，當能從深層次理解我國特定時期的文化內蘊以及與之相關聯的民族心態。具體到本文所研討的小說篇章，其思想內容無不受到儒教、佛教、道教之影響，如所宣暢的修齊治平之儒家思想；「神仙可至，不死可求」，及尚鬼重巫之道教文化習俗；釋氏之報應輪迴，出世修行思想等。全書分為宗教與古代文化藝術，宗教與古代小說文化，宗教與民間信仰文化，宗教與古代人倫，以及宗教俗信與宗法文化七章。此書名宗教與古代文學藝術及人倫，綜理過去研究成果，作一總檢討，臚舉大綱，有條不紊，讀者窺其大體，誠足導人以入德之門。其書重點詳於往昔，而略於近今。

目　次

第三冊　通道必簡──論劉勰《文心雕龍》對於劉熙載《藝概》的影響

作者簡介

　　林家宏，臺灣臺中人，一九八一年生。國立彰化師範大學國文研究所博士。主要研究方向為《文心雕龍》學、評點學、中國古代文論等，尤其喜愛古今文論、中西文論的比較與對話。著有《文心雕龍文體論實際批評研究》（碩士論文）、〈古文評點子學化─林雲銘《古文析義》評點特色析論〉、〈世情小說《醋葫蘆》評點研究〉等論文。

提　要

　　劉熙載為晚清著名學者，兼具文學評論者與教育者等身分，其一生躬行實踐於傳統儒學，有「粹然儒者」的稱號。劉熙載晚年講學於上海龍門書院，《藝概》一書的內容便是其講學十餘年來的累積，被譽為是繼《文心雕龍》

之後的又一部傑作，放眼中國文學批評史，可謂是劉勰《文心雕龍》之後通論各種文體的傑作，歷來評價甚高。

爬梳關於《藝概》百年來的學術研究成果，近二十年來開始有學者著力於《文心雕龍》與《藝概》的影響研究，發現這兩部作品分別而觀，各有精彩；合併而論，更是有不少雷同、相近與互文之處，這些比較研究的初步成績，揭示《文心雕龍》與《藝概》的比較、影響研究是值得關注的，其中有著許多尚待耕耘的研究課題。

劉勰《文心雕龍》是中國傳統文學批評史上，最具系統性的著作，歷來龍學的研究者眾，致使研究者對於龍學理論的掌握，是相對容易的，相較之下，《藝概》研究的成績則遠遠不及龍學，對於《藝概》中的理論體系的建構完整度，實亦仍有許多不足之處。是以本論文的研究策略，一則藉由西方比較文學中的策略方法，擇取合於《藝概》與《文心雕龍》二書關係者，挪以借用；二則篩選《藝概》與《文心雕龍》相為重疊的題材，以細緻閱讀比較；三則透過多方比較、多層分析，將《藝概》緊貼於《文心雕龍》，藉由《文心雕龍》之系統化論述，以建構《藝概》所謂的藝之概貌。

本論文將《文心雕龍》與《藝概》並列合觀，一方面藉由《文心雕龍》在中華文論中的特殊地位，以襯托出《藝概》的價值；一方面則可在《藝概》的繼承痕跡上，看到《文心雕龍》對後代文論的影響力；此二點，一以溯源，一以尋承，二者的角度雖然有別，不過其根本目的則是殊途而同歸，同以建構中國傳統文論體系為終極目標。

目 次

第四冊　唐代類書《藝文類聚》與文學批評研究

作者簡介

　　韓建立，吉林省吉林市人。吉林大學古籍所博士。目前執教於吉林大學文學院，教授，博士生導師。講授中國語文教育史、唐宋詩詞欣賞等課程。主要研究方向為中國古代文學與文獻、語文課程與教學。

提　要

　　本書以唐代類書《藝文類聚》為切入點，探討其與文學批評的關係，諸如《藝文類聚》視域下的意象批評、《藝文類聚》視域下的辨體批評、《藝文類聚》視域下的摘句批評、《藝文類聚》視域下的選本批評。

　　從《藝文類聚》與文學批評的視角出發，廣泛運用類書學、文學批評學、文獻學、文化學等理論，深入研究《藝文類聚》所反映的文學批評形態，突出問題意識，擴展學術視野。從《藝文類聚》的文本出發，堅持實證學術傳統，同時將史料考證與理論闡釋相結合，立論在求實、求深中有所創新。

　　本書研究視角新穎、獨特，研究領域有新的開拓；論點紮實，結論可靠。

目　次

第五冊　蕭衍與齊梁文學演變研究

作者簡介

　　朱佑倫，男，1987 年生於江西南昌。2004 年至 2008 年就讀於復旦大學中文系，獲文學學士學位。2008 年至 2015 年就讀於復旦大學中國古代文學研究中心，獲中國古代文學專業博士學位。現為江西財經大學中文系講師，中文系主任。研究方向為漢魏六朝文學。在《江漢論壇》等刊物上發表論文多篇。

提　要

　　本書旨在較充分梳理齊梁文學演變背景的基礎上，就蕭衍的文學觀念及其在詩文兩方面對齊梁文學演變的影響進行全面梳理。

　　蕭衍的文學觀有復古的一面，主要體現在實用性較強的政府公文和朝廷典禮上，對非實用性的文學作品不強調其政教功用，而頗看重辭采的美麗。他重視文學的遊戲性、娛樂性，將之視為一種呈才炫博的風雅遊戲。蕭衍文學觀的形成與其家世背景、生平經歷、個人思想有關。

　　蕭衍的詩歌與永明體有一定差異，主要繼承發展了晉宋古體鋪排辭藻，文采繁富的特徵，並吸取了漢魏古詩的相關手法。梁代前期詩壇長篇古體重新受到推重，永明新體地位下降，與蕭衍的影響有關。梁代後期占主導地位的宮體詩新變思潮雖與蕭衍的喜好異趣，但仍受到了蕭衍極力宣揚的佛教信仰的影響。

　　蕭衍音樂觀中提倡雅樂，重視政教功用的傾向主要表現在朝廷音樂禮制建設方面，且常有言行不符的情況，對新聲俗樂的喜好才是其音樂觀的主要方面。他對清商樂府的接受和改造在曲辭創作和音樂表演形式兩方面都體現出了精緻高雅的文人化審美趣味，對清商樂府雅化起到了重要作用。

　　在以文為筆盛行的背景下，蕭衍在公文寫作方面重用復古派成員，表現出了對古質雅正文風的喜好。在此影響下梁代前期公文在辭采與聲律兩方面都呈現出保守、復古的面貌。梁代後期興起的宮體文因其追求辭采、聲律以娛人耳目而突破了傳統公文的文體規範，從而招致蕭衍的強烈反對，在經過長期曲折的發展後，才成為公文創作的主流。

目　次

第六冊　文學與哲學的交匯——中國古典小說敘事及思想論叢

作者簡介

　　吳秉勳（1979～　），新竹人，東海大學文學博士，現任廈門大學嘉庚學院人文與傳播學院副教授，主要從事中國文學和思想方面的研究，並參與高等院校通識教育核心課程教材《大學寫作基礎教程》（蘇新春主編，北京：清華大學出版社，2019 年）的撰寫工作，也曾參與城邦出版集團商周出版社的古文新創寫作，以及前臺中縣大肚鄉公所鄉志／發展史、台中市龍井區公所鄉志／發展史的撰寫工作。

提　要

　　《文學與哲學的交匯——中國古典小說敘事及思想論叢》一書，是筆者在中文學界求學治學近 15 年來所自撰自選的 12 篇單篇學術論文。這幾篇論文的主題皆與哲學性的學術思想領域以及文學性的敘事文化學領域和有關，是筆者這十餘年來嘗試以敘事學理論並且結合哲學思想來分析古典文學作品的一系列研究成果。筆者希望藉由這種跨領域的研究方式，使得中國古典文學與思想能夠和敘事學甚至是其他學科作一定程度的聯繫，目的是為了彰顯中國傳統文化的價值以及其現代意義。雖然這 12 篇論文的原稿曾經在國內外的期刊、大學學報和學術會議上獲刊或發表，但是為了這本論著的出版，筆

者已在原稿的論述主軸等大方向不變的前提之下，對這些論文的標題、內容、結構和表述方式等，做更進一步地凝煉，並且做出很大幅度地修正和刪改，最後再加以統整，編排成偏向於理論性探討的「溯源」、跨專業或跨學科的「匯流」以及嘗試將古典文學思想和現代或未來對接的「展望」三大部分。值得一提的，是第三輯「展望」的選篇原則，旨在把古典文學、哲學思想和敘事學放置在近代乃至於現代的實際生活中，讓彼此產生碰撞，藉以激發具有學術意義和價值的火花，更借此證明「學院派」的學術思想和文學理論，仍然可以在如今日新月異的現代社會裡得到落實，依然可以渾然地融入在現代人的日常生活裡。

目　次

第七冊　《西遊記》詩作之用韻及泰譯研究

作者簡介

劉小慧，女，生日：1995 年 09 月 28 日。國籍：泰國

學歷：臺灣國立政治大學中國文學系博士（就讀中），臺灣天主教輔仁大學中國文學系碩士，Bachelor of Arts (First-Class Honors with Gold Medal Award), Faculty of Humanities, Ramkhamhaeng University, Thailand

研究領域：漢泰文學翻譯、漢泰比較文學

研究成果：2019/05/25 嘉南藥理大學——2019 儒學與文化兩岸研究生學術研討會：〈兩種泰國《三字經》譯本之研究〉，2020/10/23 文藻外語大學——2020 WENZAO Ursuline ICSEAS（2020 年文藻東南亞國際學術研討會）：〈《西遊記》詩作在泰譯本中之文化移植〉，2021/01/15 輔仁大學——文華初綻——中文系優秀研究生暨《輔大中研所學刊》：〈《鈍吟雜錄》中對小學的論見及評述〉（已通過第二次審查，待刊登於《輔大中研所學刊》，第 42 期）

提　要

　　《西遊記》為明代吳承恩所著的一部長篇章回小說，後人列為中國古代四大小說名著之一。除了在中國家喻戶曉外，在海外的流傳與傳播也廣，並出現了英、俄、德、日、韓、法、意、泰、越、印尼等多種語言譯本。

　　本文研究以 2016 年泰譯本《西遊記》中之詩作為對象，由於詩是講求格律的文體，文化內涵豐富，明代如何押韻？韻部是否已有變化？極可注意；筆者也從文化移植角度，探討漢泰文化間的轉譯，以及深究譯者對其文本誤譯的原因。

　　本論文之架構，首章為緒論，介紹《西遊記》在泰國之流傳與翻譯。第二章為分析《西遊記》詩作多的樣性及押韻相關問題。第三章為韻文可譯性之探討及重譯的必要，及泰譯本《西遊記》詩作翻譯之文本誤譯，分析產生文本誤譯之原因、類型及例證。第四章承續第三章的內容，探討泰譯本《西遊記》詩作中因文化移植而導致誤譯的現象。

目　次

第八冊　《後西遊記》之敘事結構與意蘊研究

作者簡介

王美懿，1964 年出生並成長於雲林縣褒忠鄉，現定居台中市，任教於僑光科技大學。個性樂觀、積極、喜歡多元學習與創新。自小即接觸京劇、歌仔戲等地方戲曲與古典詩詞吟唱，研究領域包括：中國古典文學、戲曲、音樂、舞蹈與武術。

提　要

　　《後西遊記》是《西遊記》重要續書之一，亦是因革期神魔小說之重要代表作品；惟目前對《後西遊記》意蘊研究結果，尚大多停留在文本表、中層寓意階段，對情節意蘊的詮解亦語多籠統。

　　本文以佛教與文學雙視角，就《後西遊記》意蘊進行創造性的詮解與開拓。結合中、西敘事理論對《後西遊記》進行「由表層到深層、由原義到新義、由意義到意味無限擴展和延伸」之整體層次的結構性闡釋。研析過程中，倘有與前人發表研究見解完全相同處，概不列為本文研究結果。

　　研究結果發現：《後西遊記》兼具中國古典小說敘事結構與西方敘事學理論下之故事情節結構，且成功地將唐半偈師徒形塑出富含多層次寓意人物藝術形象。於看似與《西遊記》雷同情節中，本文亦有多項異於前人研究之發現；有別與其他神魔小說雜揉三教各取所需式的嬉笑怒罵，《後西遊記》以寓

教於樂方式將佛教禪宗、淨土法門思想貫穿全文，更是一大特色。《後西遊記》除了傳遞時代意義、理想的宗教功能和修行法，更預示了當今人間佛教「禪淨共修」型態趨勢。研究過程中，亦併同探析《後西遊記》作者的可能身分。

目　次

第九、十、十一冊　明清小說評點範疇譜系研究

作者簡介

　　李夢圓，女，1991 年生於山東梁山，2017 年於復旦大學獲取中國語言文學系中國文學批評史專業博士學位，研究方向為明清小說批評。現為上海商學院文法學院中文教研室講師，已開設中國古典名著精讀課程思政系列課等課程。在《齊魯學刊》、《雲夢學刊》、《理論界》、《中國學研究》、《孔學堂》、《差異》、各大高校學報等刊物發表論文數篇，獲上海市課題立項，第三屆中華經典誦寫講大賽「詩詞中國」詩詞講解大賽大學教師組全國三等獎、上海賽區二等獎等。

提　要

　　論文分為八章，前有緒論，後有結語。緒論部分，對此課題進行研究綜述。結語部分，對本書作「無結之結」。

　　第一章，明清小說評點的生成與演變簡述。簡要概述了明清小說評點的孕生土壤，分析了明清小說評點者不同的評點動機推力，揭示了受眾群對明清小說評點的滋養催化作用，以及根據已有研究成果簡要勾勒出明清小說評點的歷時狀貌。

　　第二章，明清小說評點的特點。第一節，儒釋道思想文化的滲透，析舉了明清小說評點中儒家的君臣觀念、推崇忠義仁孝等儒家思想觀念等，指出了明清小說評點中佛家思想或涉佛之論的存在，揭櫫了道家「奇妙」觀的滲透等；第二節，廣泛借鑒各體文論範疇，包括對詩詞範疇、戲曲範疇、文章範疇等的借鑒；第三節，用詞生動、形象，及明清小說評點範疇的辯證性等；第四節，女性觀和悲劇意識的體現，分析了明清小說評點中落後與進步交互摻雜的女性觀，探討了明清小說評點中透露著的濃重的悲劇意識。

　　第三章，明清小說評點範疇主體論系。第一節，探討明清小說評點中的「才」範疇；第二節，討論了明清小說評點中的「學」範疇；第三節，明清小說評點中的「心」範疇；第四節，明清小說評點中的「情」範疇。第四章，明清小說評點範疇價值論系。第一節，明清小說評點主體價值範疇；第二節，明清小說評點客觀價值範疇。第五章，明清小說評點範疇形象論系。第一節，「斷語」；第二節，「性格」；第三節，「情理」；第四節，「形神」；第五節，「陋」。第六章，明清小說評點範疇結構論系。第一節，「構思」；第二節，「曲折」；

第三節，「簡省」。第七章，明清小說評點範疇語言論系。第一節，「聲口」；第二節，「趣」。

　　第八章，餘論：非對立而融通——明清小說評點的中西對話。第一節，身體評點與身體批評；第二節，比喻式評點與印象派；第三節，空白意境與接受美學；第四節，格物細參與文本細讀。

目　次

第十二冊　顧太清《紅樓夢影》對《紅樓夢》之繼承及轉化

作者簡介

　　林首諺，男，1994 年 4 月生，臺灣台中人，自幼即對中國古典文學、土木建築有著濃厚的興趣，尤其熱愛《紅樓夢》。就讀於逢甲大學土木工程學系、中興大學中國文學系碩士班，民國 109 年 1 月取得中文碩士學位。研究領域為清代章回小說及女性文學，興趣為閱讀各類書籍、寫作小說及詩詞、下圍棋、詩詞吟唱。2006 年 6 月，私立逢甲大學土木工程學系畢業，2020 年 1 月，國立中興大學中國文學系研究所畢業

提　要

　　你有聽說過有「清代第一女詞人」顧太清寫過小說嗎？而且還是中國現

存第一部由中國女性創作的小說，她以詞聞名後世，她所寫作的小說卻鮮為人知，《紅樓夢影》就是顧太清晚年寫作的小說，它與其他《紅樓夢》續書有許多不同，雖然《紅樓夢影》大部分繼承《紅樓夢》的原意，但在人物性格及故事情節上，有所變動，小說中富含強烈的入仕傾向，在寶玉意外回歸後，價值觀發生巨大的轉變，由消極避世轉而積極入仕，並與寶釵生子，並與姊妹們保持距離，進入衙門任職，這是不同於曹雪芹的安排，另外榮寧二府家業重振，改《紅樓夢》悲劇為較為圓滿的結局，字裡行間充滿溫柔敦厚的教育意味，本書針對《紅樓夢影》對《紅樓夢》繼承及轉化的部分進行研究，發現顧太清一再強調父子、兄弟、夫妻間的互動，必須合乎中國傳統五倫的要求，且小說中男性角色，多數性格都產生變化，其中由《紅樓夢》中消極轉而積極入仕的傾向，藉此表現出作者不同於曹雪芹的價值觀。顧太清與丈夫、友人豐富的詩詞唱和經驗，融入在她對賈府常生活及詩社情節的描寫，細膩的描摹，凸顯她身為女性的獨特視角，總體來說，《紅樓夢影》歷來雖不受重視，但仍有許多值得深入挖掘的價值。

目　次

第十三、十四冊　楊家將戲曲之研究

作者簡介

　　李孟君，彰化縣人，輔仁大學中文研究所博士，現任建國科技大學通識教育中心副教授、彰化縣影劇協會會長，曾獲優良導師及教學優良教師。專長：戲劇、詩詞、民俗與文化、電影與文學，長期關注民俗文化與戲劇文學等範疇，〈文化與民俗──彰化人文風情〉〈通俗文學與流行文化〉多次獲教育部優良通識課程，且多次擔任彰化縣影劇協會「讀書會帶領人培訓活動」「多元文化藝術」等課程講師，著有《唐詩中的女性形象研究》、《楊家將戲曲之研究》，輔仁大學中研所博士論文。

提　要

　　楊家將故事自北宋以來流傳久遠，老幼婦孺皆耳熟能詳。凡我中華民族之人皆感其悃欵為國，一門忠烈之偉績。統治者利用它來歌功頌德、施行忠君愛國的教化；劇作家用它來寄託主觀情思、寓風化於娛樂及表現審美意趣；觀眾則涕零於楊家將崇高悲美的人格情操，藉此砥礪志節、獲得歷史的經驗教訓。

　　此故事起源甚早，發展則頗為遲緩，歷時約七百餘年，始盛於世。約當宋仁宗之世，即楊業、楊延昭父子身後不久，就有村氓野老的傳說，宋室南渡之後，始有文字記載，如今僅存元《燼餘錄》一書，然上距故事初起之時約二百餘年。現存元明有關楊家將之戲曲有五種：《昊天塔孟良盜骨》、《謝金吾詐拆清風府》、《八大王開詔救孤忠》、《焦光贊活拏蕭天佑》、《楊六郎調兵破天陣》等五本雜劇，楊家將故事之流傳，入清始盛，最初由地方戲劇之傳播，繼之以嘉慶時昇平署所編之《昭代簫韶》，此故事之流傳始漸廣，之後花部亂彈興盛後，各劇種都有楊家將戲曲，不下百餘種，尤以秦腔、京劇、豫劇等為多。

　　楊家將戲曲是在史傳、民間傳說、說唱、小說的基礎下慢慢成型的，它忠勇愛國的思想內容及悲美崇高的人格情操深深撼動國人，迄今電視劇仍持續地改編演出，但有關它的主題思想、人物形象、情節演變、文學與藝術等全面性研究的專著卻闕然，此乃筆者研究楊家將戲曲之動機。論文寫作時採「全方位美學觀點」，包括表演、導演及其他相關劇場元素、劇本/編劇技法，並借助主題研究法。探討雜劇、傳奇、地方戲曲的劇目源起、劇情演變、主

題思想、人物形象、文學與藝術等等。

　　楊家將戲曲情節有歷史的根據，但絕大部分受民間傳說、說唱文學及小說的影響，尤以源自小說為大宗，因為小說與戲劇都是在「勾欄瓦舍」發育成長的民間文學，兩者都以故事情節為其主要組成部分，都要表現一個以時間或事件為序的過程，在表現手法有相似之處。《楊家將演義》、《北宋志傳》與楊家將戲曲雖然體裁不同，但彼此間互相融會、吸收、借鑑、參照，所以它們的關係是雙向性的，亦即戲曲舞台上楊家將故事的繁盛，促使作家將它改編成一部首尾完整的小說，而小說的情節更反轉來為戲曲舞台提供了素材。隨著京劇及各地方戲曲之發展，楊家將戲曲有新情節的產生，如諷刺羸弱無能的政府、用女性意識改造歷史傳說題材及提出新觀點的翻案文章，不管是改編或翻案之作，都應注意不僅只是舊瓶裝新酒而已，在表演程式、唱腔、科白等都要更精緻化、更有創意，才能經得起時間考驗，成為傳世之作。

目　次

第十五冊　春色如許——對清代《昇平署扮相譜》之研究

作者簡介

　　李德生，生於 1945 年，原籍北京。旅居加拿大，為加拿大文化更新研究中心研究員。從事中國戲劇和東方民俗之研究。

　　王琪，生於 1942 年，原籍北京。著名評劇表演藝術家，中國戲劇家協會會員。在長期的舞臺實際中成功地塑造了一系列戲劇人物，獲得文化部門授予的多項嘉獎。主演首部評劇電視連續劇《慧眼識風流》，獲北京電視臺優秀戲劇電視片獎。現為加拿大華楓藝術家聯誼會理事。

　　《清宮戲畫》（中國百花文藝出版社出版 2006 年）、《束胸的歷史與禁革》（花木蘭文化事業有限公司出版 2021 年）、《粉戲》（花木蘭文化事業有限公司出版 2021 年）、《血粉戲及其劇本十五種》（上中下冊）（花木蘭文化事業有限公司出版 2021 年）、《京劇名票錄》（上下冊）（花木蘭文化事業有限公司出版 2021 年）、《禁戲（增訂本）》（花木蘭文化事業有限公司出版 2021 年）、《煙雲畫憶》（花木蘭文化事業有限公司出版 2021 年）。

提　要

　　《昇平署扮相譜》是慈禧皇太后暇時的娛目珍玩，原收藏於壽康宮中的紫檀大櫥之中，約有數百幀之多。清帝遜位後，宮中管理不善，被太監宮女偷盜出宮，而散於市井和海外。經齊如山和梅蘭芳發現並收藏以後，部分作品得以保存至今。筆者有幸接觸到《扮相譜》的部分畫作，並曾收集到《扮相譜》的圖像三百三十餘幀，集結成冊，與王琪女士編就一本《清宮戲畫》圖冊，由中國百花文藝出版社於 2010 年出版。面世後反映良好，成為一本普及戲劇文化知識的趣書。近期，在 UBC 大學亞洲圖書館的幫助下，筆者又陸續蒐集到流散於海外的《扮相譜》圖像一百多幀。除去重複的之外，合計一起共有四百四十八幅。遂萌生「讀圖述史」之想。現就《扮相譜》的發現、流出、中轉、集存、展示、數量、劇目，以及臉譜、「三衣」、太監伶人、旗裝戲、徹末等方面，進行了分析和考證，從中可以看到清代宮廷演戲的管理、規制，以及原生於民間的戲劇，在皇室、權貴們的熱衷參與下，加工、規範、提高，逐步昇華為「國粹」藝術的光燦歷程。寫得以下文字，就教於廣大的戲劇愛好者。正所謂：「不到園林，怎知春色如許！」若翻開《扮相譜》仔細欣賞，當亦有此感歎矣！

目　次

第十六冊　旅行視野下的《山海經》

作者簡介

曹昌廉，輔仁大學中文研究所博士，大學畢業於淡江中文系，並以第一名考入南華大學第一屆文學研究所，取得碩士學位後於嘉義空軍服役，退伍時榮獲國軍優良義務役官兵，曾任教於輔仁大學、海洋科技大學、明新科技大學，現為新生醫護管理專科學校教師。

碩士論文研究現代武俠小說以及相關評議，兩岸三地頗多關注，博士論文則以《山海經》為對象，解碼全書統一的概念乃在旅行，此外論述了秦始皇與《山海經》的關係，獨創性見解為理解《山海經》提供了一種值得探索的角度。

提　要

透過對於《山海經》的文獻考察，發現歷來對《山海經》性質的各種見解，莫衷一是，即使是現今研究者也存有個別片面研究《山海經》而失之偏狹的焦慮。

因此本文試以其地理特徵切入，觀察歷來地理觀點在各朝代的發展，並發現除了學術角度外，《山海經》在類書及地圖上也有相當精彩的呈現。回過頭來針對《山海經》明顯的地理性質在漢代卻遭到否定的疑點，重新檢討《山海經》的性質當具地理特點，卻又不只有地理性質的特徵，提出可以統合《山海經》的觀點即是「旅行」，而從「旅行記錄」進行探究，發現「旅行記錄」必須回歸是誰完成這些記錄的問題，因此再從「旅行者、記錄者」的角度進行探討，確認「放士」當為重要的線索，這可能就是指明了方士是《山海經》背後重要的文化傳統，而歷來線索亦指向了同一事實。

然後進一步在旅行角度下，討論《山海經》中呈現的各種旅行方式、其

中包括了平面乃至於上下，換句話說這解釋了《山海經》中有實的旅行也有虛幻之旅的並存之因。而在旅行記錄、旅行者、敘述者之後進一步討論《山海經》的一位重要讀者秦始皇，研究秦始皇將《山海經》視為旅行指南的五次巡行，在其中找出秦始皇對《山海經》的解讀角度，進而討論《山海經》的成書以及流傳過程。

目　次

第十七、十八、十九冊　姚品文學術文存

作者簡介

　　姚品文，女，1934 年生，湖北建始人。1959 年畢業於北京師範大學中文系。江西師範大學中文系古典文學教授，碩士生導師，1994 年退休。發表過元明清文學研究論文數十篇。參與主編、撰稿及古籍整理著作多種。近三十年集中研究朱權，已發表朱權研究論文多篇，專著有《朱權研究》（1993 年江西高校出版社）、《寧王朱權》（2002 年藝術與人文科學出版社）、《太和正音譜箋評》（2010 年中華書局）、《王者與學者──寧王朱權的一生》（2013 年中華書局），被稱為國內朱權研究第一人。

　　段祖青，男，1981 年生，湖南洪江人。2013 年畢業於湖南師範大學文學院中文系，獲文學博士學位。現任職於江西農業大學人文學院中文系，主要從事中國古代文學與文化的教學與科研。發表論文 20 餘篇，出版專著《宋前茅山宗文學研究》（2020 年花木蘭文化事業有限公司），參與編寫《大學語文》（2018 年高等教育出版社）。主持校級以上課題 8 項，其中省部級課題 3 項，參與國家社科基金重大項目一項。

提　要

　　收在本書中之論文，乃是姚品文先生一生心血的結晶。依所寫之內容，分為九個部分，即「曲學研究」、「朱權研究」、「《太和正音譜》研究」、「湯顯祖研究」、「女性文學研究」、「民族音樂研究」、「小說、散文研究與古籍整理」、「書評序文」、「學林憶往」，大致涵蓋了姚先生著述中的主要領域。其中既有嚴謹深邃的學術考辨與探研，也有感人至深的學界憶往。全書視野開闊，涉

獵廣泛，材料富贍，邏輯嚴密，見解精闢，極見功力。九個部分內容既豐富詳實，形式亦多種多樣，因而可視為一部頗具創獲的中國古典文學與文化的研究新著。

目 次
上 冊

宗教與古代文學藝術及人倫（上）

田若虹、邵蘇南　著

作者簡介

田若虹教授，華東師範大學文學博士。主要研究領域：中國古代文學、文藝學、專門史、宗教學、民俗學。歷年來在日本、韓國、新加坡、香港、澳門、臺灣等國內外學術期刊如：韓國《中國學論叢》《中國小說論叢》；日本《清末小說研究》《清末小說から》；新加坡《八方文化》；澳門《文獻信息學刊》；臺灣《中國文化月刊》《鵝湖月刊》等國內外刊物發表論文 80 餘篇。出版專著：《陸士諤研究》《陸士諤小說考論》《藝文論稿》《嶺南文化論粹》《世紀海洋之澳門藍色文明》《嶺南五邑海洋文化研究》等。邵蘇南，湖南大學經濟學碩士。長沙大學日語專業畢業、又獲中國政法大學法學士學位。其在日本文學，圖騰文化研究方面有所心得，在《人文研究》、《學術導刊》等刊物發表學術論文數篇。本書圖騰文化、述人倫節操等與有力焉。

提　要

　　黑格爾指出：「最接近藝術而比藝術高一級的領域就是宗教……藝術只是宗教意識的一個方面」。〔註1〕研究文學、藝術及人倫有多種角度，而本書主要從宗教的角度來求索兩者之間的內蘊，雖非創舉，卻在藝文、人倫研究領域內，並非多見。藝術、文學雖非宗教，但其涉及宗教：原始宗教是文學藝術的搖籃，巫術靈異神話，為志怪素材之淵藪，而倫理思想及流傳於民間的俗信文化，與我國傳統文化心理主要結構因素之宗教，亦無不千絲萬縷。就藝術、小說發生學溯源；就文學作品描述的相關內容進行剖析；就倫理思想形成的文化淵源探討；就民間俗信文化形式及內容進行辨析，當能從深層次理解我國特定時期的文化內蘊以及與之相關聯的民族心態。具體到本文所研討的小說篇章，其思想內容無不受到儒教、佛教、道教之影響，如所宣暢的修齊治平之儒家思想；「神仙可至，不死可求」，及尚鬼重巫之道教文化習俗；釋氏之報應輪迴，出世修行思想等。全書分為宗教與古代文化藝術，宗教與古代小說文化，宗教與民間信仰文化，宗教與古代人倫，以及宗教俗信與宗法文化七章。此書名宗教與古代文學藝術及人倫，綜理過去研究成果，作一總檢討，臚舉大綱，有條不紊，讀者窺其大體，誠足導人以入德之門。其書重點詳於往昔，而略於近今。

　　〔註1〕黑格爾：《美學》（第一卷），朱光潛譯，132 頁，商務印書館，1979 年。

弁　言

　　宗教信仰是一種特殊的社會意識形態，一種在全人類具有普遍特徵的文化現象。宗教是一種由崇拜認同而產生的信念及全身心的皈依，其神秘的神話色彩，是人類精神階段性的體現，並被貫穿於特定的宗教儀式與宗教活動之中。古代先哲將宗教信仰的理念和精神逐漸地滲透到自己的價值和行為系統之中，以此指導和規範自己在世俗社會中的行為，使之成為形塑信仰者心理與人格的新的力量。

　　本書追溯了宗教與史前藝術、與古代文學、古代人倫，及信仰民俗之淵源，與其時代特徵。其中《史前岩畫、儺戲與中國前戲劇形態》透過對中國藝術文化的先導，中國戲劇的源頭之一，史前岩畫的溯源，以及孕育於這種宗教文化，脫胎於其宗教儀式，進而成為一種獨立的戲劇藝術形式的「儺戲」，與其神格的面具化特徵的探討，剖析了戲劇的源頭可以溯至準宗教儺戲，而儺戲的源頭則可追溯到史前神格人面岩畫中去。

　　同時從古典小說、文獻中反映的古人尚鬼重巫的文化習俗、心理，探討了中國古代神秘與獨特的巫覡文化現象為作家創作提供的豐富而深邃的人文哲理思考。在《道教經籍書文中的道派人物及民俗文化研究》一文中，從道派人物與民俗文化、道派諸神及民俗文化心理、以及道門學者及典籍詮釋之民俗方面，討論與描述了滲透、凝聚於中華民俗事象中的道文化因子。《粵宗教文化研究》等文，則闡述了已有數千年歷史的嶺南民俗宗教及民間俗信所反映的世俗信仰的多元性和功利性，與其多教合一，多神崇拜之特徵。

　　從產生至今已延續了一千零五十週年的媽祖信仰是一種影響至深，流播

久遠的民間宗教文化。本書所涉《中華海洋意識與媽祖文化》《近二十年來以媽祖信仰為核心的「媽祖文化圈」研究》等文，從媽祖企盼之文化心理、海洋探險與媽祖信仰、海洋商賈之媽祖情結、海濱群祀與媽祖信仰，以及海洋宗教文化的意蘊及流播方面，詮釋了在長期的歷史傳承中形成、并具有鮮明地域特色和巨大輻射作用的媽祖文化及其研究狀況，其所包含的十分豐富的內容，涉及到政治、經濟、文化、風俗、信仰諸多方面。

中國古代神秘與獨特的巫覡文化現象為作家的創作提供了豐富而深邃的人文哲理思考。巫覡膺任人、神之間的使者，這種尚鬼重巫的文化習俗與心理，在古典小說與文獻中皆被生動形象地記載下來。本書說部論稿中，有通過反省圖騰文化與神話詮釋之間的關係，進一步探討中國古典小說中的神文化，並從神文化理解的層面，從神話文學詮釋的層面，討論與「圖騰」相關的「怪力亂神」現象。

在《古代宗教文化與神話》篇中，進一步指出並分析了宗教與神話互相依存，神話是宗教的注腳，進而推論：宗教神話的出現，加強了早期人類的心理張力，對於早期人類的發展來說，宗教與神話的作用力不可忽略。

史前巫儺文化對湖湘文化的建構亦有著重要的影響，是湖湘文化的源頭之一。湖湘遠古巫儺文化積澱深厚，影響深遠，涉及到民俗學、神話學、宗教學、人類學、經濟學、考古學、藝術學、美學、語言學及民間文學等文化現象。其「民神雜糅，不可方物」的文化包容意識，構築起瑰麗奇異的南楚文明。

在《史前巫儺文化與湖湘民間宗教》文中，主要討論了涉及沅、湘「信鬼而好祀」之巫俗，湖湘圖騰信仰與宗教文化，湖湘遠古稻作文明與巫術性的農業祭典，及湖湘儺文化與儺舞、儺戲，探討其文化傳承與發展之脈絡，進而揭示湖湘人之道德、宗教觀與價值取向，及湖湘炎黃文化之精神特質。

書中亦通過對唐代中國傳奇小說集《宣室志》與當時社會宗教背景關係的討論，指出其為唐代巫覡文化與宗教思想的雜糅，是一部自神其教的小說集。討論了小說《青樓夢》寄託作者人生幻滅之感，抒發了其感士不遇之情。其書亦祖述漢代仙話，假虛作實，以幻作真，將寶黛人間悲劇演為仙界大團圓結局，遂使千人一哭、萬豔同悲之紅樓夢，化為其樂融融的仙界青樓團圓之夢。此外，通過對《明成化詞話之包龍圖系列》所表現的三教觀所作的個

案分析，剖析了深入人心之明代三教歸一思想是如何滲透、貫穿於包龍圖斷案系列之中。

　　古代中國宗教信仰除了表現在對自然力的崇拜、對自然神、人格神等的崇拜之外，亦有對中國傳統文化的三大支柱，中國三大宗教：儒、釋、道，及民間俗信的宗教信仰。孟子推崇舜「明於庶物，察於人倫」，認為「聖人，人倫之至也」。修身養性需要在人倫的實踐中推進，其理想人格正體現在人倫的完善上。儒家之節操觀正是精神追求至上，以民族氣節、個人榮辱為重，反對趨炎附勢、迷戀利欲、苟且偷生，其在中國歷史上產生了很大的積極作用。其對鎔鑄中華民族精神，起到了融通、凝聚的作用，並且影響及當代。

　　本書《儒、墨、道、法思想與古代節操文化》中，探討了以儒家觀念為中心，兼容諸子眾家之長的古代倫理節操觀：儒家對修身、齊家、治國、平天下的關注，道家適己任性的人生態度，墨家兼愛的主張，以及法家「抱法處世而治」的思想如何共同孕育了古代節操文化。《節士風猷》，進一步討論了古代節操人格範式，闡釋了古代宗教節操文化理念的持守與集體認同之意義：即儒家所張揚的具有積極意義的為天下之道：「仁以為己任，任重而道遠」，「安貧樂道」的思想主張，其對後世仁人志士以巨大的鼓舞，為之提供了一種「達則兼濟天下，窮則獨善其身」的安身立命的人格範式；道家不受物累，隱居避世的人生態度，往往為後世那些憤世嫉俗，仕途受阻，懷才不遇，心灰意冷的士子們所取法，成為他們功成身退，全身避害的處世方式；墨家兼愛的主張，則對數千年來中國古代文明史中一條基本的人文準則「孝」道德的形成奠定了理論基礎；而法家的「抱法處勢則治」的思想對於喚醒昏睡於亡國之際的民眾，激起他們的愛國責任感與熱忱，反對侵略戰爭，無不具有積極進步的意義。

　　本書還從不同角度探討了宗教與民俗文化之關係，如民間祭拜習俗「寒食節」之宗教文化內涵；「五羊」神話之民俗文化意蘊；舊時婚姻之道，嫁娶之禮的宗法倫理現象及影響；以及三教與中國茶道之文化淵源。

　　本書綜理過去研究成果，繕成卷帙。籌筆餘閒，撫覽及之，惟願吾文不為巨謬，讀者好之、樂之也。

田若虹

辛丑年於潭州書齋

壹、宗教與古代文化藝術

一、史前岩畫、儺戲與中國前戲劇形態

中國史前岩畫是中國戲劇的源頭之一，是中國藝術文化的先導。「戲劇起源於很遠古時期人類最初的村社的宗教儀式」。〔註 1〕被稱為戲劇發生學的「活化石」的「儺戲」正是脫胎於這種宗教儀式，孕育於這種宗教文化，進而成為一種獨立的戲劇藝術形式。神格的面具化是儺戲藝術的顯著特徵。如果說戲劇的源頭可以追溯到儺戲，那麼儺戲的源頭則不難追溯到史前神格人面岩畫中去。

（一）史前神格人面岩畫是上古文化藝術的源頭

1. 藏之於深山的人面岩畫

波耳的《支那事物》（J. Dyer Bell Things Chinese）斷言：「中國劇的理想完全是希臘的，其面目、歌曲、音樂、科目、出頭、動作都是希臘的……中國劇底思想是外國的，只有情節和語言是中國的而已」。然而中國學者二十世紀末進一步的考古發現和研究不僅給中國戲劇「希臘說」命題打上了一個巨大的疑問號和感歎號，同時也劃上了一個有力的句號。那些遺存在崇山峻嶺之中，數千年來終日裸露在陽光之下岩表之上的十萬數中國岩畫；那些樸野斑斕，瑰麗無比的人類第一等級的藝術品充分體現了中國文化的強大內聚力，也蘊育了博大精深的中國古代文明。正如美國哈佛大學教授張光直先生所言：「全世界古今文明固然很多，而其中有如此悠長歷史記錄的只有中國一家」。〔註 2〕中國

〔註 1〕《簡明世界戲劇史》（英）菲利斯·哈特諾爾。
〔註 2〕《中國青銅世界》張光直（三聯書店）第五十二頁，1983 年版。

人面岩畫從東海之濱到西北沙漠，從北部草原到閩南叢村長達四千多公里。中國實地考察岩畫最多的學者華東師大宋耀良教授認為：「其總的內涵精神是和諧統一的，首尾之間存在著深刻的契合，不僅人面符式，舊時伴生符號也十分地相同」。〔註3〕中國神格人面岩畫具有諸種符式系統，總的特徵是：僅畫人面，千姿百態，怪誕奇異。主要包括五種類型：類圓形人面岩畫，太陽形人面岩畫，方形人面岩畫，獸形（或謂之無輪廓形）人面岩畫，及冠飾人面岩畫。其中尤以太陽形人面岩畫為盛。

人類對大自然的信仰莫過於對太陽的崇拜。在山東、四川、內蒙、廣西、雲南等地發現的新石器時代的岩畫中，皆有太陽神的圖像。這些出現在中國舊石器時代的怪誕奇異的岩畫有著豐富的內蘊。殷墟卜辭中記載：「乙巳小，王賓日」，「出、入日，歲三牛」。描述的是一種迎日和送日的祭祀儀式。（《殷契粹編》）而當時諸如此類的祭奠儀式大多是在開闊的山間，面對著石壁上的祭祀圖，圖騰崇拜物，自然神和先帝的聖像舉行。

不同時期的岩畫顯現了不同時期的文化意蘊。在新疆桌子山發現的太陽形人面岩畫與早期的此類岩畫有所不同，其人面模樣酷似彌勒的形象：面貌雍容，神態肅穆，端莊安詳。

佛教進入西域後很快就形成了一股強大的力量，支配著、決定著西域人民的精神導向。

從克孜爾千佛洞石窟中也可尋找到它的藝術因子。而發現於新疆的中國最早的一部戲劇巨著《彌勒會見記》亦應是這種同源文化所致。除了日月星列，土地山水，鳥獸蟲魚，及先帝畫像的岩畫之外，在陰山河巴丹吉村尚發現一些狩獵圖和百獸圖。

它不禁使人聯想到漢代《東海黃公》戲：「……有白虎見於東海，黃公乃以赤刀往厭之，術既不行，遂為虎所殺。三輔人俗用以為戲，漢帝亦取以為角抵之戲焉」。（葛洪《西京雜戲》）同樣，「百獸圖」也以其原始的宗教精神孕育了後代戲曲。《呂氏春秋‧古樂篇》所提到的：「帝堯立，乃命質為樂，質乃效山林溪谷之音以歌……以致舞百獸」。《史記‧夏本紀》所記：「舜德大明，蕭韶九成，鳳凰來儀，百獸率舞」，和漢代張衡《西京賦》描述的「總會仙唱，戲豹舞羆，白虎鼓瑟，蒼龍以箎」之中的戴面具的擬百獸之舞皆可追溯到古

〔註3〕宋耀良：《史前神格人面岩畫》（三聯書店‧香港），第二百一十一頁，1992年。

老的岩畫中去。中國傳統文化哲學中的「天人合一」,「陰陽八卦」的易經思想等,亦可在岩畫中顯出其萌發、形成的過程。因此史前神格人面岩畫的意義不僅在於為人類提供了第一等級的藝術品,而且在於為人類學、民族學、歷史學、神話學、宗教學,和戲劇學的研究提供了十分寶貴的原始資料。

2. 彌漫著宗教色彩的形象時空

古代的祭祀儀式一般分為兩部分:一是巫師和眾子民參加的祭祀儀式和過程;另一是鑿刻岩畫,稟告上蒼,讓神祇明知。新石器時代世界各地皆出現過這種「巨石文化」。

張光直先生認為巫師是通過某種通神的工具,以貫通天地,「或上天見神,或使鬼神降地」。(這與儺戲中的表演者戴上巫與神的面具,讓鬼神附體,而後請神並代為傳旨之儀式可謂一脈相承。)這些通神的工具有山、樹、鳥、獸、占卜、法器等。他還指出:「山是中國古代巫師的天梯或天柱」。〔註4〕因而,伴隨著這種巫術儀式,人面岩畫總是鐫在山峽谷口的壁立岩峰上,面對著開闊地,伴著汩汩流水,儀式就在石壁下舉行。岩畫僅鐫在能望得見的石壁高度。在中國人面岩畫系統中表現得最為全面,完整,有序性的是位於連雲港錦屏山將軍崖上的岩畫。這是一幅大型的祭祀岩畫。一位穿著大袍,僅露出臉部的巫師在岩畫的右方,其右上方是以月亮和七個星座,右下方的星光下欲有一輪光芒四射的太陽。岩畫中顯示出的莊嚴肅穆的祭司,以及眾神像群集,表明他們正在進行著一場祭祀儀式。而當時處在祭司之旁的月亮與星座的位置又與八卦易經思想相通,它準確而又唯肖地體現出《堯典》所記之「寅賓日出」之狀況。宋耀良斷言:「堯典是照著岩畫所體現出的思想記錄下來的」。〔註5〕

另外,在距離岩畫約二三公里,位於錦屏山最東端的孔望山巔,也發現了山巔之上設有三塊巨石分別置於北面、西面和東南面,其形狀分別四國盤形、方形和不規則的硯形石。宋先生認為圓祭天,方祭地,不規則的硯形石祭祖。並援引中國最古老的天文算經書《周髀算經》中所記得「方屬地,圓屬天,天圓地方……中國上古的大禮即三祭:天、地、祖」,認為三巨石應了大禮三祭。毋容置疑,這正是古代所謂望祭的儀式。

筆者認為,這也許還與古代的「拜五方」儀式有關,即拜東、西、南、北、中。「拜五方」這一典型的中國古代的宏觀空間意識影響到其後的中國

〔註4〕張光直:《中國青銅世界》(三聯書店)第五十二頁,1983年版。
〔註5〕宋耀良:《史前神格人面岩畫》(三聯書店·香港),第二百一十一頁,1992年。

戲劇的時空環境，甚至中國山水畫中的「散點透視」，和長篇小說的章回體制等審美特徵。

在陰山發現的拜日圖岩畫；在高山上升降的羽人狀巫畫；以及雲南發現的鳥形人等皆彌漫著原始的宗教氣息。《山海經·大荒北經》記載：「有系昆之山者，有共工之台，射者不敢北射。有人衣青衣，名曰黃帝女魃」。「女魃」即「旱魃」，旱神也。

《周禮·春官宗伯》載：「司巫掌全巫之政令。若國大旱，則司舞而舞雩……旱暵則舞雩」。〔註6〕故周代宮廷中有專司雩祭的巫，還有專門舞雩的巫女。雩祭所用之樂舞是鳥羽裝飾的《皇舞》。據說「雩」可以驅旱魃。至今在山西、河北、內蒙等地還有一種賽戲。其中一個劇目《斬旱魃》即表演盛夏祈雨過程。

由巫師扮演的羽人主要還擔負著上天請神和傳達神旨的重要任務。而「總會仙唱」、「百獸率舞」這一唱做、念舞的手段，作虛擬象徵的表演和「易貌分形」之術，也開拓了後世戲曲舞臺上表演大千世界的舞臺方法。

3. 從藝術的宗教化到宗教的藝術化

遍布於東海之濱，西北沙漠，北部草原，和閩南叢村中的數萬幅史前人面岩畫，與其伴生符號及鳥獸圖，形象地體現了先民們的原始信仰和宗教觀念。人面岩畫與其伴生符號及鳥獸圖不僅具有宗教性質，而且本身就具有祭祀法器和巫術的功能。〔註7〕它是原始祭祀儀式或巫師施法中必須具備的一部分。起初鐫刻在山谷洞口的岩畫多為先民們祭祀所用，是宗教性的，而非審美活動。隨著原始巫術與神仙方術的結合，而後產生的道教以及西漢末佛教傳入中土，出現了大量的佛教寺院和道教的宮觀。中國宗教也隨之進入了高級階段。中國藝術亦出現了新的面貌。不論是佛教、道教，還是帶有原始色彩的民間巫教，「往往需要利用藝術來使我們更好地感受到宗教的真理，或是用圖像說明宗教真理，以便於想像」。（《黑格爾·美學》）佛寺與道觀中的藝術鮮明地表現了宗教與藝術的這種和諧的關係。祭儀越來越趨於專門化、職業化，和藝術化。由於溝通了神祖之間的關係，先民們逐漸遠離了山谷而轉向了寺廟，及自己構築的居住地從事祭祀活動。

〔註6〕周公旦：《周禮·春官·周伯》司巫、神仕。

〔註7〕宋耀良：《史前神格人面岩畫》（三聯書店·香港），第二百一十一頁，1992年10月版。

從在岩石上鐫刻人面像到用假面具禳神驅鬼舞的過程，從而結束了人面岩畫，而面具成為了藝術宗教化的必不可少的部分。脫胎於宗教儀式的儺戲在嬗變中又不斷地吸收了各種文學、藝術特點，逐漸改變了以往單調乏味的儺祭三段式的演出形式：「儺舞—正戲—吉祥詞」的程序，而在正戲，即巫師的裝神弄鬼之後，插入了一些滑稽調笑的小戲等，來吸引更多的觀眾，既娛神又娛人娛己。在進行宗教宣傳的同時，使審美形式日趨完美，於是形成了戲曲。

（二）符式的審美特徵：假面儺戲

1. 從岩畫到儺戲

從面對深山石壁上祭天拜祖的岩畫到驅疫遂鬼的儺祭；從頗具規模和形式的儺儀到以歌舞而樂諸神的儺舞；從禳神降鬼的儺戲到古代戲劇，經歷了漫長的歷史演變進程。儺歷經周秦、漢唐、宋元明清，至今不斷豐富和發展，成為了信仰民俗的一種。儺儀分為鄉儺、官儺和軍儺三種，官儺由掌管儺祭的儺官擔任。《周禮·夏官》記載：儺祭時「方相氏掌蒙熊皮，黃金四目，玄衣朱裳，執戈揚盾，帥百隸而時儺，以索室驅疫」。熊為原始圖騰，有驅災安民的威力。方相氏蒙熊皮，戴著十分恐怖的黃金四目的面具——正如桌子所發現的四目的人面岩畫，為的是驅疫遂鬼。周去非《嶺外代答》記曰：「桂林儺隊，自承平時，名聞京師，曰靜江諸軍儺，而所在坊巷村落，又自有百姓儺。嚴身之具甚飾……蓋桂人善製戲面，佳者一值萬錢。」〔註8〕

先秦時代，其俗信巫好祠，而楚國巫風尤盛。「其祠必作歌舞鼓舞，以樂諸神」。屈原放逐，出見俗人祭祀之禮，歌舞之樂，其詞鄙陋，因作《九歌》之曲而娛神。《九歌》共十一篇，每篇祭一個神，最後是送神曲，由巫覡擔任表演者。王國維《宋元戲曲考》稱《九歌》之巫的表演：「或偃塞以像神，或婆娑以樂神，蓋後世戲劇之萌芽，已有存焉者矣」。荊楚等地的這種儺舞進一步地嬗變而發展為古代的儺戲。儺戲主要產生在長江黃河流域。如廣西的「師公戲」，湖南的「嘎儺戲」，浙江的「禳解戲」，四川的「鬼臉殼戲」，安徽的「嚎啕神會」，貴州的「跳鬼戲」、「撮襯姐」等，這些皆表現了禳災祛邪的主題。戲中皆以假面裝扮諸神，有的戲甚至有一百多個「臉子」（假面具），如

〔註8〕周去非：《嶺外代答》；《歷代小說筆記選》第三冊，商務印書館·香港，第四百八十一頁。

（貴州的「跳鬼戲」）。在西藏地區卻有一種宗教儀式，舞蹈「羌姆」以及後來出現的「阿吉拉姆」戲劇。其表演的三段式程序，以及驅鬼遂祟的宗教題材與長江、黃河流域的儺戲形式完全相同，可以稱之為西藏的儺戲。

2. 宗教題材與儺戲之假面

在希臘悲劇中，使用面具是一個最重要的特色。面具藉以用來表示角色的年齡、身份和性別，而且也表示角色的感情：恐懼、憤怒、仇恨、沮喪等，喜劇亦然。我國古代儺儀和儺戲中的面具卻主要擔負著宗教的職能。方相氏黃金四目是為禳神驅鬼；「總會仙唱」、「百獸率舞」，是為了娛神、酬神；而儺戲與藏戲中的「羌姆」、「阿吉拉姆」所使用的面具同樣是為了表達禳神驅鬼的宗教主題，為了達到娛神、娛人，更好地宣傳宗教的目的。儺戲不斷吸收世俗題材的優秀節目和各種表演形式，實現使娛神的諸般技藝遂步地實現多層次的匯合從而嬗變為一種頗具特色的戲曲藝術。儺戲的面具也遂步地向臉譜化和表情化過渡，並發展而為戲曲通用的勾臉，如廣西「師公戲」，由「木相」面具而演變為紙面具，進而改為面部化裝。同樣現代京劇的臉譜我們不僅可以追溯到儺戲、儺儀，而且可以追溯到史前神格人面岩畫。

（三）中國戲劇的催生劑——儺戲

1. 儒、釋、道合流的儺戲與中國古代戲劇之品格

儺戲歷經周秦延續至今，溶化了秦漢以來形成的道教思想，西漢末傳入中土的佛教思想以及與巫合流的儒教思想，進而成為一種獨立的戲劇藝術形式。儺戲中宣揚的三教合流的宗教哲學觀，也滲透到古代戲劇的創作思想和實踐中來。如儒家的忠、孝、節、義的道德觀，已成為了古代戲劇的普遍主題。如《琵琶記》中的趙貞女的全貞全孝形象。湯顯祖更認為戲曲可以合君臣之節，可以浹父子之恩，可以增長幼之睦，可以動夫婦之歡，可以發賓友之儀。這樣將戲曲的娛樂與三綱五常完全地統一起來。佛教宣揚的因果報應，輪迴思想及地獄天堂的美學觀與古代戲劇的「大團圓」結局也密切相關。儺戲中道教的神仙方術思想更是從內容和形式上對古代戲劇產生了深刻的影響。如元雜劇中的「神仙道化劇」在元雜劇中就佔有十分重要的地位。其中最有成就的作家馬致遠，它的七部雜劇中，有五部屬於神仙道化劇。明代傳奇中的「鬼」戲，或為還魂轉生，或為鬼魂託夢，或為鬼神報應，或為仙佛顯靈……悉具明顯的承繼痕跡。

2. 儺戲的表演特色與古代戲劇舞臺

儺戲有別於西歐戲劇的「金字塔」結構，而呈「流線型」結構。儺戲在演出中可根據劇情的需要和觀眾的興趣靈活地發揮，對節目進行重新選擇，搭配和增減，這種形式有利於演員即興表演的發揮，增強了表演活力，更能貼近中國世俗觀眾的深層習慣。它影響到中國傳統的戲曲表演，在沒有景物造型的空舞臺上，運用虛擬動作來調動觀眾的聯想，共同創造包括環境、事件和人物關係等因素構成的特定的戲劇情境，如僅僅一槳、一鞭、一曲，演員就可以把觀眾引到一葉扁舟，金戈鐵馬的沙場，就可以「賞遍了十二亭臺」，一旦戲劇結束，就依然是空舞臺了。這種假定的環境使得戲劇舞臺上時空的轉換十分自由。

在儺戲中巫師的「踩八卦」，道士的「步罡踏平」都變成了戲曲表演的步伐，如包公升堂時必須走八卦圖。在百藝並陳的廟會的儺戲中，種種幻術和特技，如「衝狹燕濯」、「吞刀吐火」、「跳刀跳劍」、「裝鬼」、「弄道術」等，也都被吸收到戲曲表演中來。寺廟裏的講唱也為戲曲的唱說形式提供了基本格式。儺戲中的一些世俗化的題材劇目，如山西《扇鼓神譜》戲中的《吹風打倉》《採桑》《猜謎》等悉近於宋雜劇、金院本一類的滑稽調笑的品種。〔註9〕

二、古代宗教文化與神話

（一）神話是宗教的注腳

宗教與神話是兩種不同的文化現象，但他們具有極其密切的聯繫。從藝術的角度來說，它們之間似乎存在著一種說不清的親緣關係。在遠古時代，宗教神話與巫術魔法也以儀式等手段密切地混溶在一起。宗教神話之源遠流長，倘若溯流而上，則可追尋到人類遠古文化之印跡。原始宗教產生於原始社會。在原始社會中，人和自然的矛盾是社會的主要矛盾。反映這種意識形態的神話便應運而生了。正如馬克思所說的「任何神話都是用想像和借助於想像以征服自然力，支配自然力，把自然力加以形象化」。〔註10〕

宗教與神話是互相依存的，神話是宗教的注腳。在社會生產力及其低下的原始社會，人類對整個世界的認識處於極為蒙昧的狀態，他們常常從自身出發，

〔註9〕田若虹：《史前岩畫、儺戲與中國前戲劇形態》，原載《韓山師範學院學報》
　　　　第一期，1999 年。
〔註10〕《馬克思恩格斯選集》第二卷。

用類比方法去理解外部世界，把自己同外部世界混同起來，於是便產生了對自然界人格化過程，也就具備了原始宗教崇拜的雛形。而自然萬物在人們的心目中，也都變成幼稚生命的神靈和精怪，亦即所謂「人格化」的神。產生了圖騰崇拜的思想意識。同時圖騰崇拜的發展亦為祖先崇拜的萌芽打下了基礎。

宗教神話產生的因素與稚拙的文化心理相關。早期人類由大自然的動物世界中分離出來，他們在物質和精神上只擁有赤貧，所以文化也只有以「稚拙」為其基本特徵。精神上單薄、虛弱，沒有什麼文明的符號。物質上粗陋簡樸，沒有相當的生產能力和生活能力。這種由簡單的社會關係和狹隘的自然關係所構成的人類童年稚拙的文化土壤，構成了人類宗教神話發生的土壤。

宗教神話的產生亦與普泛的生命意識相關。早期人類認為，自然生命之上有一種超自然的東西，即便是人停止了生命運動，這種東西仍然存在，此即靈魂。所謂「萬物有靈」，被認為是宗教神話產生的最終根源。人類對大自然的依附感，是宗教神話產生的根本原因。這是由於自然界為人類提供了賴以生存的條件。如人類狩獵時期，要設法捕獲野獸。此外，勞動工具、生活用品以及生活環境等都要依賴大自然的賞賜，成為了早期人類生存必不可少的物質前提，亦即早期宗教神話賴以產生的土壤。如我國古代神話中的「飛行人」、「通臂猿」之傳說，就表達了捕獲與採摘的幻想。

人類在依賴自然、利用自然的過程中，往往採取表達願望的宗教儀式活動，這是宗教神話產生的直接因素。這種儀式常常與巫術、魔法緊密聯繫在一起，成為宗教神話賴以生存的「子宮」，如中國南方的儺儀形式。

人類早期的恐懼心理，亦是形成宗教文化的重要因素。大自然既是一個賴以生存的實體，同時也常常成為令人恐懼的世界。其電閃雷鳴、高山大谷、惡浪滔天，那種作為完全異己的，有無限威力的力量使人們構想出祈禱的形式。如《禮記‧郊特性》記載「土返其宅，水歸其壑，昆蟲勿作，草木歸其澤」。據說這是伊蠟氏為十二月蠟祭所作之祝辭。這是一首在萬物祭奠上祈求平安和豐收的歌詞。人們希望變幻莫測的天神能夠保祐，泥土回到它生存的地方，大水只在溝壑中流淌，昆蟲不再侵害穀糧，草木生長在河旁水上。這些求平安、求豐收的儀式，表達了早期人類崇拜自然的宗教意識。

（二）神話與自然崇拜

在早期人類的文化生活中，神話是宗教的影子。宗教則經歷了由泛靈、依賴、恐懼等心理而發生的崇拜對象世界的嬗變過程，即經歷了由最初的自

然崇拜，發展為圖騰崇拜和祖先崇拜等幾個歷史時期。

自然崇拜主要是指人類對日月星辰、山川湖泊、風雨雷電等自然現象的崇拜。他們將自然物和自然力看作有生命、有意志與偉大力量的對象而加以崇拜。中國神話的大部分作品屬原生態和過渡態神話，內容大量涉及創世、造人、天廷、地府、日月、星辰、曆法、江河、山嶽、植物和動物的記載，體現了華夏古人對自然奧秘的猜測和求索。還有許多取火、漁獵、農耕、採礦、冶金、經商、探寶、建屋、抗旱、治水、求醫、除魔神話，反映出古人在征服外界的異己力量，戰勝種種艱難困苦的鬥爭中謀生圖存的情景。

對太陽神的崇拜各地都較為普遍，不同的民族運用不同的形式來表達對太陽的崇拜心理。古老的印度民族中，徐亞神即是人格化的太陽神。他乘著七匹光耀的馬車，橫過天空。太陽神管宇宙的秩序，還管家畜禽獸。希臘神話中，有一位輝煌壯健的太陽神希略斯，他駕著四匹雪白的馬橫過天空，被稱為是無所不見的「丘斯之眼」。人類也受他的監管。古羅馬的太陽神騷爾是駕車者，也是隱秘的發現者，還是馬戲競賽的保護者。古羅馬的太陽神能幫助人們打開天門，迎接曙光。在日爾曼民族中，還流傳著人陽女神美麗的傳說。太陽神崇拜在中華民族上古文化中更有其濃重的印跡。在新石器時代的紋飾中；在古陶、秦磚、漢瓦中；在文字、繪畫、民俗中；在伏羲、大昊等傳說中，到處都可以觸摸到中國人崇拜太陽的心理。

繼太陽之後的是關於月亮的崇拜與傳說。月亮在早期人類心目中的形象是嫻靜、動人的偶像。人們把她看成是太陽的妻子，如同男女媾和、陰陽互補一樣的美滿。月神在阿利安神話中居於不可忽略的地位。人們認為，月亮原本是一種盛生命之水及致醉飲料的器皿。而且認為滲秋韆的風俗，麵包的觀念，復活節的兔、烏、魚等事物之形狀，均與月亮變化的形狀密切相關。南美洲的土著居民認為月亮是植物生長之神。是月亮那柔和的光線帶來涼爽和雨水，具有滋潤萬物生長的神性。因而人們崇拜她、敬奉她。月亮還被我國鄂倫春族認為是狩獵的保護神「別亞神」。它能幫助獵人晝伏夜出，獵取多種飛禽走獸。如果見不到月亮，獵人則會感到恐怖，如果接連打不到野獸，他們就設法向月神祈求。

風雨雷電和山川湖泊的神話也很多。上古人認為，風雨雷電有一種神秘而強大的威力，尤其是雷電神的影響更大。古希臘的宙斯、古羅馬的丘比特、印度的泊爾亞尼亞、日爾曼的傳約爾星等，都是雷電神的象徵。他們為人類

及眾神所鼎立膜拜，居眾神之首。上古人還認為大地是人類的母親，她能為人類帶來萬物，故古人祭祀天地往往先親吻地面，然後敬天。

自然神亦包括動物與植物崇拜。動物崇拜與人類的狩獵生活聯繫在一起。由於上古人們不能解釋自己所面對的世界，因而常常為動物所具有的神奇的形象與神秘的威力所懾服。動物逐漸成為人們崇拜的對象，並進入人類文化，特別是宗教和神話的領域。如魚崇拜在中國文化史上也曾留下很多記錄，這種現象可追溯到史前時代。有的記載可從上古半坡陶器、上古魔法、巫術、宗教和神話中找到。在上古藝術中有許多「人面魚身」的形象。它是上古人心理觀念的真實記錄。上古人為了生存方便，大多面水而居，所以人類處於魚獵生活圈中。一方面，人類可以以魚為食；另一方面，人類在母系時期多希望氏族後代旺盛，從而以魚的強大生殖力為寄託。故魚也就成為早期人類精神崇拜和藝術表現的對象。此外還有龍、熊、狗、鳥等其他動物崇拜。

作為圖騰崇拜之「鳥」，在上古神話中也不少見。如古人認為少昊氏是東方鳥國之主。即所謂「東海之外大壑，少昊之國」。(《山海經·大荒東經》)古時「摯」、「鷙」通假。故《史記·貨殖列傳》中，「趨時，若猛獸鷙鳥之發。」顯然，「鷙鳥」既作為東方鳥國之主而受人崇拜，又是上古神話誕生的原始興象。再如，古希臘敬重牛和貓。據傳貓死了，人們要為它弔孝，其屍體要做成木乃伊放進棺材裏去安葬。而神牛死後的棺材，有時比國王的靈柩還要美麗。它被「非常謹慎地用防腐方法保存在他們墓穴中的祭神牲畜」。這一記錄真實地反映了古埃及人對動物鼎立膜拜的心理。

植物崇拜被人類學者認為是人類文化發展的重要標識之一。植物崇拜出現在我國的新石器時期。當時的人們認為植物對於人類具有一種特殊的功用。比如說，許多植物為人類提供了取之不盡、用之不竭的生活食糧，像玉米、稻穀、果樹等。成了眾多人口生活的依靠。所以，人類希望神靈能保祐它們很好地生長，故崇拜它，祭祀它。有些植物生命力很強，鋤不絕、淹不死，可謂「野火燒不盡，春分吹又生」。另有些植物，因形狀、氣味、性能具有一種特殊的個性，所以人類認為它們具有一種驅邪避惡的神奇力量，對之敬仰與迷信。植物崇拜以不同的形式進入人們的生活領域。它首先成為人們宗教活動的主要對象。我國古代苗族人認為聖樹有祖先的靈魂，瑤族和布朗族即具有信仰祭祀「穀神」、「穀魂」的儀式。

在我國民間，也有用桃、薑、蒜、韭，等植物來進行裝神弄鬼的魔法、巫術活動。植物崇拜在藝術創作中也是一種重要的現象。《呂氏春秋・古樂篇》曰：「逐草木」「奮五穀」是葛天氏之樂的重要內容。在古代神話中，流傳著許多植物崇拜的傳說。如《呂氏春秋》載有伊尹生於空桑的神話。《本味篇》曰：「其母居伊水之上，孕。夢有神告之曰：『臼水而東走，毋顧』。明日視臼出水，告其鄰。東走十里，而顧其邑，盡為水。身因化為空桑」。後來，「有洗氏女子採桑，得嬰兒於空桑之中……故命之曰伊尹」。〔註11〕伊尹生於殷之桑樹，所以，殷人尤為崇拜桑樹。《詩經・小雅》記曰：「維桑與梓，必恭敬止。靡瞻匪父，靡依匪母。不屬於毛，不離於裏。天之生我，我原安在」。朱熹依毛傳釋為，這是因桑梓人賴其用，所以人才恭敬之。古來遊客學子有「盡瘁桑梓」之說。亦即為故國、故土盡忠報效之意。

（三）神話與祖先崇拜

祖先崇拜。中國古代神話中反映了重血統觀念的傾向，形成一個個以自己祖先為中心的後裔圈。始祖神與天神合二而一。至西周，周人對殷人的帝子觀念加以改造，創造出天命觀，將大部分干預現實生活的遠古神聖們逐出神壇，代之以天德；將道統融入血統觀念，形成了近人事而遠鬼神的文化意識。春秋至戰國的禪讓說，將遠古神話傳說中的神話英雄變成了人間帝王，不可改造的神怪紛紛被淘汰，直接導致了神話歷史化。降至戰國，學者們對神話進一步整合，形成了黃帝、顓頊、帝嚳、堯、舜之五帝系統。

祖先崇拜是基於早期人類靈魂不滅和圖騰崇拜意識產生的一種形式。這種崇拜把人的心理寄託從對象世界轉向人類自己。一方面，人類崇拜自己的先輩；另一方面，人類開始產生崇拜自己的心理。由於早期人類的生存力極其低下，他們不僅無法與自然、動植物加以區別，還常常以他們為寄託。更由於某些神秘的虛幻意識的支配，把一些動植物與自己的血統、宗族，乃至於祖先聯繫起來，把他們作為自己族的圖騰，宗教。神話的形象也開始由動物向半人半獸，進而向人類自身過渡。祖先的形象開始成為人們的圖騰崇拜對象。

靈魂不滅是祖先崇拜心理的精神支柱。早期人類認為，任何事物都是有生命的，而且在各種生命之中都有其靈魂支配著，這種靈魂是不滅的，永恆的。尤其是在遠古的時代，人們還不瞭解自己身體的構造，將夢中景象的影

〔註11〕參見：《呂氏春秋・本味篇》卷十四，「孝行」覽。

響視為他們的思維和感覺，並非他們身體的活動，而是一種獨特的、寓於人身體之中，在死亡時就離開人的身體的靈魂的活動。這種臆想，就產生了靈魂不滅的觀念。靈魂不滅的意識，直接作用於人的現實世界，使人們對本族的祖先產生敬仰和崇拜的心理。久之，祖先崇拜就逐步形成了。

中國古代關於盤古開天闢地的神話，關於女媧的神話，關於羿、堯、舜、禹等的神話，皆反映這種英雄崇拜與祖先崇拜的觀念。盤古開闢神話是我國流傳得非常廣泛的一種神話。其最早見於三國時吳人徐整所撰的《三五曆記》及《五運曆年記》兩書。它包括了兩部分的內容，一為盤古出世與天地的形成；一為垂死化身與萬物之起源。前者載《三五曆記》，原書已佚。據《太平御覽》引文曰：天地混沌如雞子，盤古生其中，萬八千歲，天地開闢　陽清為天，陰濁為地，盤古在其中，一日九變，神於天，聖於地，天日高一丈，地日厚一丈，盤古日長一丈，如此萬八千歲。天數極高，地數極深，盤古極長，後乃有三皇。數起於一，立於三，成於五，盛於七，處於九，故天去地九萬里。

後者見於《五運曆年記》，原書已佚。據《絳史》引文曰：元七濛鴻，萌芽茲始，遂分天地，肇立乾坤，啟陰感陽，分布元氣，乃孕中和，是為人也。首生盤古，垂死化生，氣成風雲，聲為雷霆，左眼為日，右眼為目，四肢五體，為四極五嶽，血液為江河，筋脈為地理，肌肉為田土，髮齷為星辰，皮毛為草木，齒骨為金石，精髓為金玉，汗流為雨澤，身之諸蟲，因風所感，化為黎牛氓。

創世紀神話是古代人民所普遍流傳的一種宗教觀念。傳說中的女媧有七十般變化，《淮南子‧說林》曰：「黃帝生陰陽，上駢生耳目，桑林生臂手，此女媧所以七十化也」。《山海經‧大荒西經》曰：「有神十人，名曰女媧之腸，化為神，處栗廣之野，橫道而處」。以上創世紀的不同說法中，我們亦可窺見神話演變的脈絡。

再如表現古代民族英雄之類的神話《山海經‧大荒東經》記曰：「有谷曰溫源谷。湯谷上有扶木，翌日方至，一日方出，皆戴於鳥」。太陽之兇狠、毒辣更突出了射日英雄羿的大無畏精神。《天問》王注引古本《淮南子》記曰：「羿仰射十日，中其九日，日中九鳥皆死，墜其羽翼故留其一日也」。

據說落地的九個太陽，變成了九個熱泉：香冷泉、伴山泉、溫泉、東合泉、橫山泉、孝安泉、廣汾泉、湯泉，和瞿垢泉。《西遊記》第七十二回：羿

射日除旱，表達了先民的英雄崇拜心理。它是上古人民與自然災害拼搏的一部精略而形象的歷史。同時，羿也因此而被尊稱為「宗布」：「羿除天下之害，死而為宗布」。〔註12〕高誘注：「有功於天下，故死托祀於宗布」。

翻開保存原始神話最豐富的《山海經》，我們在「海經」與「荒經」中，彷彿看到了一部古老神系家譜的檔案，它記錄著一條條血統相傳的部族史：

帝俊生禺號，禺號生淫梁。淫梁生番禺，番禺生奚仲，奚仲生吉光，吉光是始以木為車。(《海內經》)

炎帝之妻，赤水之子聽沃生炎居，炎居生節並，節並生戲器，戲器生祝融，祝融降處於江水，生共工，共工生術器，術器首方顛，是復土壤，以出江水。共工生后土，后土生噎鳴，噎鳴生歲十有二，洪水滔天。(《海內經》)

黃帝娶雷祖生昌意，昌意降處若水生韓流，韓流擢首謹耳，人面豕喙。麟身渠股，豚止。娶淖子曰阿女，生帝顓頊。(《海內經》)

黃帝生苗龍，苗龍生融吾，融吾生弄明，弄明生白犬，白犬有牝牡，是為犬戎，肉食。(《大荒北經》)

帝舜生戲，戲生瑤民。(《大荒東經》)

因為這種血統觀念，使原始神話中始祖神也兼有天神身份，所以帝俊、黃帝、炎帝等既是天神，也是始祖神。這種以血統觀念為核心的「根」的意識，深深地融入中華民族的文化心理之中，它不僅影響著三千多年的史觀文化，也影響著傳統政治觀念和宗法制度。

又如關於禹的神話，在中華民族的文化巨樹中，禹的名字及影響恰如樹基，不僅形成了自己的神話傳說，而且從某一方面代表了華夏民族的文化創造成就與艱苦的形成歷程，成為了民族精神的化身。先秦古籍《尚書》《詩經》《左傳》《國語》《論語》《墨子》《莊子》《孟子》《荀子》《韓非子》《呂氏春秋》，都記載了這位古代「聖人」之無以倫比的功績與神話傳說。大禹治水，是禹全部神話中最著名的一部分。《韓非子·五蠹》：「禹之王天下也，身執耒臿以為民先，股無胈，脛不生毛，雖臣虜之勞不苦於此也」。

《墨子》曰：「昔者禹之堙洪水……親自操槀耜，而九雜天下之川。股無

〔註12〕參見：《淮南子·氾論訓》卷十三。

肢，脛無毛，沐甚雨，櫛疾風」。《淮南子‧氾論訓》：「禹勞天下而死為社」。
〔註13〕禹的形象構成，已完全不同於動物的神異與超人的特異。代之而起的
是人的奮鬥，獻身與拼搏精神。禹是中華民族吃苦耐勞優良作風的體現。這
其中突出的不是禹的「神」，而是禹的「勞」。從虛幻地表現人的文化成果，到
直接歌頌人的文化過程，說明了人類征服自然能力的增強，和由此帶來的信
心與熱情。它表明人類在改變物質生活的同時，也改變著自己的思維和思維
的產物。由此可見，禹的神話和傳說應該是民族文化過程中不同階段的產物。

中國帝系神話中始終貫穿著善惡評價，給人以明晰可感的倫理教訓。黃
帝被寫成善的化身：「養性愛民，不好戰伐」。其代表著正義。他的同母異父
兄弟炎帝卻違背民意，多行無道，黃帝興兵討伐炎帝，大戰於氾泉之野，經
過三場激戰，將其誅滅。炎帝被殺後，其後裔蚩尤起兵復仇，黃帝與他九戰
不勝，乃請人首鳥身的玄鳥。得知戰法，後幾經周旋，打得驚心動魄，才將他
除掉。再後，黃帝又擊敗為炎帝和蚩尤報仇的夸父、刑天和共工。這些記載
昭示人們，黃帝是善良和正義的象徵，一切與他為敵的勢力都注定失敗。因
為善良必戰勝邪惡、正義必戰勝不義。黃帝以及顓頊、帝嚳、堯、舜、禹既被
寫成明君聖王和道德楷模，便清心寡欲，很少有婚戀逸事。史籍偶而述及禹
娶妻，還是為了頌揚他們的卓越人格。直到三十歲時，他因惟恐觸犯「三十
而娶」的古制，才娶塗山氏女，但為了「不以私害公」，婚後僅四天就「復往
治水」，後來又「三過其門而不入」。

（四）巫覡文化與神話

古代保留神話最有功績的是巫師。在原始社會，巫是最有知識、最有學問
的人。他們往往在盛大的節日，以唱「根譜」的方式，將大量神話融進史詩而
得以保存。魯迅在《中國小說史略》中論及《山海經》時，就肯定了巫師的作
用。他說：「所載祠神之物多用糈（精米），與巫術合，蓋古之巫書也」。袁珂也
認為這是一部「古代楚國或楚地的巫師們留下的一部書」。這裡是巫術的場所，
又是神話的世界。《山海經》流傳下來的共十八卷，三十九篇。分《山經》五卷，
和《海經》十三卷兩大類。為什麼說這是一部巫書，最早提到《山海經》的是
《史記》。司馬遷將其作為一部奇書看待，認為其中所言皆是怪物。此書僅三萬

〔註13〕《說文解字》：周禮曰：「以歲時祭祀州社。是二千五百家為社也。祭法。大
　　　　夫以下成羣立社、曰置社」。

一千多字，卻無所不包，有地理、歷史、神話傳說、宗教、動物、植物醫藥、礦藏等。由於恢怪不經，長期以來不為人所理解。也有將《山海經》列為刑法和小說的，皆有一定的道理。魯迅所說的「巫書」才真正概括了這部書的性質。

《山經》包括《南山經》《西山經》《北山經》《東山經》和《中山經》，又稱《無藏山經》。《山經》所記之地，巫術活動十分頻繁與興盛。《山經》最後交代曰：「大凡天下名山五千三百七十，居地，大凡六萬四千五十六里」。據後人考證，其所包括的地理範圍「東南至會稽，西北至青海，北至河套，東至泰山」。大體包括越、楚、蜀、秦、鄭、晉、燕、齊等國的疆域。此書樸素地記錄了古人觀念裏的地理現象。並非真正的自然地理，是真實性和神秘性的混合體。

由此可知，《山經》的巫術性質非常明顯。《海經》中亦保留了大量的原始神話和古帝王傳說，而這些幾乎和巫術都有密切的關係。如果說崑崙山在《山海經》中佔有煊赫的位置，那麼《海經》類的巫山，也是非常引人注目的神山。如果把《山海經》中的黃帝、炎帝、顓頊、帝嚳、帝堯、帝舜、帝江、帝鴻，人帝丹朱、少昊、帝俊都視為帝的話，那麼未被列入帝王之列的巫咸，其實也堪稱為帝。

《山海經》記曰：

> 巫咸國，在女丑北，右手操青蛇，左手操赤蛇，在登葆山，群巫所上下也。(《海外西經》)

> 有巫山者，西有黃鳥、帝藥、八齋。黃鳥於巫山，司此玄蛇。(《大荒南經》)

> 開明東有巫彭、巫抵、巫陽、巫履、巫凡、巫相皆操不死之藥以距之。(《海內西經》)

> 有靈山、巫咸、巫即、巫盼、巫彭、巫故、巫真、巫禮、巫抵、巫謝、巫羅十巫從此升降，百藥爰在。(《山海經·大荒西經》)

在原始社會，巫最初沒有專業化。到了原始社會末期，隨著私有制和階級的出現，巫便是宗教領袖，有的由部落首領兼任，能溝通於人神之間。他們天地之間無所不知，無所不曉，集天文、地理、曆法、歷史、醫藥……各種知識於一身。在神權無尚的原始社會具有崇高的威信。馬克思在《摩爾根·古代社會》一書摘要裏，提到辛尼加部落曾有一種巫醫會，是他們「宗教上的最高儀式和宗教上最高的神秘祭」。「每個巫醫集會是一個兄弟會。加入的新成員都要經過正式的入會儀式」。這一「巫醫集會」組織，實際上行使部落

首領的職能。他們在氏族社會末期的確起著十分重要的作用。

在漢文古籍中，亦有不少有關巫的記載。《國語‧楚語下》曰：「古者民神不雜，民之精爽不攜貳者，而又能齊肅衷正，其智慧能上下比義，其聖能光遠宣明，其明能光照之，其聰能聽徹之，如是則明神降之，在男曰覡，在女曰巫」。

有的史家將巫咸當作復興商朝的有功之臣。《史記‧封禪書》曰：「帝太戊，有桑穀生於庭，一暮大拱，懼。伊陟曰：妖不勝德，太戊德修，桑穀死，伊陟贊巫咸，巫咸之興至此始」。

這裡巫咸即巫之共名。《離騷》曰：「巫咸將夕降矣，懷椒糈而要之」。《山海經》所謂的「巫抵」，即甲骨文所見「巫帝」的音轉。所謂「巫咸國」，無非是群巫想像中的一個以巫們為主的神國。巫咸便成了群巫之首領了。她們上天代人間帝王向天地請示，又把天帝的旨意帶回人間，是溝通上天和人間的使者。所以升降上下來去自由，並有登葆山、巫山、靈山這樣一些通神的專線供他們來回活動。王國維在《宋元戲曲考》中說「楚辭」謂巫，曰靈，謂神亦曰靈。可見古代巫、靈、神的界限劃得不那麼清。靈也就是巫，靈山自然也就是巫山。《海經》裏，巫及巫群活動的頻繁出現，說明這很可能是巫覡們的言行記錄專著。也是他們奉為經典的一部巫術書。

對於巫術，人類學家曾解釋為，一種是相似律，巫術施行者，通過對某一種事物的模仿就可達到自己的目的。比如原始人在酷熱的夏天，幻想人們能將太陽射落，他們就模仿太陽造象，這一假設的太陽如被射落，人們就想真的太陽也必然被射落。另一種是接觸律或感染律。巫術施行者可以利用對方接觸過的任何一種對象，或對方身體的任何一個部分，給對方施加影響。前一種叫做模仿巫術，後一種叫交感巫術。和模仿巫術有關的神話。在《海經》中並不能發見。如《大荒東經》曰：「應龍處南極，殺蚩龍與夸父，不得復上，故下數旱，旱而為應龍之狀，乃得大雨」。據袁珂引《廣雅‧釋魚》曰：「有翼曰應龍」。這原是想像的動亂。龍一般都司雨水，地上久旱不雨，人們向司水之神龍求雨，便模仿應龍造象而祀之。

故郭注曰：「今之土龍本此，氣應自然冥感，非人所能為也。」「冥感」說明這是通過宗教神思以發生作用。一直流傳到今天還在民間保留的玩龍的風俗，其淵源可能出自於原始巫術活動中模仿龍之形貌動作以求雨的古俗。只是隨著社會的發展，這一帶有濃厚的巫術性的古俗，逐漸演變為群眾性的娛樂活動。

（五）宗教神話與早期人類文化心理

宗教神話是對早期人類的人格力量的讚美。宗教神話的出現，充分肯定了社會群體的人格力量。雖然人類早期的神秘的崇拜意識，常處於一種朦朧的狀態，但是它卻如同集體無意識的原型一般，深深地滲入人類的文化心理結構之中。許多因子進入了人類的藝術領域之後，或則蘊藏於人類的情感，或則寄託人類的希望，或則體現人類的品格和力量。

如幾乎伴隨著東方民族發展整個行程的龍鳳崇拜。早在新石器時代的紅山文化中，就已有了「玉龍」。到了戰國時期，已出現非常成熟的藝術作品《人間龍鳳帛圖》。後來，龍鳳崇拜意識既留在《論語》《周易》《左傳》《史記》等著作中，又表現於各種各樣的宮廷、廟堂、家室和園林等建築物中。時至今日，我國仍有大量表現龍鳳崇拜的文化形式。

宗教神話的出現，展示了早期人類的創造意識，豐富了早期人類的藝術世界。宗教與神話的關係是非常密切的。它們不僅在原始造型藝術史上留下了豐富的資料。對於上古時代的神話來說，其價值也是比較突出的。在澳大利亞，早期的圖騰神話就與宗教性的儀式緊密地聯繫在一起。神話是對儀式的解說，而儀式則又是神話中那些事件的具體化。在埃及「太陽神」就是埃及最古老、最權威的神話中的形象。這個最為顯赫的太陽神名叫拉.哈拉克特。他統治著天地人間的一切。他的故事是埃及民族的一個美麗的傳說。古希臘耕種時祈禱農神山羊之歌，和豐收時的「狂歡之歌」也成了人類悲劇藝術和喜劇藝術的起源。

在中國，諸如此類的神話也是比比皆是。《周禮》曰：我國遠古始民帥巫而舞芸。王國維說，上古「靈之為職……蓋後世戲曲之萌芽，已有存焉者矣」。〔註14〕可見，宗教神話的出現，為人類藝術的歷史畫廊提供了大量的珍貴材料。

宗教神話的出現，亦加強了早期人類的心理張力，對於早期人類的發展來說，宗教與神話的作用力是不可忽略的。一方面，宗教神話記錄了人類童年的思想情感，這種「記錄」通過反覆的觀照活動，拓寬了後人的心理空間。也正是在反覆的觀照活動中，逐層出現早期人類的那種真實而美麗的夢幻所具有的特殊價值。人類童年時代的宗教神話是極有魅力的。在他們眼中，一切都是真的。「對原始人來說，誰若戴上面具，誰就是面具所表示的那種動物或魔鬼，而不單是魔鬼或動物的形象……同樣，對原始人來說，他若夢見某

〔註14〕王國維：《宋元戲曲史》。

人的靈魂，他就毫無反省地感到目擊其人」。這是人類童年的一種純真。另一
方面，宗教神話也顯示了早期人類的思維能力，並構成自己的思維方式和思
想體系。雖然《易經》《聖經》《古蘭經》《大藏經》已遠離古人，但人們不得
不承認，他們是遠古人類思維能力發展的結果。他們在人類文化史上的顯赫
地位和重大影響，充分體現了遠古宗教神話既給人類帶來了野蠻，更給人類
帶來了強大的心理力量。〔註15〕

三、史前巫儺文化與湖湘民間宗教

　　史前巫儺文化對湖湘文化的建構有著重要的影響，是湖湘文化的源頭之
一。湖湘遠古巫儺文化積澱深厚，影響深遠，涉及到民俗學、神話學、宗教學、
人類學、經濟學、考古學、藝術學、美學、語言學及民間文學等文化現象。其
「民神雜糅，不可方物」的文化包容意識，構築起瑰麗奇異的南楚文明。

　　本章擬成沅、湘「信鬼而好祀」之巫俗，湖湘圖騰信仰與宗教文化，湖
湘遠古稻作文明與巫術性的農業祭典，及湖湘儺文化與儺舞、儺戲方面，探
討其文化傳承與發展之脈絡，進而揭示湖湘人之道德、宗教觀與價值取向，
及湖湘炎黃文化之精神特質。

（一）南陲之邑，沅、湘之間：「信鬼而好祀」之巫俗

　　漢代王逸《楚辭章句》曰：「昔楚南陲之邑，沅、湘之間，其俗信鬼而好
祀。其祀必作歌樂，鼓舞以樂諸神」。巫的職司是樂神，《說文解字》：「巫，祝
也。女能事無形以舞降神者之」。《商書》：「敢有恆舞於宮，酣歌於室，時謂巫
風」。疏謂：「巫以歌舞事神，故歌舞為巫覡之風俗也」。

　　巫與舞在讀音上皆一聲之轉。巫最初的印象是手舞足蹈。《海外西經》曰：
「大樂之野，夏后啟於此舞『九代』（巫舞），乘兩龍，雲蓋三層，左手操翳，
右手操環，佩玉璜」。《世本‧作篇》（清張澍稡集補注本）：「女媧作笙簧。隨
作竽笙，神農作琴、作瑟，伶倫作律呂並首創磬，垂作鐘，巫咸作鼓，毋句作
磬，舜作簫，夔作樂」。亦可見巫與樂舞之淵源。

　　在湖南湘潭堆子嶺遺址出土的人物舞蹈紋罐，即為原始部落巫師的形象。
〔註16〕高廟巫師墓中亦有出土的玉玦和玉璜。

〔註15〕田若虹：《古代宗教文化與神話》，「中國文化與文學」博士課程論文，於華東
　　　　師範大學，2002年。
〔註16〕安田喜憲主編：《神話、祭祀與長江文明》，文物出版社，2002年，第二百頁。

古籍中有關於苗族巫師的巫術表演等記載。〔註17〕有的巫師且兼有歌師和舞師的職能，荊楚巫官文化的代表屈原，其所創作的《九歌》中的《雲中君》《湘君》《東君》《國殤》《東皇太一》和《禮魂》，均為楚地娛神、悅神之歌舞，其中《東皇太一》祭祀天神。屈原以不同於《九歌》它篇的寫法，在短小精悍的篇幅中，生動展現了祭神的整個過程和場面，給人留下了極其深刻的印象：

> 吉日兮辰良，穆將愉兮上皇。撫長劍兮玉珥，璆鏘鳴兮琳琅。瑤席兮玉瑱，盍將把兮瓊芳。蕙肴蒸兮蘭藉，奠桂酒兮椒漿。揚枹兮拊鼓，疏緩節兮安歌，陳竽瑟兮浩倡。靈偃蹇兮姣服，芳菲菲兮滿堂。五音紛兮繁會，君欣欣兮樂康。

祭神儀式開始，扮演神靈的主祭（女巫）撫摸長劍上的玉珥，整飭好服飾，恭候天神的降臨。然後，以祭品「瑤席，玉瑱」與「桂酒、椒漿」之佳餚，伴以繁音急鼓、巫音繚繞，舞姿婆娑，致使祭祀氣氛進入高潮。繼而，女巫靈身著美麗華艷而香氣四溢之姣服，飄然起舞，樂隊齊奏，琴瑟紛呈，以之媚神、悅神，整個祀神儀式進入最高潮。天神東皇太一欣喜神態溢於言表，人們的喜悅心態亦表露無遺。在整個祭典儀式中，女巫靈以樂舞交於神靈，虔誠地娛神、悅神，一種既莊重又歡快的感覺，洋溢著人們對天神的敬重、歡迎與祈望。

《雲笈七籤·軒轅本紀》載：「帝以容成子為樂師，帝作雲門、大卷、咸池之樂，乃張樂於洞庭之野」。容成子乃古代傳說中的仙人。《列仙傳》則稱其為老子之師，亦曾為黃帝之師。文獻所記黃帝張樂於洞庭之野，亦為一種祭天活動。

《國語·楚語》稱：「古者民神不雜，民之精爽不攜二者，而又能齊肅中正……如此則明神降之，在男曰覡，在女曰巫」。巫文化中最古老的神話傳說即為「靈山」十巫。《山海經·大荒西經》曰：「有靈山，巫咸、巫即、巫朌、巫彭、巫姑、巫真、巫禮、巫抵、巫謝、巫羅十巫，從此升降，百藥爰在」。王逸曰，「靈」即巫也。「靈山」亦即「巫山」，乃巫交通天地所從上下之「天梯」。靈山亦為「登葆山」之異名。《海外西經》載：「巫咸國在女丑北，右手操青蛇，左手操赤蛇，在登葆山，群巫所從上下也」。《山海經·海內經》亦記載了一座「肇山」：「有人名曰柏高，柏高上下於此，至於天」。這位柏高很可能是原始時代的一位巫師。他能登肇山並由此上天。〔註18〕

〔註17〕林河：《中國巫儺史》，花城出版社，2001年，第二十三、二十四頁。
〔註18〕轉引自：晁福林《先秦民俗史》，上海人民出版社，第二百三十三頁，2001年。

《太平御覽‧皇王‧帝啟》曰：「昔夏后啟筮，乘龍以登於天，占於皋陶，皋陶曰：「吉而必同，與神交通」。這些傳說與新石器時代建築於山嵐之上，或是人工堆積的土山之上的祭祀場所可相互印證與闡釋。《楚辭遠遊》：「仍羽人於丹丘兮，留不死之舊鄉」。意即羽人所居之地，乃無死亡之神人居所。

據考古發現，湖南洪江市岔頭鄉的高廟 1991 年出土了一件精美的高直領白陶罐。上面的畫面中間是長有雙羽翅的獠牙獸面，其兩側各豎有一個由兩立柱構成的「梯闕」，共有四級，還有環梯盤旋而上達於闕頂。有論者稱，此「梯闕「即與神靈交通之天梯，其為神靈往來之通道。

2004 年，高廟又發掘了將近一千平方米的大型祭祀場所，距今約七千多年。這個場所呈南北中軸線布局，面朝正南方的沅水。在北部的主祭場所，發現了四個近方形、邊長與深度各近一米的大柱洞，正好組成兩兩對稱、略呈八字形排列的「雙闕」狀建築。其與 1991 年發現的白陶罐，畫面上「雙闕」之位置和布局完全一致，它是當時人們祭祀場景的真實寫照。這個「梯闕」，被認為是古代祭祀場所中專設的供神靈上下之天梯，或神靈出入之天門。專家指出，此祭祀場所的發現驗證了白陶罐上所飾祭儀圖的實景，也揭示了那些以戳印神靈圖像為主的白陶製品即為構思詭譎的通靈祭器。

其實早期巫者形象尚可溯至史前中國岩畫。賀蘭山岩畫中，即有巫師身著長袍溝通天地之身影。史前洞穴壁畫銘刻在洞穴的深處，顯然主要不是為了欣賞，而是帶有某種神秘的巫術目的。筆者在《史前岩畫、儺戲與中國前戲劇形態》中曾論及。巫又能前知。荀子曰「知其吉凶妖祥，傴巫跛擊之事也」。《呂氏春秋‧勿躬》曰：「巫彭作醫，巫咸作筮」。《周禮‧祭祀》曰：「九筮之名。一曰巫更，二曰巫咸，三曰巫式，四曰巫目，五曰巫易，六曰巫比，七曰巫祠，八曰巫參，九曰巫環，以辨吉凶。凡國之大事，先筮而後卜。上春，相筮。凡國事，共筮」。〔註19〕《歸藏》稱巫咸為黃帝作筮（用筮草占卦），認為巫咸是用筮占卜的創始人。春秋之巫祝，祝史主祭典以通鬼神。《左傳‧襄公二十七年》曰：「其祝史陳信於鬼神，無愧辭」。《禮記‧曾子問》：「大宰命祝史以名遍告於五祀、山川」。

湖南瑤族自古亦有巫面對懸掛的圖騰物祭祀之畫圖。〔註20〕楚墓中也有出土文物的祭禮場面。長沙馬王堆三號漢墓出土的一幅被考古學家命名為地

〔註19〕參見：《周禮‧春官宗伯第三》，中文大學出版社，2010 年。
〔註20〕林河：《中國巫儺史》，花城出版社，第二十二頁，2001 年。

形圖之帛畫，被視為胖牁文化的遺痕。林河認為南山神柱旁寫有「帝舜」二字者，即可為證。他指出：「南山上精美的柱子應是祭祀舜帝的胖牁神柱；東山的神柱應是祭祀炎帝的胖牁神柱」。〔註21〕

巫尚有導引、擅祓除求雨之術、驅疫除邪、巫術治病等功能。《周禮‧春官》：「女巫掌歲時祓除釁沐，旱暵則舞雩」。有論者曰，長沙楚墓之《人物馭龍圖》，「根據頭頂太陽之人所穿右袵簇花長袍的特點，此人應是當時楚人的權貴者，比如巫人首領，或者是專為太陽駕車的神人羲和」。〔註22〕抑或引魂昇天之龍。

長沙子彈庫楚墓出土的楚帛書，即為陰陽數術之書。其中乙篇為《天象篇》，丙篇為《月忌篇》。《天象篇》述異常天象，預示人間災難與避災之術。《月忌篇》述每月行事，及如何趨吉避禍。

巫又能前知。荀子曰「知其吉凶妖祥，傴巫跛擊之事也。」《呂氏春秋‧勿躬》曰：「巫彭作醫，巫咸作筮。」《周禮‧祭祀》曰：「九筮之名。一曰巫更，二曰巫咸，三曰巫式，四曰巫目，五曰巫易，六曰巫比，七曰巫祠，八曰巫參，九曰巫環，以辨吉凶。凡國之大事，先筮而後卜。上春，相筮。凡國事，共筮。」〔註23〕《歸藏》稱巫咸為黃帝作筮（用筮草占卦），認為巫咸是用筮占卜的創始人。春秋之巫祝，祝史主祭典以通鬼神。《左傳‧襄公二十七年》曰：「其祝史陳信於鬼神，無愧辭。」《禮記‧曾子問》：「大宰命祝史以名遍告於五祀、山川」。

郭璞《巫咸山賦》載，「巫咸以鴻術為帝堯醫師」，則巫咸又是帝堯的醫師。長沙馬王堆漢墓出土之《七十二病方》，即載有治病之巫咒：「天神下幹疾，神女倚序聽神語。某狐叉（疝氣）非其所處，已。不已，斧斬若」。〔註24〕

湖南保靖土家族驅逐瘟疫的一種儺儀，即當人生病時，找巫師占卜，許儺願，拜儺神爺爺和儺神娘娘，病癒還願，請巫師做法，殺牲十二，前後共需五天。〔註25〕

據傳湘西鳳凰之「仙娘」，即專為婦人、孩童施醫之巫，其職為人鬼之媒介。施醫時，女巫設一位置坐定，用青絲綢巾掩蓋住對方的臉，然後託亡魂

〔註21〕林河：《中國巫儺史》，花城出版社，第四百二十九頁，2001年。
〔註22〕張世春：《長江大學學報》（社會科學版），2009年2月。
〔註23〕參見：《周禮‧春官宗伯第三》，中文大學出版社，2010年。
〔註24〕林河：《中國巫儺史》，「巫詞選錄」，花城出版社，2001年，第五百九十九頁。
〔註25〕《宗教詞典‧還儺願》，上海辭書出版社，1985年版。

說話，以半哼半唱的方式，與之聊人家事之短長，或兒女疾病，或遠行者之情形。傷心之處，巫者涕泗橫溢，聽者亦噓泣不已。

英國人類學家弗雷澤曾在其名著《金枝》一書中，談到原始部落的一切風俗、儀式和信仰，皆起源於交感巫術。弗雷澤認為，人類最早是想用巫術去控制神秘的自然界。古代施術之「降神儀式」和「咒語」，構成了巫術的主要內容。

巫術亦通過一定的儀式表演，利用和操縱某種超人的力量，影響著人類生活或自然界的事件，具有明顯的功利目的。在原始社會生產力水平低下和人類認識水平低下的情況下，人們無法把握自身，更無法支配自然界，於是便寄託於巫術，使得巫術與原始社會的日常生活與生產勞動發生著密切的聯繫。

湖南湘西土家族有從事祭神驅鬼巫術的「覡」，在土家語中被稱為「梯瑪」，俗稱土老司，意為敬神之人。祭祀過程中，由「梯瑪」演唱的敬神之歌「梯瑪神歌」，即是一種巫術祭祀活動。〔註26〕土家族一年一度的「調年擺手」敬神祭祀活動，都由梯瑪一手執掌。「梯瑪」掌管著村寨的祭祀、驅鬼、許願、還願、婚姻與婚禮，以及求子嗣、求雨、解糾紛、治病、占卜和喪葬等禮俗。

湘西苗族人亦多虔信巫術。苗族沒有自己的文字。在過去，他們所有的歷史和文化都是由苗巫來傳承的，其為人神之間的溝通者。因此苗族巫師（或曰法師）在人們心目中擁有極高的地位。在湘西苗區，男巫稱為苗老司，凡遇重大祭祀活動，如喪葬、驅儺、求子、祈福，都由他們來主持。如進行「椎牛」、「打家先」等活動即如此。

張子偉《苗族祭祀遠古祖先的盛典》中，描述了湘西「椎牛」之情景：「一塊坪地之中，五彩神柱之下，一頭水牯環繞突奔，一群握著梭鏢的男子迅猛地向那水牯刺殺。牛牯倒地，叔伯同舅輩親便瓜分牛肉，數百鄉民跳鼓對歌通宵達旦。這就是苗族的椎牛祭」。〔註27〕民間亦有關於「錐牛」迎接消災消難的蚩尤之說。所謂「打家先」，即為死去的先祖招魂。招魂時，由苗老司一手打銅鑼，一手打竹筒。此外，苗族至今還傳承著赤腳上刀梯、過火海、踩火犁，口銜火犁，以及赤膊滾刺床等各種巫技表演活動。〔註28〕

在湖南懷化眾多的古城、古鎮、古村落中，有著過鬼節、做道場、貢土

〔註26〕參見：土家族織錦中的《擺手舞》。《宗教詞典·還儺願》，第十五頁。
〔註27〕張子偉：《鳳凰古城廟祠——人與神巫》，《民族論壇》2003 年，第九期。
〔註28〕參看：《中國巫儺史》圖示，第二十三、二十四頁。

地、跳大神、祭跳香、收魂、收黑等民間習俗與巫術，如今，滾刺床、單刀雲梯（上刀山）、趟火池（下火海）、吃火木炭等儺技，皆已成為中國的民間絕技。在沅陵五溪亦有此類儺技表演，主要如上刀梯、過火槽、踩犁頭等。宋兆麟《巫與巫術》中，援引《點石齋畫報》所繪之「上刀梯」，稱其目的是為了「贖魂」、治病，亦為炫耀與表演。

湘西苗巫的主要巫術活動還有過陰、占卜、神明裁判、祭鬼，及蠱術等，這些活動皆由巫師主持。如湘南地區的「虜瘟法」，其於每年秋後農閒時進行。農民們延巫虜瘟，由巫師駕著草船，挨家挨戶收瘟。然後到河邊，將燃燒的草船送入水中。表示「五瘟」已隨草船火化，隨水漂流。

在湘西苗族，有「拿龍求雨法」，即捉條小蛇當作龍子龍孫，囚之於神壇下的水桶中，將其當作人質，逼迫龍王下雨，其後，方放之歸山。〔註29〕

巫「蠱」是中國古代遺傳下來的神秘巫術。清代《乾州廳志》卷七云：「苗婦能巫蠱殺人，名曰放草鬼，遇有仇怨嫌隙者放之。放於外，則蠱蛇食五體，放於內則食五臟。被放之人或痛楚難堪，或形神蕭索，或風鳴於皮膚，或氣脹於胸膛，皆置人於死之術也。將死前一月，必見放蠱之人之生魂，背面米醫物，謂之催藥。病家如不能醫，不一月即死矣。聞其法，必秘設一壇，以小瓦罐注水，養細蝦數枚，或置暗室床下土中，或置山僻徑石下。人得其瓦罐焚之，放蠱之人必死矣。」孔穎達《十三經注疏》曰：「以毒藥藥人，令人不自知者，今律謂之蠱毒」。《本草綱目·蠱部》，則將其解為由人餵養的一種毒蠱。曰，取百蟲入甕中，經年開之，必有一蟲盡食諸蟲，此即名曰「蠱」。

著名湘西文學家沈從文《鳳凰》寫道：湘西女性分別在三種階段容易產生蠱婆、女巫、和落洞女。窮而年老的，容易成為蠱婆，三十左右，容易成為仙娘，美麗而性情內向的，易落洞而死。蠱在湘西地區俗稱「草鬼」，相傳它寄附於女子身上，危害他人。那些所謂有蠱的婦女，被稱為「草鬼婆」。放蠱幾乎在湘西地區都有留傳，而趕屍則主要流傳於湘西沅陵、瀘溪、辰谿、漵浦四縣。

沈從文《沅陵的人》中，有巫術趕屍之描寫：「經過辰州，那地方出辰砂，且有人會趕屍。若有人眼福好，必有機會看到一群死屍在公路上行走，汽車近身時，不知道避讓在路旁，完全同活人一樣」。

施蟄存《祝由科的巫術》中，亦對湘西一帶的趕屍巫術有所描述：如果

─────────────────

〔註29〕林河：《中國巫儺史》，「巫法選」，第六百一十五、六百一十六頁。

有人死在外地，無法運棺材回故鄉安葬。唯一的辦法，便是請祝由科帶死人走回家。祝由科畫一道符，貼在死人額上，念了咒，搖著一個攝魂鈴，死人就會跟著他走。

公元前四千年以後，主持祭祀和宣講的「巫」，從始族村落獨立出來，開始了巫祠時代。在巫祠時代，當「聖人」，亦即由巫祠供養的，主持祭祀的巫，宣講祭祀之頌詞時，「百姓」皆傾聽其教誨。「巫」亦將之視為己出：「聖人在天下，歙歙焉，為天下渾其心。百姓皆注其耳目，聖人皆孩之」。〔註30〕

王逸《楚辭章句》曰：「沅湘之間，其俗信巫而好祠，其祠必作歌樂鼓舞以樂諸神」。《乾州廳志·風俗》：「楚俗尚巫信鬼，自古為然，乾州邊地，豈能免乎？」《永綏廳志·苗峒》「綜記苗鄉應祭之鬼共七十餘堂」。湖湘尚鬼之俗，於此可見一斑。

巫祭亦有方位、尊卑之序，巫師職責分明。《漢書·郊祀志上》記曰：「長安置祠祀官、女巫。其梁巫祠天、地、天社、天水、房中、堂上之屬；晉巫祠五帝、東君、雲中君、巫社、巫祠、族人炊之屬；秦巫祠杜主、巫保、族纍之屬；荊巫祠堂下、巫先、司命、施糜之屬；九天巫祠九天：皆以歲時祠宮中。其河巫祠河於臨晉，而南山巫祠南山、秦中。秦中者，二世皇帝也。各有時日」。〔註31〕宋陳田夫《總勝集》援引《上真記》云：「祝融氏為赤帝治衡霍山，即衡嶽也。衡嶽者五嶽之南嶽，即周官所謂荊州之鎮也」。該篇《五峰靈跡》亦謂此地：「昔炎黃之世，祝融君遊息之所。因而名焉」。〔註32〕

相傳炎帝神農氏曾帶領氏族南渡長江，開發瀟湘，火神祝融以火施化。自舜帝南巡起，這裡便成為歷代天子巡狩和祭祀的地方。他們來此祈求「以為社稷，而福生靈」。楚之族源，向來有帝顓臾高陽說、祝融說等，胡厚宣在《楚民族源於東方考》中，認為楚之始祖為祝融。《六韜》載，南嶽神祝融氏，曾五受皇封，尊位極高。比官方祭祀更為廣泛而普遍的，是眾多的黎民百姓對南嶽神祝融的朝拜。每值三春，四方遊禮者甚眾。延續了千年之久的湖南南嶽廟會、香期，即是一種民間祭祀祝融的活動。香客們來自四面八方，近者自省內各地，遠及江西、湖北、廣東、廣西。在俗定的農曆八月初一，據有關統計，南嶽聖帝神誕之日，來此進香朝拜者多達十萬之眾。

〔註30〕《道德經》四十九。
〔註31〕《漢書·郊祀志》上，卷二十五。
〔註32〕《南嶽總勝集》卷上，《大正藏》第五十一冊。

「北有孔廟，南有屈子祠」。屈原放逐南陲之域，作《九歌》之曲，託之以諷諫，以寄忠君愛國。晉王嘉《拾遺記》載：「楚人為之立祠，漢末猶存」。位於湖南汨羅江畔玉笥山之屈子祠，亦名屈原廟、汨羅廟、三閭廟等，是楚人紀念屈原之所，也是湖湘文化之源頭。屈子祠內，以巨木雕刻著司馬遷的《屈原列傳》，上懸「光爭日月」的牌匾。屈原墓誌銘曰：

大夫名平，字曰靈均。太歲在寅，誕生樂平。皇考伯庸，帝高陽之苗裔；始祖屈瑕，以封邑而為姓。大夫一生，憂國憂民。內舉賢能，外禦強秦。適張儀入楚，鄭袖弄權。大夫罹難，披髮行吟。山河破碎，汨羅冤沉。嗚呼！大夫一生，正道直行。逸響偉辭，文苑豐碑；高風亮節，焜焜耀炳燐。懷沙赴淵，鬼哭神驚。傳神魚負屍，歸瘞故里，實衣冠之冢，鄉里父老之情。而今水回千里，墓室蒙澤。擇地遷葬，永慰忠魂。

千百年來，湖湘五月五日的龍舟競渡已成亙古不變的巫俗。唐代詩人劉禹錫《競渡曲》，描述了沅水一帶龍舟競渡的壯觀情景：「沅江五月平堤流，邑人相將浮綵舟。靈均何年歌已矣，哀謠振楫從此起。楊桴擊節雷闐闐，亂流齊進聲轟然。蛟龍得雨鬐鬣動，蠑螈飲河形影聯。刺史臨流褰翠幃，揭竿命爵分雄雌。先鳴餘勇爭鼓舞，未至銜枚顏色沮。百勝本自有前期，一飛由來無定所。風俗如狂重此時，縱觀雲委江之湄。綵旂夾岸照蛟室，羅襪凌波呈水嬉。曲終人散空愁暮，招屈亭前水東注」。

湖南至今仍延續紀念屈原的大型祭祀活動。據《三湘都市報》報導，2006年長沙杜甫江閣即舉行了「楚魂漢唐風‧千粽祈福」的祭祀活動，〔註33〕參祭者雙手執笏，莊嚴肅穆。祭祀臺上供奉著豬、牛、羊三牲；主祭者誦讀祭文：「伏維丙戌，序屬三夏，節屆端午，雲水低回；巍巍麓山，悠悠湘水，吾輩肅立，祭祀英靈。屈子靈均，楚地之光，被月佩璐，蘭芷清芳；離騷天問，九歌九章，文采奕奕，壯志高揚」。聲音傳達著人們對屈子的追念之情。其後三祭酒，向參祭者撒艾葉水驅邪避害，並焚燒祭文。儀式之後，一串串粽子被投入到滔滔湘江，伴隨著人們深情的祝福，去追尋那二千多年前屈原遠去的浪漫靈魂。

湖湘無數的廟祠建築亦彰顯了其信巫而好祠之俗。如晚清湖南湘西鳳凰城內之廟祠建築，可謂鱗次櫛比，達五十處之多，其中：風神廟、火神廟、龍王廟、馬王廟、水府廟、靈官殿、閻王殿、三官閣、女媧宮、城隍廟、伏波

宮、芒神廟、太平寺、奇峰寺、飛山廟、王公祠、翟公祠、石蓮閣、三侯廟、
準提庵、文廟、武廟、武侯寺、先農壇等，皆各具面貌。此外，各類行業會所，亦兼有宗教場所之職能，如縫紉業的軒轅寺、木匠業的魯班廟、鐵匠業的老君廟、醫藥業的神農寺等，它們無不顯現湖湘人之道德、宗教觀與價值取向，頗具湖湘文化信仰特徵。

（二）湖湘圖騰信仰與宗教文化

1. 湖湘日、鳥崇拜與信仰

天體崇拜以日神為甚。中國古代以日為眾神之主。故而原始神話中，敷演出許多以太陽為中心內容的故事。如羲和生日，浴日，馭日；羿射九日；夸父逐日等等，都直接反映了當時人們太陽崇拜的心理。

古代典籍《淮南子》《山海經》《楚辭》《國語》中，都有關於太陽神話的記載。《後漢書·天文》注引張衡《靈憲》云：「日者，陽精之宗。積而成鳥，象鳥而有三趾。陽之類，其數奇」。《山海經·海外東經》曰：「湯谷上有扶木，一日方至，一日方出，皆載於鳥」。湯谷即「暘谷」，神話傳說中太陽升起之處。太陽鳥信仰，是一種以鳥信仰為原型構成的太陽與鳥複合體信仰。

全國各地新石器時代文化遺址出土的有關文物，都證明著中華民族崇拜太陽的歷史。如在長沙馬王堆出土的一號漢墓西漢帛畫中即有太陽崇拜的遺跡：色彩絢麗的「十日並出」的圖案，圖上面那輪紅日中，佇立著一隻神采奕奕的烏鴉。即為太陽鳥和有關太陽崇拜及鳥崇拜的實物圖形。

南方長江流域的太陽崇拜與鳥崇拜關係密切，為稻作文明獨特的現象。如七千年前，長沙大塘遺址出土的陶罐上，即繪有四個太陽、四隻太陽鳥、四組生命樹，以及村落、江水、稻田等圖案。〔註34〕從事稻作生產需要有關太陽運行的知識，因而長江流域的稻作農業社會崇拜太陽便順理成章。同時，他們認為鳥是駝運太陽的神鳥，因而他們也崇拜神鳥。如楚國時代的太陽鳥神鼓，漢代帛畫上的太陽鳥。苗族村落廣場的蘆笙柱上佇立著的鳥，鳥頭朝向太陽升起的地方。（竹田武史攝）〔註35〕日本安田喜憲認為「在長江流域稻作農耕地帶廣泛存在過崇拜太陽和駝運太陽的神鳥毋庸置疑」。〔註36〕無疑，湖湘太陽鳥圖騰崇拜，是沅水、湘江流域先民長期從事稻作農耕活動的產物，

〔註34〕林河：《中國巫儺史》，花城出版社，第八頁圖，2001年。
〔註35〕安田喜憲主編：《神話、祭祀與長江文明》，第十八頁，2002年。
〔註36〕安田喜憲主編：《神話、祭祀與長江文明》，第十三頁，2002年。

體現了其儺文化的核心觀念與形成標誌。

太陽鳥崇拜的遺跡，在湖南各地被先後大量地發掘出來。引起了人們的震驚與關注。在屬於湖南沅水中上游流域地區的高廟文化之器物「夾砂褐紅陶罐」上，亦發現有鳳鳥載日的圖像，體現了比較強烈的太陽崇拜與鮮明的區域性文化特徵。根據湖湘遠古稻作文明、神農文化與巫術性的農業祭典之地域性、地望特徵，太陽崇拜符合這個陶罐和炎帝所居最有可能發生聯繫的一些特質。

在八～九千年間，湖南澧縣彭頭山遺址亦出土了有連珠形日月紋的陶製祭器，為日月祭圖案。〔註37〕彼時的藝術品充滿了原始巫文化的色彩。以日月崇拜與火崇拜為主，出現了巫形紋、太陽紋、月亮紋、井字紋等符號。同時，該處亦發現了原始祭壇。

七～八千年前，湖南黔陽縣高廟遺址的陶製祭器上，有太陽、鸞鳥紋相結合的人面獠牙紋。與《白虎通義》所記炎帝形象相符。《白虎通》曰：「炎帝者，太陽也」。高廟文化亦即炎帝文化。「炎」與「儺」古音通假，故「炎帝」亦即「儺神」。高廟白陶上最有特色的獠牙獸面與鳳鳥圖案、八角星紋的圖像主題及構圖原理。或飛鳥頭戴羽冠，雙翅載托太陽和八角星翱翔中天；或描繪太陽跳出地平線，從波濤中冉冉升起。或鳥頭人身，上下疊置……太陽和神鳥的結合體。這些神秘的組合圖案，一直影響到相關歷史時期精神領域裏的宗教信仰，其中八角星紋圖像被認為與古代的方位觀念與八卦的起源有關。有論者曰，獠牙獸面與鳳鳥紋這個主題可能是中國傳統文化的一個重要主題，八角星紋是中國最重要的、代表性的、普遍性的符號，在符號學上屬元符號。這個符號在中國已經發現了幾十個，蕭兵指出，比較可靠的說法即它是「太陽輪」，象徵太陽向四面八方放射的意思。而這個八角星紋又在高廟文化中呈現出來。

從距今七千多年的城頭山文化得知，農耕文化的意識形態——巫文化，已向更深層次發展。這期間，儺文化特有的「太陽鳥」神徽符號大量湧現在陶器的裝飾上，而且出現肇始，即如雨後春筍，在長江流域迅速傳播。〔註38〕

湖南長沙南佗大塘遺址的鳳鳥圖與高廟很接近。有一模一樣的「太陽鳥」神徽，還有太陽、儺鳥、禾苗、花卉、樹林、繩索符號，成組合地出現。林河《巫儺史》援引了黃綱正《長沙最早的人類活動遺址》所描繪了這種「太陽鳥」之圖形：「在大塘遺址發現的彩繪雙耳陶罐殘件上，耳下及腹的兩側，各

〔註37〕《文物》，第八期，1990年。
〔註38〕林河：《中國巫儺史》，「影響中國的四支儺文化」圖表，第五百八十一頁。

畫一高冠長尾鳥，鳥嘴含一樹枝，鳥頭前方高掛放射光芒的太陽，四鳥間，
各以一組樹冠圖案分隔」。〔註39〕可見其在創作的意識形態、藝術體現上和高
廟文化是一脈相承的。

　　林河認為中國的「種糯民族」之所以崇拜鳥雀，是因為原始人的水稻耕
作技術是從鳥獸那裡學來的。據古書記載，禹皇帝時，即有鳥為之助耘的故
事。這並非荒誕無稽的神話，而是真實的歷史寫照。原來，生長野生稻的沼
澤地，也是鳥獸常來覓食的場所，水稻生產與其他作物不同的特性之一便是
春耕、夏耘、秋收、冬藏，鳥獸春天到沼澤地裏覓食時，將泥踩爛，起了個春
耕作用；夏天去沼澤地裏覓食，將水稻的鬚根踩斷，讓它分蘗，起了個耘田
作用。正因為有鳥獸的助耕助耘，野生稻才能得到豐收，人們才能夠有糧食
秋收冬藏。後來由於人類的迅速增長，水田多了，鳥獸的助耕助耘大大落後
於時代了，人們才仿照鳥獸的方法，創造出水田的耕耘技術來。原始人不懂
得科學，便把這些助耕、助耘的鳥獸當作神鳥、神獸來加以崇拜。

　　中國遠古時代有著廣泛而悠久的祭日月習俗。《禮記·祭義》載：「祭日
於壇，祭月於坎，以別幽明，以制上下」。又曰：「郊之祭，大報天而注日，配
以月」。中國史前岩畫即有著豐富的對日月崇拜的圖像，其中有拜日、祭天、
祈求豐年的活動場面。如江蘇連雲港的將軍崖岩石刻畫中，即刻畫著一幅祭
天的場面。〔註40〕廣西左江岩畫中，亦發現三處祭日的遺跡，第一處的圖像
是在一個光芒四射的太陽下邊，有三個頂禮祈禱的人像；第二處是在一個巨
大的人像身旁又畫著一個太陽圖像；第三處是上方為太陽圖像，下方是一群
舉手歌舞的膜拜者，場面非常生動。〔註41〕在遠古人的眼裏，神奇之鳥是太
陽的護衛者和運載者。在沅湘地區，日鳥崇拜與祭祀佔有十分突出的地位。
如七千八百年前高廟的神農氏族「太陽鳥族徽」、「神農炎帝像」和「火神祝
融像」，在高廟文化等太陽鳥神徽之處，皆發現有此類祭壇與祭祀活動。

　　在沅湘地區，太陽崇拜亦與炎帝崇拜結合起來。炎帝形象的演變經歷了
四千年前的瑤山、龍山文化，到五千年前的良渚文化，再到六千年前的河姆
渡文化，與七千年前的高廟文化。〔註42〕在據今七千五百年前的湖南黔陽縣

〔註39〕林河：《中國巫儺史》，「影響中國的四支儺文化」圖表，第五百八十三頁。
〔註40〕童恩正譯：《我們當代的原始民族》，四川省民族研究所，1980年。
〔註41〕《廣西左江岩畫》，文物出版社，1988年版。
〔註42〕林河：《中國巫儺史》，花城出版社，2001年，第二百七十頁圖示。

高廟遺址陶器紋飾圖案中畫有兩座聳立在水波間的六級高塔。兩座塔的基座都做成火焰形。在兩座高塔中間，畫有一座巨型的日輪，日輪中有長著四顆大獠牙的太陽產門。日輪有兩對飛翼，飛翼中也有火焰。高廟出土的用火焰裝飾的高塔，和那烈焰騰騰的太陽鳥紋，即為「炎」字的象徵。正如班固《白虎通》所言：「炎帝者，太陽也」。「太陽鳥」神徽可溯源自仰韶文化，在商代、周代的青銅器上，秦代的瓦當上，漢代的銅飾上，可以窺見其演變的軌跡。湖南民俗宗教信仰中亦可見其流變。如侗族桃花中的太陽鳥，土家族織錦中之太陽鳥，苗族刺繡中的太陽鳥，與瑤族織錦中的太陽鳥等。〔註43〕

2. 炎帝、黃帝、舜帝崇拜及宗教禮儀

（1）炎帝

在黃帝之前，神農氏存在了五百三十年，神農氏開創了中國傳說歷史中的第一個部落聯盟。《史記・三皇本記》載：女媧氏沒，神農氏作。神農氏炎帝姜姓，母曰女登，有女媧氏之女，為少典妃。感神龍而生炎帝。人身牛首，長於姜水，故為姓。火德王，故為炎帝，以火官名。斷木為耜，揉木為耒。耜耒之用，以教萬人始耕故號⋯⋯立一百二十年崩，葬長沙⋯⋯凡八代，五百三十年而軒轅氏興。

考古證實，在炎黃兩大部落融合之前，中國農耕文明已有數千年以上的歷史。湖南等地流傳著的炎帝神農氏的傳說，即有著豐富的地下文物的佐證。如湖南道縣玉蟾岩一萬兩千年到一萬四千年的栽培稻遺址；湖南澧縣八十壋遺址中發現的八千年左右的水稻種子、古水稻田，及灌溉設施，確證了中華民族在馴化和栽培水稻方面的偉大歷史功勳；還有出土的木耒、木鏟和骨鏟等農具以及木杵等加工工具等，與《周易・繫辭》「神農氏作，斷木為耜，揉木為耒，耒耨之利，以教天下」的傳說記載暗相吻合。此外，湖南澧縣城頭山古城的發掘，〔註44〕亦證實了神農氏「日中為市」的傳說記載等。

《史記》云「軒轅之時，神農世衰」。學界關於神農氏即炎帝之說一直頗有爭議。或認為炎帝即神農氏。如湖南的炎帝陵紀念館即把炎帝作為神農來祭祀，紀念館內還有炎帝遍嘗百草的主題；或以為炎帝與神農並非同一人，故稱，神農與神農氏最後一代炎帝為兩人，炎帝為神農後裔。如曰炎帝經歷了八個世代，第一世炎帝叫神農，其時代比黃帝的時代大約早幾百年，而與

〔註43〕林河：《中國巫儺史》，第二百五十四頁圖示。
〔註44〕參見：《湖南畫報》，1994年，第四期。

黃帝同一個時代之炎帝是第八世炎帝,名榆罔。

《易傳》:「包犧氏沒,神農氏作」,「神農氏沒,黃帝堯舜氏作」。神農氏族部落後期的傑出首領炎帝和黃帝兩部落融合以後,漸形成華夏族。因而炎帝與黃帝共同被尊奉為華夏人文初祖。神農為三皇之一,炎帝亦曾列為五帝之一。

史籍載:炎帝神農氏始作耒耜,教民耕種;遍嘗百草,發明醫藥;日中為市,首倡交易;織麻為布,製作衣裳;弦木為弧,剡木為矢;作陶為器,冶製斤斧;削桐為琴,練絲為弦;建屋造房,臺榭而居。炎帝以赫赫功績,引領著人類從野蠻時代走向文明,開啟了中華文明的浩浩源頭。

炎帝在湖湘留下的深深足跡,不僅有七千年前,黔陽高廟遺址出土之陶紋,上面人面鳥爪,口長象牙的神農氏頭像;亦有衡山主峰祝融峰山上神農氏採百藥,因嘗線蟲中毒而仙逝於降真峰上之傳說;及其於湖南耒陽製作耒耜,發展農耕文明之舉。《南嶽志》卷十《湘衡稽古》載:「(炎)帝之臣赤制氏作耒耜於郴之耒山」。《徐霞客遊記》稱:「耒山出桂陽縣(今汝城縣)南五里耒山下,西北至興寧縣,勝小舟,又五十里至東江市,勝大舟,又三十里至此(郴江)」。〔註45〕嘉禾縣之得名亦與炎帝教耕種禾有關,傳說炎帝之時,天上降下穀種,「神農拾之以教耕作,於其地為禾倉,後以置縣,徇其實曰喜禾縣」。

關於炎帝神農氏安寢地之記載,最早見於晉皇甫謐撰寫的《帝王世紀》:「(炎帝)在位一百二十年而崩,葬長沙」。宋羅泌《路史》記曰:「(炎帝)崩葬長沙茶鄉之尾,是曰茶陵」。

「茶陵」,古稱茶鄉,地居茶山之陰,因炎帝神農氏崩葬於「長沙茶鄉之尾」(即今湖南省株洲市炎陵縣的鹿原陂)而得名。上古時茶陵即有「神農故地」之稱。炎帝在這裡開創了農耕文化,留下了許多活動遺跡與神奇傳說。

地方史《酃縣志》(今炎陵縣)載,「茶陵」西漢時已有陵,西漢末年,綠林、赤眉軍興,邑人擔心亂兵發掘,遂將陵墓夷為平地。唐代,佛教傳入,陵前建有佛寺,名曰「唐興寺」,然而陵前「時有奉祀」。

炎帝陵祭祀,史載漢代以前有帝陵。唐代奉祀以昌,宋乾德五年,太祖詔命「立廟陵前,肖像而祀」,隨之遣官詣陵致祭。祭祀以告即位,亦告禳災除患、靖邊軍功、親政復儲、萬壽晉徽、先人後事等。祭陵的禮儀十分隆重,宋、元、

〔註45〕參見:《徐霞客遊記》卷二(下),《楚遊日記》。

明、清、均有定例，尤以明、清繁縟。北宋以降，歷代不輟祭祀，不失修葺。

神農炎帝祭祀之風俗延續至今。據湖湘炎陵 2012 年 4 月 16 日新聞報導，來自全國三十四個省市及各族代表，於是日相約在洣水之濱、鹿原陂上的神農大殿前，隆重舉行著 2012 年炎帝陵祭祀典禮。「古陵歲月無痕」，炎帝陵攬五千餘名炎黃子孫齊聚於此，尋根問祖，拜謁、祭祀之。鹿原坡「炎帝陵」，乃民族之「根」所在之地，民族之「魂」所歸之處。如今，炎帝陵祭典亦為「炎陵觀祖」。其於新瀟湘人文景觀排列第二。並被選入國家級非物質文化遺產名錄。

炎帝對人類的發展作出了巨大的貢獻。炎帝精神，首要的是創業精神，奉獻精神，敢為人先的創造精神，與百折不撓，自強不息的進取精神。其精神使中華後裔在與自然和社會的鬥爭中，擺脫愚昧與野蠻，追求先進與文明。幾千年來，炎帝神農氏與黃帝軒轅氏同時被尊為中華民族之始祖。

（2）黃帝

黃帝崛起之時，逢「神農氏世衰」。黃帝與炎帝戰於阪泉之野：「軒轅之時，神農氏世衰。諸侯相侵伐，暴虐百姓，而神農氏弗能征。於是軒轅乃習用干戈，以征不享，諸侯咸來賓從。而蚩尤最為暴，莫能伐。炎帝欲侵陵諸侯，諸侯咸歸軒轅。軒轅乃修德振兵，教熊羆貔貅貙虎，以與炎帝戰於阪泉之野。三戰，然後得其志。蚩尤作亂，不用帝命。於是黃帝乃征師諸侯，與蚩尤戰於涿鹿之野，遂禽殺蚩尤。而諸侯咸尊軒轅為天子，代神農氏，是為黃帝」。〔註46〕

黃帝之行跡，曾經「南至於江，登熊、湘」。〔註47〕《山海經》有關於熊山之記載：「……曰熊山，有穴焉，熊之穴，恒出神人，夏啟而冬閉。是穴也，冬啟乃必有兵」。

關於黃帝登熊山之說，《集解》泗案封禪書曰，「（黃帝）南伐至於召陵（今邵陽）登熊湘」。熊山在益陽縣西。《地理志》曰，湘山在長沙益陽縣西八十里。歷史上對於黃帝「登熊湘」之詮釋紛紜，一說黃帝登上的是北方商洛的熊耳山；一說為湖南桃江修山，或為益陽碧雲峰。有論者曰，黃帝在阪泉戰敗炎帝與蚩尤之後，必然南征追剿蚩尤殘部。因此，「黃帝南至於江」，到達的地方應是蚩尤的老巢，湖南新化、安化一帶的資水、資江；其所登的山是

〔註46〕 參見：《史記・五帝本紀》。
〔註47〕 《五帝本紀》曰：「東至於海，登丸山，及岱宗。西至於空桐，登雞頭。南至於江，登熊、湘。北逐葷粥，合符釜山，而邑於涿鹿之阿。遷徙往來無常處」。

新化與安化交界的大熊山與益陽的湘山。符鴻基《黃帝登熊湘》一書，推論熊湘實指桃江修山。陳子艾在大熊山考察了一塊刻有「蚩尤屋場」字樣的墓碑後認定，此地乃蚩尤的大本營。〔註48〕並推測其因黃帝之到來，即以黃帝為「有熊國」，而命名為「熊山」。宋代以前，此地屬益陽，故稱在益陽縣西。宋代之後，此地屬邵州，也符合黃帝南伐，至於召陵之語。因之《集釋》之注釋應為準確無誤。

關於黃帝登湘山說，一說岳州的編山，另說為益陽修山。《集解》:「《地理志》曰:『湘山在長沙益陽縣。』」《正義》:「《括地志》云:『湘山一名編山，在岳州巴陵南十八里也。』」〔註49〕據傳，帝舜的二妃曾來岳州的編山哭祭帝舜而殉節於此，娥皇、女英傳為湘江女神，故此地亦稱「湘山」。唐末，史學家為了將兩個湘山區分，將岳州湘山更名為「君山」，並依據《史記·五帝本紀》中有「軒轅乃修德振兵」之語，將益陽湘山定名為修山。

岳州「湘山」，又名洞庭山。遙望岳陽樓。在湖南岳陽縣西洞庭湖中。《史記·秦始皇本紀》曰:二十八年（公元前219年）「浮江，至湘山祠。……上問博士曰:『湘君何神？』博士對曰:『聞之，堯女，舜之妻，死而葬此』」。

《莊子》《雲笈七籤》等古文獻，均有「黃帝張樂於洞庭之野」之記載。《莊子·天運》載:「北門成問於黃帝曰，帝張咸池之樂於洞庭之野，吾始聞之懼，復聞之怠，卒聞之而惑，蕩蕩默默，乃不自得。帝曰，汝殆其然哉！吾奏之以人，徵之以天，行之以禮義，建之以大清……」《莊子·至樂》載:「咸池、九韶之樂，張之洞庭之野，鳥聞之而飛，獸聞之而走，魚聞之而下入，人卒聞之相與還而觀之」。宋張君房《雲笈七籤·軒轅本紀》載:「帝以容成子為樂師，帝作雲門、大卷、咸池之樂，乃張樂於洞庭之野」。據文獻分析，黃帝張樂於洞庭之野，應是一種祭天活動。

《雲笈七籤·軒轅本紀》在記述黃帝張樂於洞庭之野後，還有一段加注:「唐至德二年，洞庭側有人穿地得古鐘，有古篆文，黃帝時樂器也。永泰二年，巴陵令康通中得採藥人石季德，於洞庭鄉採藥，得古鐘，上有篆。岳州刺史李蓴進之。可明《莊子》所謂黃帝於洞庭張樂，誠不妄者也」。〔註50〕

〔註48〕據傳，蚩尤曾在此統一了南方八十一個部落，誅殺無道而成「古天子」，並在這裡留下了「天子山」之名。
〔註49〕陳習剛主編:《鄭州與黃帝文化》，河南人民出版社，第六十二頁，2008年。
〔註50〕參見:《湖南日報》2010年10月3日。

南朝詩人謝朓曾寫有「殪獸華容浦，張樂荊山臺」詩句。亦有論者曰，湖南華容縣之七星墩當屬古「洞庭之野」。而此地的方台山則傳為黃帝曾光臨，並居住過之山洞。認為這個山洞，極有可能就是真正的「洞庭」。清同治《監利縣志》載：「獅子山，在縣東南一百二十里（古時里制），上有軒轅井，相傳黃帝張樂洞庭，曾憩此磯」。〔註51〕監利古屬華容，如今之獅子山，不在監利縣而在華容縣境內。獅子山亦即方台山，與七星墩相距不到三公里。故有七星墩即黃帝張樂於洞庭之野，與獅子山下之洞穴，乃黃帝張樂洞庭之野時休憩之所之說法。上述二說孰是，今已無從可考。

阪泉、涿鹿之戰後，相傳黃帝與炎帝修好於湘山：「修山」，並定下共同祭祖之法。炎帝說服蚩尤各部落，黃帝邀約北方萬國諸侯，商定在此築祭天台與祭祖場。黃帝在湘山之巔建了祭天台，在山之東麓的鳳麟港，修建了祭祀場。九月九日，炎帝與黃帝，率南蠻各峒主與各諸侯聯盟酋長，同上祭天台，共祭上天，完成了炎帝向黃帝禪讓帝位之儀式。實現了神農氏社會向「五帝」時代大同社會的和平過渡，從而締結了中華民族，開啟了一個五百年沒有殺伐的大同社會。

黃帝號有熊，楚是一個以熊為圖騰並以熊命名的族群。《史記‧楚世家》曰：「周文王之時，季連之苗裔曰鬻熊，鬻熊子事文王，早卒，其子曰熊麗，熊麗生熊狂，熊狂生熊繹。熊繹當周成王之時，舉文武勤勞之後嗣，而封熊繹之子於楚蠻」。茲後楚國的歷代國君有熊艾、熊黮、熊勝、能揚、熊渠……，皆以熊命名。孔子頌揚黃帝「生而民得其利百年，死而民畏其神百年，亡而民用其教百年」。〔註52〕

（3）舜帝

中國傳說中父系氏族社會後期部落聯盟領袖，歷史上的聖君。史以堯舜並稱，後世以「堯天舜日」喻太平盛世。舜乃五帝之一，名重華，字都君。「受終於文祖」〔註53〕，建國號有虞，號「有虞氏帝舜」。

孔子《繫辭》曰：「黃帝、堯、舜，垂衣裳而天下治，蓋取諸乾坤。言黃帝，堯，舜三人，以仁德禮儀而治天下」。

〔註51〕參見：《湖南日報》2010 年 10 月 3 日。
〔註52〕戴德：《大戴禮記》，卷七，「五帝德」。
〔註53〕萬里、劉范弟：《虞舜大典》，古文獻卷上，嶽麓書社出版，第二百三十八頁，2009 年。

舜因之功績，四海之內咸戴其功：其「躬耕於歷山，漁雷澤，陶河濱，以德化民」；「以五典百官，皆治」；「舉八元、八愷，以揆百事，布五教於四方，內平外成。賓於四門，四門穆穆。納於大麓，烈風雷雨弗迷」；又命禹平水土，疏九河，導水入江河，順流至於海，「民始得平土而居之」；又命后稷播時百穀，比時「百穀時茂」；命契主司徒「敬敷五教在寬」，從而「百姓親和」；同時「命皋陶作士而大理平，民各得其實；命益為虞，以驅禽獸。命伯夷典三禮，夙夜維敬。命夔典樂，教稚子，直而溫，寬而栗，剛而毋虐，簡而毋傲」。

舜亦因之聖德，使天下明德皆自其始，後世咸遵其德：「其父瞽叟，弟象，常欲殺舜。得不死。舜孝，不改其度。躬耕於歷山，漁雷澤，陶河濱，以德化民」。

孔孟「言必稱堯舜」。孟子竭力推崇舜之孝行，曰：「舜為法於天下，可傳於後世，我由（猶）未免為鄉人也，是則可憂也。憂之如何？如舜而已矣」。據傳，舜年二十以孝聞於天下。三十而堯問可用者，四嶽咸薦舜。「堯乃先妻以二女，繼試舜以五典百官，皆治。堯知舜足以授天下，使舜攝行天子事，巡狩。八年而堯崩。三年之喪畢，舜讓堯之子丹朱。天下不歸丹朱而歸舜，舜乃即天子位」。

蘇洵《上田樞密書》曰：「堯不得以與丹朱，舜不得以與商均」。堯舜皆禪位於聖賢而非其子。堯以其子丹朱不肖而傳位於舜；舜以其子商均不肖，乃使伯禹繼位。漢王充引周公言曰：「舜承安繼治，任賢使能，恭己無為而天下治。舜承堯之安，堯則天而行，不作功邀名，無為之化自成」。又引《易》曰：「『大人與天地合其德』。黃帝、堯、舜，大人也，其德與天地合，故知無為也……故無為之為大矣。本不求功，故其功立；本不求名，故其名成」。〔註54〕

舜之安寢地於長沙零陵界中。《山海經‧海內經》載：「南方蒼梧之丘，蒼梧之淵，其中有九嶷山，舜之所葬，在長沙零陵界中」。九嶷山位於湖南永州寧遠縣境內，又名蒼梧山。《水經‧湘水注》曰：「九嶷山盤基蒼梧之野，峰秀數郡之間，羅岩九舉，各導一溪，岫壑負阻，導嶺同勢。遊者疑焉，故曰『九嶷』」。《史記‧五帝本紀》曰：「（舜）南巡狩，崩於蒼梧之野，葬於江南九嶷，是為零陵」。〔註55〕晉代皇甫謐《帝王世紀》稱：「（舜）葬於蒼梧九嶷

〔註54〕（漢）王充：《論衡》卷十八，自然篇，第五十四頁。

〔註55〕永州古稱零陵。西漢元鼎六年（前111）置零陵郡。隋開皇九年（589）置永州總管府，從此永州、零陵一地二名。

之陽，是為零陵，謂之紀市」。《名輿勝覽》云：「九疑山亦名蒼梧山，其山有朱明、石城、石樓、娥皇、舜源、女英、簫韶、桂林、杞林九峰。又有舜峰，不列九峰之內，舜所葬處」。

關於衡山、南嶽與九嶷山，東晉羅含《湘中記》述曰：「衡山，朱陵之靈臺，太虛之寶洞，上承軫宿，銓德鈞物，應度璣衡，故名衡山。下踞離宮，攝位火鄉，赤帝館其嶺，祝融宅其陽，故曰南嶽。……湘水之出於陽朔，則觴為之舟；至洞庭，日月若出入於其中也。望若陣雲，非清霽素朝，不見其峰。湘川清照五六丈，下見底石如樗蒲。蒼梧之野，峰秀數郡之間，羅宕九舉，各導一溪。岫壑負岨，異嶺同勢，遊者疑焉，故曰九嶷山」。又曰：「大舜窆其陽，商均葬其陰。山南有舜廟，前有碑，文字缺落，不可復識。自廟仰山極高，直上可百餘」。

九嶷山之主峰「舜源峰」，與舜帝的傳說淵源很深。傳說舜帝到南方巡狩，駕崩後葬於山腳之下，舜的兩位妃子娥皇和女英聞訊追至湘江邊，慟哭不已，滴滴清淚灑至竹上，留下了斑斑痕跡。最後二女投江殉情。羅含曰：「屈潭在玉笥山，屈平之放棲於此山，而作《九歌》焉。舜二妃死為湘水神，故曰湘妃」。唐代詩人高駢曾作《湘浦曲》：「舜帝南巡竟不還，二妃幽怨水雲間。當時垂淚知多少，直到如今斑且竹」。毛澤東亦曾寫下了膾炙人口的《七律·答友人》：「九嶷山上白雲飛，帝子乘風下翠微。斑竹一枝千滴淚，紅霞萬朵百重衣。洞庭波湧連天雪，長島人歌動地詩。我若因之夢寥廓，芙蓉國裏盡朝暉」。

古代典籍關於九嶷山為舜之安寢地之記載，可見於湖南長沙馬王堆三號漢墓出土之《地形圖》[註56]，地圖在九疑山旁標注著「帝舜」二字。2002年4月，湖南省考古所在九嶷山玉琯岩發掘出了秦漢至宋元時期的舜帝陵廟遺址。該遺址佔地面積三萬兩千多平方米，其年代之久，規模之大，遠在炎黃之上。2003年9月至2004月4月，湖南省考古所在九嶷山隔江村山門腳古遺址發掘出夏代的祭坑，出土了象徵權杖的石鉞、石鏃、石斧等眾多文物，無不證明遠在夏代，九嶷山一帶就已經有了祭舜活動。

史載，自夏朝始，九嶷山舜帝陵即作為祭祀、朝聖之所，歷代香火不絕。夏禹曾「南巡至衡山，築紫金臺，望九嶷山而祭舜」。禹祭舜的「巾臺」，如今仍在衡山縣西約兩公里處。清《九嶷山志》載：「舜廟在大陽溪白鶴觀前，蓋三代時祀於此，土人呼為大廟，土壇猶存。秦時遷於九嶷山中，立於玉琯岩

[註56] 《馬王堆漢墓帛書·古地圖·地形圖》，文物出版社，1977年。

前百步。洪武四年,翰林編修雷燧奉旨祭祀,遷於舜源峰下」。《清一統志》載:「禹南巡至衡山,築紫金臺望九嶷山而祭舜」。《史記‧秦始皇本紀》載:三十七年,始皇出遊,「十一月,行至雲夢,望祀虞帝於九嶷山。」《史記‧武帝本紀》載:元封五年,漢武帝「南巡狩至盛唐,望祀九嶷山舜帝陵。」《漢書》載:孺子嬰居攝五年,王莽下令於九嶷山修建「虞帝園」,「四時致祠其廟」。〔註57〕自唐至明清,祭祀舜帝陵成為朝廷定制。唐玄宗曾派宰相張九齡赴九嶷祭舜。明太祖朱元璋曾派翰林編修雷燧到九嶷祭舜。清代,朝廷亦多次派員祭舜。

舜帝祭祀之禮延續今人。2005 年 9 月 15 日,湖南省在永州舜帝陵舉辦了新中國成立以來首次省祭舜帝大典。省長周伯華代表省政府暨湖南六千七百萬人民,致祭於中華聖祖舜帝有虞氏之靈。2009 年 9 月 8 日,省長周強亦代表湖南全省人民,以三牲清酒之奠,祭於中華聖祖舜帝有虞氏之陵。〔註58〕2011 年 10 月 14 日,寧遠縣公祭舜帝大典亦於九嶷山舜帝陵前隆重舉行。據傳說,史籍與考古互證,九嶷山舜帝陵、廟始建於秦漢時期,而祭祀活動始於夏代。比炎、黃之祭祀要早一千六百多年。舜廟的建造亦早於炎、黃之祭廟一千多年。九嶷山以舜帝陵寢之光華而名冠湖湘。

古史以農耕文化為內涵之炎帝文化,以政體文化為內涵之黃帝文化,及以道德文化為內涵之舜文化,共同構築了中華文明史之三座里程碑。

3. 盤瓠崇拜與民間宗教

盤瓠傳說源遠流長,最早見諸於范曄的《後漢書》,講述的是「神母犬父」的淒美愛情故事。《後漢書‧南蠻傳》曰:「昔高辛氏有犬戎之寇,帝患其侵暴,而征伐不克,乃募天下有能得犬戎之將吳將軍頭者,賜黃金千鎰,邑萬家,又妻以少女。時帝有畜狗,其毛五彩,名曰盤瓠。下令之後,盤瓠遂銜人頭造闕下……帝不得已,乃以女配盤瓠……經三年,生子一十二人,六男六女……其後滋蔓,號曰盤瓠……今長沙、武陵蠻是也」。唐李賢注曰:所謂「南山」,即湖南瀘溪縣西的武山,上有盤瓠石室等遺跡。

干寶《晉紀》曰:「武陵、長沙、盧江郡夷,盤瓠之後也」。《通典》亦曰:「其在黔中、五溪、長沙間,則盤瓠之後」;《文獻通考》云:「盤瓠種長沙、五溪蠻皆是也」。北魏酈道元《水經注‧沅水》載,盤瓠是湘西苗、瑤、土、佘等少數民族的始祖。此外《風俗通義》《搜神記》《荊楚記》與《溪蠻叢笑》

〔註57〕參見張澤槐:《2005 湖南省人民政府公祭舜帝的相關情況介紹》。
〔註58〕《長沙晚報》:2009 年 9 月 9 日。

《辰州府志》等典籍中皆有類似記載。

盤瓠與辛女神話傳說發祥於湖南省湘西土家族苗族自治州瀘溪縣，流傳於湘西苗族地區和黔東北苗族地區以及我國東南部，成為其先民圖騰崇拜共同的氏族標記。

瀘溪作為盤瓠文化事象的發祥地，至今還保留著多種多樣的盤瓠崇拜的民俗事象和物態化的文化遺存。如在瀘溪縣白沙鎮辛女村一帶，與神話傳說相關聯的盤瓠洞、盤瓠廟、辛女岩、辛女庵等地貌實體就有幾十處。

盤瓠神話這一古老的傳說，它根植於農耕文化的土壤，逐漸演變成各種盤瓠崇拜的民俗事象，並由之衍生出民族學、宗教學、語言學、祭祀、舞蹈、醫藥和喪葬等文化事象。

《寧遠縣》記載，相傳瑤族的祖先瓠依賴神犬戰勝魔敵，所以瑤族奉犬為圖騰，對其崇拜備至，禁止宰殺食用，大死則葬。

在湘南、湘西南的江華、藍山、寧遠、江永等縣瑤族地區，每年的農曆十月十六日，瑤族男女老少都要穿上自己民族的節日盛裝，聚居在一起唱歌、跳舞，歡度盤王節。盤王節是瑤族祭祀祖先盤瓠的重大節日，海內外的瑤胞都十分重視這一民族祀典。盤王節亦稱「跳盤王」。人們唱著《盤王歌》取悅於神，以雙人或四人對舞，跳著長鼓群舞。而湖南新寧縣麻林瑤族鄉的「跳古壇」儀式，亦源起於瑤族圖騰崇拜的「盤瓠祭」。

在湖南炎陵縣，茶陵與攸縣，此地之民俗同樣保留有盤瓠崇拜的痕跡。人們多喜愛以狗作人名。如黑狗、白狗、花狗、黃狗之類。因嫌狗字不雅，亦常寫作「苟」字。在辰、沅一帶古「武陵蠻」地區，則喜歡以狗為小兒取小名。金狗、銀狗、花狗、黑狗的隨處可見。民間以狗為美。若讚美哪家的小孩，定說，你這兒子乖得像狗一樣。〔註59〕

產生於遠古時期的盤瓠傳說，集中了民俗學、神話學、宗教學、語言學及口頭文學等文化現象，並衍生至服飾、舞蹈、歌謠、醫藥、工藝與民俗等專門領域。如，湖南江永盤瓠廟上的「龍犬盤瓠木雕」圖；湖南瑤族祭祀盤王時懸掛的《盤瓠圖卷》；「湖南苗族的盤瓠刺繡」圖；湖南靖州市出土的「陶塑神犬坐像」圖；楚墓出土的「盤瓠祭禮」場面圖。〔註60〕以及湖南新寧縣瑤族鄉儺的盤王左手擎日、右手捧月像等，皆無不呈現出某種穩定性、傳承性與

〔註59〕林河：《中國巫儺史》，第四百三十五頁。
〔註60〕林河：《中國巫儺史》，第二十二頁。

功用性特徵。盤瓠神話因其內蘊的原始思維、原始觀點以及外在表現的祭祀儀式、藝術形式等方面特徵，千百年來得以保留與傳承，成為了楚蠻民族認同的共同標識之一。盤瓠文化也正在引起眾多學者的深切關注。

湖湘圖騰崇拜，除上述此外，西部沅醴流域之馬援崇拜，亦非常發達，伏波廟遍布各地。湖南湘中一帶和湘西等地流傳著與竹崇拜有關的一些神話傳說，比如《爆竹的來歷》，《鴉溪三王》等，依然流存。還有距今一萬四千年的道縣玉蟾洞出土的陶器上之「編織紋」，被認為是植物靈崇拜的反映。〔註61〕以及南方民族的生殖崇拜等〔註62〕，不一而足。

（三）湖湘遠古稻作文明、神農文化與巫術性的農業祭典

《風俗演義·稷神》援引《孝經》曰：「稷者，五穀之長。五穀眾多，不可遍祭，故立稷而祭之」。稷神祭祀，在古代中國享有極高的規格與規模。官方祭祀，由皇帝主持並祭天地與稷神。西漢末年，皇帝視祭稷神與皇室祖先並重。皇朝典籍載：「人所食以生活也，王者莫不尊親祭，自為之主，禮如宗廟」。至明清，則紫禁城正前方左祭太廟，右祭社稷神。

據傳稷神之父為炎帝神農氏。《左傳》曰：「有烈山氏之子曰柱，能殖百穀疏果，故立以為稷正」。炎帝，因教民耕農，故號為神農。〔註63〕唐張守節《正義·帝王世紀》稱，神農氏又曰魁隗氏，又曰連山氏，又曰列山氏。

宋代羅泌《路史》認為，烈山原字當作列山或厲山，因神農氏「肇跡」於列山，故以列山、厲山為氏。如《禮記·祭法》曰：「厲山氏之有天下也，其子曰農，能殖百穀；夏之衰也，周棄繼之，故祀以為稷」。〔註64〕

稷之父炎帝神農氏是中華農耕文明的創始者。面對險惡的自然環境，炎帝「興農桑之業，春耕夏耘，秋獲冬藏」，從而改變了先民茹毛飲血、以漁獵為生的原始生活狀態。《淮南子·脩務訓》載：「古者民茹草飲水，採樹木之實，食蠃蚌之肉，時多疾病毒傷之害，於是神農乃始教民播種五穀」。

〔註61〕參見：《1995年全國十大考古發現》。

〔註62〕參見《中國巫儺史》，圖第二十一頁。

〔註63〕注：關於炎帝和神農氏的關係問題，學界長期以來持對立的觀點：一派認為炎帝就即神農氏。這一派代表了主流觀點。另一派觀點認為，炎帝和神農是兩個系統的人。《國語·魯語》《左傳》與《史記·封禪書》亦說法不同，後者分列炎帝與神農氏為二人。

〔註64〕萬里、劉范弟：《虞舜大典》，古文獻卷上，嶽麓書社，2009年，第二百七十三頁。

　　神農炎帝文化的流傳十分廣泛。關於其出生與活動範圍的說法，有論者曰史料記載近二十個。據考古發現，專家們普遍認同「南炎北黃說」。湖南等地流傳著的炎帝神農氏的傳說，有著豐富的地下文物的佐證。如湖南道縣玉蟾岩一萬兩千年到一萬四千年的栽培稻遺址〔註65〕等。湖湘距今八千年以上的稻作遺址「南有澎頭山，北有賈湖；距今七千年以上的稻作遺址，南抵湘資沅澧四水，北達陝西的漢中平原」。皆無不彰顯了長江中游稻作文化的領先地位。如果說玉蟾岩出現的稻穀遺存，尚有人工干預的痕跡，而之後澎頭山稻穀遺存的出現，則已非小規模的干預，而是大量的，大規模地種植。

　　此外，地處洞庭湖西岸澧陽平原中部，座落在湖南省常德市澧縣縣城的城頭山古文化遺址內，湯家崗文化時期（六千五百年前）的水稻田，是考古人員認為「更為重要而又意外的收穫」。它比世界上任何一處已發現的稻田都要早，且具有相當完備的灌溉設施。它的出現，最終使「中國水稻是由南亞傳來的」的觀點失去了立足之地，也為我們合理解釋「中國第一古城」的出現提供了充分的證據。它對研究我國舊石器時代向新石器時代過渡、早期史前聚落、農業的起步和發展等課題具有重大的歷史意義。

　　1985 年底，湖南長沙挖掘出的一座距今約七千三百年歷史的新石器時代早期大塘遺址。〔註66〕在這一遺址中出土的一件彩繪雙耳陶罐上，以組合有序的抽象符號與寫實符號描繪出一幅農耕生產圖。林河認為，這是一幅與農耕有關的宗教繪畫。他認為在這幅以農耕為主題的畫面上的四隻鳥是四時農事的儺鳥，它們嘴上叼著的是嘉禾。圖中的花心作「田」字紋，是與種田有關的符號；花的上下邊方有繩索紋框邊，似與用繩索丈量田土或捆紮禾土有關。在花的左右兩邊各用三個 X 形巫術符號框邊，似表示農耕須在巫師的指導下進行；在水紋下方有兩層禾葉形圖案，可能表示禾苗茁壯。〔註67〕六到七千年間，湖南長沙大塘遺址排列有序的「神雛催耕圖」符號與敘述，亦描繪了當時的農耕畫面。

　　在湖南祁陽、東安、芝山、冷水灘、雙牌、道縣、江永、江華等縣區，都發現了新石器時代的農耕活動遺跡。據已出土的文物，這時瀟湘流域人類使用的生產工具主要是石器、骨器和陶器。石器有斧、錛、鏟、鑿、鐮、鏃（箭頭）等。

〔註65〕《玉蟾岩：被喚醒的萬年記憶》，《三湘都市報》2004 年 11 月 30 日。
〔註66〕參見：《湘城滄桑之變》，湖南文藝出版社，1997 年。
〔註67〕林河：《中國巫儺史》，花城出版社，2001 年，第五百八十四頁。

　　1988 年，在會同連山罈子牆發現了一支加工稻穀用的石磨棒。亦被認為是神農炎帝部落留存於「連山盤地」之遺跡。乃至湖南耒陽、嘉禾、祁陽等眾多地名，皆無不透露出影響中華文明源頭的長江文明信息。無可置疑，炎帝或神農在湖南會同曾經延續了華夏的原始文明。七千年前，湖南黔陽高廟遺址出土之陶紋，有人面鳥爪，口長象牙的神農氏頭像。黔陽高廟遺址的陶器上，所呈現的太陽、鸞鳥紋相結合的人面獠牙紋，與《白虎通義》所記之炎帝形象相符。高廟神塔的基座上，還有 w 形火焰紋飾，被認為是最早的炎字。進一步增加了炎帝的可信度與說服力。

　　屈原《遠遊》：「指炎神而直馳兮，吾將往乎南疑」。「南疑」亦即南方之九嶷山。學界目前對居於衡山以南之九凝山的炎神即炎帝說，頗有爭議。有人認為居於九凝山的炎帝，是炎神祝融，而非炎帝。林河在闡釋《遠遊》時，批駁了此種觀點。他認為其所描述的九凝山亦即炎帝所居之神山。〔註 68〕並指出今天的考古學證實了人類最早的栽培稻就出現在九凝地區的道縣玉蟾洞，其年代已有一萬多年的歷史。並進而提出「道縣」古稱「營浦」是否「耕耘之浦」，抑或「稻縣」之說。〔註 69〕

　　中國古代有祭祀神農之蠟祭。《太平御覽‧時序‧蠟》載：「天子大蠟八，伊耆氏始為蠟。蠟也者，索也。歲十二月，合聚萬物而索饗之也。蠟之祭也，主先嗇而祭司嗇也。祭百種以報嗇也」。〔註 70〕孔穎達疏曰，「伊耆氏，神農也，以其初為田事，故為蠟祭以報天下也」。所謂「索也」，亦即向大自然索取。「饗者」，祭其神也。認為「萬物育功民者，神使為之也，祭之以報焉」。亦即以「蠟祭」來回報大自然。其「先嗇」，若神農者，「司嗇」，則后稷神也。

　　湖湘侗族有以「稻之祖」之糯稻「粳九」祭神的習俗；在湖南靖州市斗篷坡發現的新石器時代遺址出土的四千五百年前篾編的「糯飯簍」〔註 71〕；湖南長沙大塘遺址發現的七千年前的口中銜著禾苗的太陽鳥〔註 72〕；以及湖南長沙地區出土的用於儺祭的青銅鼓，皆為蠟祭「以報天下之祭」之遺跡。

　　羅泌《路史‧前記》記述了蠟祭之盛大規模及炎帝與普天同樂之情景：「每歲陽月，盡百種，率萬民蠟戲於國中，以報其歲之成」；「命刑天作扶犁

〔註 68〕林河：《中國巫儺史》，花城出版社，2001 年，第二百六十四頁。
〔註 69〕林河：《中國巫儺史》，第二百六十四頁。
〔註 70〕《太平御覽》時序部十八，卷三十三。
〔註 71〕林河：《中國巫儺史》，花城出版社，2001 年，第六頁。
〔註 72〕林河：《中國巫儺史》，花城出版社，2001 年，第二十五頁。

之樂，制豐年之詠，以薦釐來，是曰：『下謀』。制雅琴，度瑤瑟，以保合大和而開民欲，通其德於神明，同其和於上下」。

《禮記月令》描述了孔子詢問子貢何為蠟祭之樂，並告誡其為君之恩澤之事。曰，「子貢觀於蠟。孔子曰：「賜也樂乎？」對曰：「一國之人皆若狂，賜未知其為樂也」。孔子曰：「百日之勞，一日之澤，非爾所知」。

蠟祭除了樂神之目的，亦有祈禱之意。伊耆氏在蠟祭樂舞中演唱的《蠟辭》：「土返其宅，水歸其壑，昆蟲毋作，草木歸其澤」，即表達了人們對新的一年中減少自然災害，農耕順利的良好禱願。從語氣上看，雖然這是祈禱，但卻充滿了命令的語氣。這首四言詩雖然看起來是「祝詞」，但其本質上卻具有「咒語」的性質。

湖南汝城《風俗纖記》亦有此類「咒語」式「祝詞」之描述：「驚蟄則以蜃炭灑戶外，數童子酒且祝。祝曰『驚蟄，驚蟄，蝦蝦生日，灑灰作堆，』以驅毒蟲」。〔註73〕約八千年前，湖南長沙南沱大塘遺址彩陶上的神雉催耕圖，黑彩走筆飄逸，上有春花、水田、禾苗和神雉，表現了一幅農耕的畫面。

蠟祭也涉及危險的蟲害。蕭兵在談到儺蠟之風時，認為馬王堆出土《西漢帛畫》下部水中的「水蟲」，很可能是危害活人與死者的蜮蠱，所以，尾巴上站著白犬以禦蠱。這與大儺儀式裏的「窮奇食蠱」一致，表面上跟蠟儀無關，期間頗有些秘密。〔註74〕

蠟祭之風歷史久遠，延續至今。正如乾隆所論「大蠟之禮，昉自伊耆，三代因之」。漢代「歲終大祭，縱吏民宴」。楊惲《報孫會宗書》載：「田家作苦，歲時伏臘，烹羊炰羔，斗酒自勞」。《文獻通考》記載了唐開元年間蠟祭的盛況。「皇帝臘日蠟百神於南郊」，所祭有大明、夜明、神農、伊耆、后稷等一百九十位神主。祭前需齋戒，陳設樂器、禮器及御座。臘日未明五刻，便設神座。然後讀祝文、奏樂、行跪拜禮。神農氏祝文曰：「維某年歲次月朔日，子嗣開元神武皇帝諱，謹遣具位姓名，敢昭告於帝神農氏：『惟帝肇興播植，粒此黎元。今時和歲稔，神功是賴，謹以制幣、犧齊、粢盛、庶品，明薦於帝。尚饗。』」〔註75〕整個儀式隆重而又神聖。

〔註73〕蕭兵：《儺蠟之風》，江蘇人民出版社，1992年版。第六百三十頁。

〔註74〕蕭兵：《儺蠟之風》，江蘇人民出版社，1992年版。第六百一十九頁。

〔註75〕援引自荊亞玲：《蠟祭」考溯》，上海交通大學學報（哲學社會科學版），2007年二期。

在一些從事農耕的少數民族中，如壯族、傣族、佤族、基諾族和哈尼族等，亦都盛行著祭祀谷神之民俗。在中國南部稻作文化興起以後，各地的蠟祭實際上已經是在祭稻穀或稻穀魂了。如海南合畝地區的黎族將稻穀俗稱為「稻公、稻母」，並認為稻穀有靈魂，雲南的阿昌族與哈尼族亦然。哈尼族甚至每年有為穀子招魂之習俗。

（四）儺、儺儀、儺舞與儺戲

儺文化濫觴於史前，盛行於商周，它以頑強的生命力和凝聚力流傳了幾千年。

儺，這種世界性的古文化事象，其以驅鬼逐疫、酬神納吉為目的，以巫術活動為中心，是原始民族自然崇拜、祖先崇拜、鬼神崇拜及萬物有靈觀念的產物。

《論語‧鄉黨》載：「鄉人儺，朝服而立於阼階」。何晏《集解》云：「孔子曰：儺，驅逐疫鬼也」。漢劉熙《釋名‧釋天》云：「疫，役也，言有鬼行疾也」。《說文解字》釋「儺」云：「見鬼驚駭，其詞曰儺。」《論語》皇侃疏：「口做儺儺聲，以歐疫鬼也。」儺文化包括儺儀、儺廟、儺面、儺舞、儺戲、儺器、儺飾等組成的一個複雜整體，它包含人類學、民族學、民俗學、宗教學、戲劇學等許多方面的內容。

《周禮》中記載：「方相氏掌蒙熊皮，黃金四目，玄衣朱裳，執戈揚盾，師百隸而司儺，以索室逐疫」。周代，儺儀已為國家禮制，並出現社祭、雩祭及儺禮之「二祀一禮」的三大祭祀儀式。儺儀作為法定宗法制國家宗教，有著無上權威。

儺有「四時之儺」以「儺陰陽之氣」。據此，儺儀又分為「國家之儺」、「宮廷之儺」與「庶民之儺」等。〔註76〕《禮記‧月令》記曰，季冬之月，天子「命有司大難（儺）旁磔，出土牛，以送寒氣」。孔穎達疏曰，春儺是國家之儺，秋儺是天子之儺，冬儺則庶及下人，故云「大儺」。

先秦時代，儺已經成為一種國家級的重要文化現象，一種有可能影響到政權社稷興衰存亡的「通神」之舉。所以，每逢這樣的時刻，作為當時最高權力掌握者的天子不但親臨參與，而且如《禮記‧月令》載，尚須講求：「居宮

〔註76〕蕭兵：《儺蠟之風》，江蘇人民出版社，1992 年，第一百二十四頁。關於儺之分類，亦見於：陳躍紅等譯：《中國儺文化》，中央編譯出版社，2008 年版。第一章，三～四節。

室左，乘玄路，架鐵頓，載玄旗，衣黑衣，服玄玉，食粟與蔬……」。

南朝宗懍《荊楚歲時記》，描述楚地儺儀活動曰：十二月八日為蠟日。諺語：「臘鼓鳴，春草生。」古人相信，氣是宇宙萬物的本源，氣分陰陽，陰陽調和才能使全年風調雨順、寒暑相宜。如不舉行「儺」，則「寒暑不時則疾，風雨不節則饑」。彼時，村人並擊細腰鼓，戴胡頭，及作金剛力士以逐疫。

《後漢書‧禮儀志》載：「季冬之月，星回歲終，陰陽以交，勞農大享臘。先臘一日，大儺，謂之逐疫。其儀，選中黃門子弟十歲以上，十二歲以下，百二十人為侲子。皆赤幘皂制，執大鼗。方相氏黃金四目，蒙熊皮，玄衣朱裳，執戈揚眉。十二獸有衣毛角。中黃門行之，冗從僕射將之，以逐惡鬼於禁中」。《東京賦》云：「卒歲大儺，毆除群厲。方相秉鉞，巫覡操茢。侲子萬童，丹首玄製。桃弧棘矢，所發無臬」。儺神方相氏便是人們經常扮演的角色之一。唐代孟郊《絃歌行》曰：「驅儺擊鼓吹長笛，瘦鬼染面惟齒白。」在唐朝，驅儺吹笛又擊鼓，瘦鬼塗面赤雙足。桃弧射矢茅鞭打，鼠竄引得眾歡呼。王建《宮詞》亦描寫了儺儀之盛況：「金吾除夜進儺名，畫褲朱衣四隊行。院院燒燈如白晝，沉香火底坐吹笙」。清嘉慶年間《臨桂縣志》述鄉人儺曰：「今鄉人儺，率於十月，用巫者為之跳神，……戴假面，著衣甲，婆姿而舞，儉佇而歌」。

湖南湘西苗族有所謂「還儺願」之儀，舉行時間「秋冬季子獨盛，春或有之，夏極少」。〔註77〕與古禮悉合。儺儀本事太陽舞，陽光舞。夏季陽光炎熱，所謂陽氣盛則不必助陽。

湖南汝城有驚蟄驅蟲之習俗。《中華全國風俗志》引《汝城風俗纖記》曰：「驚蟄則以蚤炭灑戶外，數童子灑且祝。祝曰『驚蟄、驚蟄，蝦蝦生日，灑灰作堆，灑鹽作團，以驅毒蟲云』。」〔註78〕

儺儀，亦以鎮墓獸之形象威懾百靈。「鎮墓」，即具有鎮惡驅邪之巫術功能。《軒轅本紀》曰：「東海渡塑山有神茶、鬱壘之神，以禦凶鬼，為民除害，因制驅儺之神」。《山海經》中有「皇帝驅疫首創大門口立大桃木偶禦鬼」的儺俗記載，亦即神話傳說中最古老的「皇帝時儺」之故事。《周禮》載，有一種怪物叫魍象，好吃死人肝腦；又有一種神獸叫方相氏，有驅逐魍象的本領，所以家人常令方相氏立於墓側。以防怪物的侵擾。夏商時期，儺與驅鬼逐疫

〔註77〕石啟貴：《湘西苗族實地調查報告》，第四百六十六頁。

〔註78〕胡樸安：《中華全國風俗志》下，河北人民出版社，1986 年，第三百三十六頁。

的巫術活動聯繫緊密。殷商時期甲骨文中的象形字「宄」，即表示人手持工具將鬼趕出大門。

湖南馬王堆一號漢墓館畫上亦有類似十二神獸驅食邪魅的「大儺」場面。〔註79〕是由土伯領導的打鬼活動。「土伯」實際是楚墓常見的「鎮墓獸」的漢代變體。其最重要的標誌是鹿角，古代認為它有辟邪的威力。其為一種神物驅鬼儀式的簡化。馬王堆西漢「帛畫」上部還有表示天門「閶闔」之圖形，上面盤踞著一對神虎和豹子，〔註80〕即看守天門的神獸。《楚辭·招魂》曰，「虎豹九關，啄害下人些。」王逸《楚辭章句》釋曰，「言天門凡有九重，使神虎豹執其關閉」。故郭璞《圖贊》曰：「瞪視崑山，咸懾百靈」。

楚《十二月神帛書》有似虎戴角之神獸，八月神「臧」。〔註81〕它嘴裏銜著一條蛇。《長沙馬王堆一號漢墓》發掘報告，對於漆器棺畫的說明，也注意到楚墓鎮墓獸與虎神「強良」的對應關係。〔註82〕《山海經·大荒北經》，有「疆良」，或曰強梁、強良的記載：「嘴裏銜蛇，手中握蛇。虎頭人身，四蹄足，長手肘。雷之祖巫」。郝懿行《箋疏》以為，「疆良」即《續漢書·禮儀志》所說的十二神獸之一的「強梁」。古人唯恐蛇（寄生）轉入屍體內，故施種種方法防禦之。長沙楚墓中亦曾出土鷙，或稱其鷹、鶴，〔註83〕踐蛇木雕像。

此外，長沙出土的繒書中之「告神文」，四邊有神怪象。其中亦有一怪物，有角，張口，伸舌，作吃蛇狀。〔註84〕其意當為死者驅惡辟邪，以保祐其靈魂。此類墓葬的鎮墓獸器物，構思譎詭奇特，形象恐怖怪誕，具有強烈的神秘意味和濃厚的巫術神話色彩。

據有關報導，在楚國墓葬中已發現數百件用於鎮墓辟邪的木雕鎮墓獸。年代從春秋中期到戰國中晚期。長沙楚墓即曾出土早期虎坐鳳架鼓（長·牛M1），湘鄉曾出土晚期鳳架縣鼓，（湘·牛M1）：「鳳鳥作圓雕式，高冠豐羽，亭亭玉立於虎背之上」。〔註85〕儺儀所驅逐者，皆兇惡的物魅，故儺儀神祇亦多為兇悍猛鷙的動物。

〔註79〕蕭兵：《儺蠟之風》，江蘇人民出版社，1992年，第一百二十四頁。

〔註80〕蕭兵：《儺蠟之風》，圖五～十八，第五百一十二頁。

〔註81〕蕭兵：《儺蠟之風》，圖五～十九，第五百一十二頁。

〔註82〕蕭兵：《儺蠟之風》，圖五～二十一，第五百一十三頁。

〔註83〕蕭兵：《儺蠟之風》，圖五～十五，江蘇人民出版社，1992年，第五百二十六頁。

〔註84〕蕭兵：《儺蠟之風》，圖五～三十二，第五百二十六頁。

〔註85〕周世榮：《湖南的戰國漆器》，《楚文化研究論文集》第一集，荊楚書社，1987年，第一百七十六頁。

殷墟卜辭有「犬蠱祝」之文。商承祚先生說：「犬與蠱同用以祭，甚特異也」。〔註86〕《禮記·月令·季春之月》曰：「命國難（儺），九門磔攘，以畢春氣」。賈疏：「『九門接攘』又十二月大儺時亦磔攘，是磔牲攘去惡性之禮也」。漢應劭《風俗通·祀典》曰：「蓋天子之城，十有二門，東方三門，生氣之門也。不欲使死物見於生門，故獨於九門殺犬磔禳」。

「犬蠱祝」亦可並祭，使其自相制克。湖南湘西苗族即有「以犬禦蠱」之習俗。湘西苗族巫師認為「蠱婦」要「放蠱」，即按一定時間與規則施放或轉移蠱毒。「放蠱」的對象主要是人、牛、豬，乃至樹木。然而「狗則不能，故蠱婦怕狗，不吃狗肉」。〔註87〕

儺儀亦與喪葬相關。貝青喬：《苗俗記》及《說蠻》述及苗族「喪儺」，或曰「儺褥」的歌舞風俗道，「苗人習俗，死亡群聚歌舞，輒聯手踏地為節，喪家多釀以待。名曰『踏歌』。《黔苗竹枝詞》作『鬧屍』。《峒谿纖志》則名為『唱齊』。苗人又有『擊臼和歌』，以哭死者」之俗。〔註88〕這種喪葬歌舞之「喪儺」習俗最終演變而為儺戲。

湖南洞庭之鄉是儺歌、儺舞之鄉，黃帝曾於此地「張《咸池》之樂」。莊子《天運》篇載：「帝張《咸池》之樂於洞庭之野」。〔註89〕《咸池》給「北門成」的感受是「始聞之懼，復聞之怠，卒聞之而惑」。這種宗教祭祀音樂，帶給人的心理感受是恐懼、鬆弛與宗教性迷醉。

在商代南方的洞庭湖地區，出現了以巨型編鐃組成。湖北隨縣的用於儺祭的青銅樂隊。可見楚國地區的儺歌、儺舞曾盛極一時。出土的楚國「編鍾樂舞」，即為當時儺歌、儺舞之最。范文瀾《中國通史》稱楚辭是巫官文化的最高表現。屈原於南郢沅湘之間所作的《九歌》，被認為是儺歌、儺舞之代表作。林河先生甚至認為《九歌》與儺壇戲之間的傳承痕跡明顯。因此推論《九歌》是中國最早的儺壇戲，是中國戲劇之源。〔註90〕

儺祭的驅鬼逐疫，在土家族儺堂行法事時，有開壇、開洞、掃壇三階段，

〔註86〕商承祚：《福氏所藏甲骨文字考釋》，金陵大學，1933年，第四頁。

〔註87〕凌純聲、芮逸夫：《湘西苗族調查報告》，商務印書館，1947年，第二百頁。

〔註88〕朱自清：《中國歌謠》，作家出版社，1957年，第一百零七頁。

〔註89〕注：《咸池》，為六代樂舞之一。其中，《雲門》用以祭祀天神、《大咸》用以祭祀地神、《大韶》用以祭祀四望，即四方，也有認為是指名山大川或日月星辰、《大夏》用以祭祀山川、《大濩》用以祭祀周始祖姜嫄、《大武》用以祭祀周的祖先。

〔註90〕林河：《中國巫儺史》，第五百五十三頁。

其中「開壇」時，由法師請天兵天將和各家神仙降臨，執行禳病、打鬼、消災、還願的使命。「掃壇」時，再由法師將儺公儺母送回天界。﹝註91﹞儺活動的這種鬼神崇拜與信仰，為華夏民俗文化信仰的多源之一。其儀式作用，非止於儺戲表演外在的自娛與娛人功能。在當今延續的儺事中，「衝儺還願」功能的普遍意義，亦即人類早期生命模式和世界觀念的變形與曲折體現。

儺劇是從早先的祭祀舞蹈演變而來的民間表演藝術，它具有濃厚的原生態文化特色。如湖南湘中戲劇性的儺歌、儺舞儀式行為。在「解牲」，殺豬，獻祭之際，他們同時安慰、勸勉那可憐的豬玀：「毛豬子，毛大歌，脫下毛衣換紫蘿。你隨娘娘儺壇去，比在民間好得多。日裏吃的白米飯，晚上睡的絲被窩。師傅陪你敲鑼鼓，師娘陪你唱山歌。千刀割你莫辭痛，萬棍打你莫傷。路上神鬼盤問你，你說替人受患煞」。﹝註92﹞其所擷取的題材內容多反映底層庶眾的世俗社會生活，具有鮮明的民俗與地方特色。「祭鼓節」是苗族民間祭祀祖先之祭祀活動。一般七年一小祭，十三年一大祭。於農曆十月至十一月的乙亥日進行。祭儀中，先殺一頭牯子牛，然後跳蘆笙舞。

儺劇在各地區冠之不同的名稱，如稱：鬼舞、跳儺、儺戲、儺堂戲等，也有稱之為跳神的。籠罩著儀式氣氛的儺劇，對演出環境有一種收縱自如的佔有能力。村落、鄉鎮皆為整體的演出環境。演員與觀眾界限幾乎消弭。如湖南長河戲，《目連》戲中祝賀喜宴的行列，便是走在人來人往的街道上。

流行於湖南省新晃侗族自治縣貢溪鄉四路村天井寨的「咚咚推」，是具有戲劇雛形的儺戲，據說是明代由靖州傳入。因演出時在「咚咚」（鼓聲）、「推」（一種中間有凸出的小鑼聲）的鑼鼓聲中跳躍進行，故而名之。天井寨舊時有盤古廟、飛山廟各一座，春節期間每廟一年，輪流祭祀，祭祀時必演「咚咚推」。每逢天災或瘟疫時，也要演唱「咚咚推」。所有的演唱全部用侗語。其劇目內容，有反映本民族生活的《跳土地》《癩子偷牛》《老漢推車》等；也有《關公捉貂蟬》《古城會》等以關公為主角的「三國」戲。

沅陵「辰州儺」，俗稱土家儺，至今仍在沅陵五溪文化中佔有重要地位。據《沅陵縣志》記載，辰俗巫作神戲，搬演孟姜女故事。以酬金多寡選擇演出

﹝註91﹞注：儺壇中供奉的儺公、儺母（亦稱儺爺、儺娘），其稱謂與解釋因地區和民族之不同而異。如土家族稱儺爺是東山聖公，儺娘是南山老母，或謂二者乃伏羲與女媧。

﹝註92﹞唐愍：《楚巫遺風——湘中巫儺活動初探》，《民間文學論壇》第四期，1987年。

全劇或半劇，「全者演至數日，荒誕不經，里中習以為常」。清乾隆十年《永順縣志》亦載：「永俗酬神，必延辰郡師巫唱演儺戲⋯⋯至晚，演儺戲。敲鑼擊鼓，人各紙面一：有女裝者，曰孟姜女；男扮者，曰范七郎」。儺戲按其內容、形式分為儺堂正戲、小戲與大本戲。正戲是法師請神演變而成；小戲初具小型戲曲特徵，大戲的戲曲化程度較高，主要劇目有：《孟姜女》《龍王女》《七仙女》《鮑三娘》等。2006 年，沅陵辰州儺戲已被國務院列入第一批國家非物質文化遺產名錄。

「咚咚推」是在侗族的農耕文化孕育下而形成，表演形態亦具其文化特徵。演員的雙腳一直是合著「鑼鼓點」，踩著三角形，不停地跳動。因為牛的頭和兩隻前腳呈三角形，牛的尾巴和兩隻後腳亦呈三角形，所以，這種踩三角形的舞蹈，是模仿牛的這一身體特徵而來。儺戲，由儺祭、儺舞發展而成為了一種宗教與藝術相結合，娛神與娛人結合之古樸、原始、獨特的戲曲樣式。它傳承於民間，成為了我國儺文化的「活化石」。

湖南湘西瀘溪土家族有著戴儺面具，跳唱公公娘娘（盤瓠王與高辛公主）、唱儺公、儺娘戲、推牛祭祖，等民俗活動的傳統。林河《巫儺史》載，明清時，每年四月十五與七月二十五，縣民們都要到盤瓠廟與辛女祠祭祀。唱著《陽春歌》：「唱起歌來有原因，唱天唱地唱祖神。辛女娘娘把麻績，盤瓠公公把田耕⋯⋯」然後，唱各種農作物，每唱完一種，就要問一次卦。如果是好卦，大家同聲賀喜。問卦的農作物有：「田裏中的黏糯稻，黃穀穗兒壓田頭。山中芝麻節節高，包穀球球坨坨生，小米芥麥子粒壯。綠豆紅薯收不贏，還有桐茶球滿樹。風也調來雨也順⋯⋯」。盤瓠民族具有農耕文化之特徵。其因山居而派生出了狩獵文化，這是一種夾雜著巫儺文化的混合型文化。

在甲骨文中，關於「舞」字的記載，有「魌」字。其為一頭戴假面具之人形；可見商代以前就有戴面具之驅鬼逐疫的儺祭舞蹈。爾後，《論語》《呂氏春秋》《周禮》《後漢書·禮儀志》中，皆有類似記載。漢代張衡的《東京賦》亦描寫了儺儀、儺舞之情形。自漢至唐，儺舞便成為一種驅疫逐鬼的祭祀性舞蹈。宋之後，儺舞又增加了娛人的成分，並逐漸被戲劇化。其在內容上，也從最簡單的驅逐祭祀儀式發展為包括儺祭、儺舞、儺戲、儺面具等多種表現方式，形成了一個龐大恢弘的儺文化從系。

儺儀祭祀的對象亦因圖騰而異。如湖南的江華、江永，以及粵桂地區的瑤族同胞皆視盤瓠為其始祖。《後漢書·南蠻西南夷列傳》中收入了《風俗演

義》中的「盤瓠神話」，注曰：「今長沙武夷蠻是也」。盤瓠，亦即龍犬。《盤王歌》生動地反映了瑤民將龍犬視為本民族的始祖崇拜、供奉之。在歷代「還盤王願」的儺儀活動中，《盤王歌》伴隨始終，並不斷發展而為古歌史曲。

每年農曆十月十六日，瑤族男女老少都要穿上本民族的節日盛裝，歡歌豔舞，慶賀「盤王節」。這已成為瑤族最重要的娛神、娛人之民俗節日。如湖南江永縣瑤族之「還盤王願」舞，演出時，由兩位師公扮演一男一女，用條紅布穿帶，過胯下，男女各繫一端。背相對，兩手撐地，以腿勾搭，表演所謂「狗絆臀」。實際上是模擬圖騰神犬的交媾，以繁衍後代。此動作與湘西古墓發現的「犬交尾」器物的造型相仿。

湖南通道縣侗族儺壇之求子儀式，則由巫師扮演「姜郎」「姜妹」。〔註93〕他們面戴赤紅色突眼面具，手持三尺長棍，追戮之。有些儺壇，當巫師徑以木棍追戮時，求子的婦人反而欣然靠近就戮。〔註94〕另有湘中之「衝儺」，祭祀時，由儺爺「翻壇打廟」，降伏邪神去解救妻子。

湖南安東的準儺戲「還黑祖願」，亦頗具諧趣。演出時，假諧音之類的語言遊戲，打情罵俏，表達性愛與求子之心願。

民間儺在傳承中不斷地創新，發展而形成了如，臘月流浪農村、沿門逐疫乞討之「遊儺」；帶有社火性質之「社儺」；保家族興旺之「族儺」；以及願儺、寺儺、軍儺等諸多形態。如湖南湘西一帶的儺堂戲，即願儺；貴州安順地戲，俗稱「跳神」，即軍儺等。

沅湘間之儺戲，多以從神受孕為主題。湘西土家族保存著的一種戲劇活化石——毛古斯，即為追溯祖先，祝禱蕃殖的巫術性表演藝術。演出時，演員全身赤裸，披頭散髮，手持木棍，對白曰：「吃的是棕樹仔」，「穿的是棕樹葉」，「住的是草堆」。〔註95〕他們身披稻草，男女追逐，從神受孕。表演大多在年初祈禳性節慶「舍巴月」時舉行。裝扮先祖毛古斯的巫師們「胯下夾著模擬男器的大木棒，」〔註96〕「狂熱地表演著模擬性交的舞蹈」。〔註97〕

「毛古斯」的內容與生產亦不無相關。其最熱鬧的場面是捕獵和打魚。

〔註93〕注：侗族的儺神亦稱姜良、姜妹，或稱聖主三娘和姜驕二郎。

〔註94〕力木：《略述楚地求子風俗與性崇拜遺存》，《巫風與神話》，湖南文藝出版社，1988年，第一百九十九～二百頁。

〔註95〕彭繼寬：《略論土家族原始戲劇〈毛古斯〉》，《民族論壇》，1987年，第二期。

〔註96〕蕭兵：《儺蠟之風》，頁首彩色插頁，江蘇人民出版社，1992年。

〔註97〕彭榮德：《土家族情歌盛衰論》，蕭兵：《儺蠟之風》援引，第七百六十二頁。

打獵時，一演員反穿皮掛子扮野獸。由毛古斯率領小毛古斯滿場追捕。一直到抓住野獸為止。〔註98〕他們認為男女交媾是繁衍人類，刺激六畜興旺，作物生長的條件。體現了族人的生殖崇拜與迷信心理。

湘西苗族的「接龍舞」、「絡巾舞」屬於苗族祭祀性的舞蹈。在每年的春耕和秋收後，苗族人都要舉行接龍活動，他們把龍看成吉祥幸福、繁榮昌盛的象徵。每年春播，天旱不雨，人們便延請巫師，敲鑼打鼓，打著青布傘，跳著舞蹈，去深山幽谷的水井邊接龍，提一罐水回家，就算把龍接回家了。接龍祭祀活動有接水龍、接乾龍和祭龍之分。所謂「絡巾舞」，即巫師搖師刀，舞絡巾，施展法術，對內祭祀儺公儺母，對外祭祀三山五嶽七十二菩薩。〔註99〕

自二十世紀八十年代末以來，儺戲學、儺文化學已被作為當代一門新興學科提出，受到學界的日益重視與關注。〔註100〕

四、宗教與古代人文藝術景觀

（一）佛教禪宗之「無我」與古典詩歌之「妙悟」

佛教對中國古典詩歌的影響深遠。佛經轉讀與文人對詩歌聲律的研究相結合，發現了四聲的規律。將四聲規律運用到文學創作中，便誕生了永明聲律說，從而為唐代近體詩的形成奠定了理論和創作上的基礎。隋唐時，佛教不僅盛行俗講音樂（講唱經文及佛教故事），而且由於西域交通的發展，西域方面的梵唄也漸漸傳入漢地。「梵唄」，是中國佛教音樂原聲的特稱。自曹植始創梵唄，支謙、康僧會、覓歷、帛法橋、支曇鑰、曇遷、僧辯、慧忍、蕭子良、梁武帝等僧俗名家陸續發展和提倡，開始嘗試進一步用中國民間樂曲另創新聲改編佛曲，古印度的聲樂遂逐步與中國傳統文化相結合。古之「佛曲」、今之「佛教音樂」均由梵唄發展而來。史稱曹植為中國佛教音樂之創始人，梵唄之始祖。

自禪宗創立以後，佛教以禪入定、由定生慧，進而進入物我冥合的「無我」之境的思維方式，對詩人的意境創造有著直接的影響。王國維《人間詞話》「境界說」曰：「有有我之境，有無我之境。……採菊東籬下，悠然見南

〔註98〕彭武一：《土家族宗教信仰》，《楚風》，1982 年第三期。援引《儺蠟之風》，第七百六十三頁。

〔註99〕熊曉輝：《湘西苗族接龍舞的藝術特色》，四川民族學院學報，2011 年，第一期。

〔註100〕參見田若虹：《同源共生之湘粵巫儺文化》，《嶺南文化論粹》第八章：光明出版社，2013 年版。

山」。「寒波澹澹起，白鳥悠悠下。無我之境也。有我之境，以我觀物，故物我皆著我之色彩。無我之境，以物觀物，故不知何者為我，何者為物。看不真切，稍縱即逝」。

「有我之境」，詞人須在強烈情感的動態作用下，保持平靜的心態去觀察抒發方可得之；而「無我之境」，詞人只有在超脫世俗、散淡靜謐的心境中才能得到。前者宏壯，後者優美。

禪宗對唐以後的詩歌評論中的「妙悟說」等也產生過影響。嚴羽《滄浪詩話·詩辨》曰：「大抵禪道惟在妙悟，詩道亦在妙悟」。他認為寫詩需要別樣的才能，和學問的多少沒有關係；寫詩需要別樣的意趣，和抽象的說理沒有關係。「詩者，吟詠情性也。盛唐諸人惟在興趣，羚羊掛角，無跡可求。故其妙處透徹玲瓏不可湊泊，如空中之音、相中之色、水中之月、鏡中之象，言有盡而意無窮」。

「妙」這個範疇性術語本來自道家，被用作體現「道」的無限性、深邃性和不確定性的界定語，並藉以說明宇宙之道的高遠深邈。嚴羽之「妙悟」說，更多地偏重於「悟」的層面，亦即從根本上規定了詩歌的審美範式和思維方式是直覺的和非邏輯性的。「悟有淺深，有分限，有透徹之悟，有但得一知半解之悟」，在嚴羽的意識當中，唯有「妙悟」，方是最大限度地接近詩之本質的藝術思維方法。嚴羽認為「妙悟」是詩家必須具備的一種思維能力和認知能力。亦即所謂「悟性」，或稟賦、潛質。其次，妙悟是學詩者應有的一種思維方式。嚴羽認為「悟」之程度的深淺直接關涉到作品藝術成就的高下優劣。

佛教對中國通俗文學的影響也很廣泛。唐代流行的變文、俗講等說唱俗文學，均植根於宣揚佛教教義的深厚土壤。佛教為小說、戲曲提供了豐富的創作素材，對古代小說、戲曲的立意的也有間接的影響。

（二）佛教「樵韻梵音」與道教之「齋醮音樂」

佛教音樂（Buddhist music），簡稱佛樂，即佛教用以闡明佛理弘揚佛法的佛事音樂，亦指世人創作的歌頌佛教的音樂。佛樂通常莊嚴清淨，蘊涵慈悲之情，使人聽後動容，起歡喜之心，動善意之念。故曰佛樂乃佛陀教化的殊勝之音。佛樂可分為經咒類的「梵唄聲聞」、儀軌音樂，和參禪悟道類的「禪樂」。

1. 樵韻梵音

相傳三國魏明帝太和四年（公元 230），陳思王曹植遊魚山，感魚山之神

制，於是刪治《太子瑞應本起》始著《太子頌》（即今浴佛贊）及《睒頌》，因為之制聲，吐納抑揚，並法神授，「今之皇皇顧惟，蓋其風烈也」。而「以為學者之宗，傳聲則三千有餘，在契則四十有二」。傳為後式有六契的「魚山梵」或「魚山唄」，後世簡稱「梵唄」，盛於齊梁，普及隋唐。

《高僧傳》記曰，曹植嘗遊魚山（山東阿縣），聞空中有一種梵響（岩穀水聲），清揚哀婉，細聽良久，深有所悟，乃摹其音節，根據《瑞應本起經》寫為梵唄，撰文制音，傳為後世。其所制梵唄凡有六章，即是後世所傳《魚山梵》（亦稱《魚山唄》）。唐釋道世《法苑珠林》曰：「植每讀佛經，輒流連嗟玩，以為至道之宗極也。遂制轉贊七聲，升降曲折之響，世人諷誦，咸憲章焉，嘗遊魚山，忽聞空中梵天之響，清雅哀婉，其生動心，獨聽良久，而侍御皆聞，植深感神理，彌悟法應，乃摹其聲節，寫為梵唄，撰文制音，傳為後式，梵聲顯世始於此焉」。〔註101〕釋慧皎《高僧傳‧十三經詩論》載曰：「始有魏陳思王曹植深愛聲律，屬意經音，既通般遮之瑞響，又感魚山之神制；於是冊治《瑞應本起》，以為學者之宗，傳聲則三千有餘，在契則四十有二」。又云：「昔諸天讚唄，皆以韻入絃管，五眾與俗違，故宜以聲曲為妙。原夫梵唄之起，亦肇自陳思。始著太子頌及睒頌等。因為之制聲，吐納抑揚，並法神授，今之皇皇顧惟，蓋其風烈也」。

唐朝年間（804～850），日僧空海、圓仁等大師將梵唄請至日本大原生根，謂之「魚山聲明」。真鑒大師請至韓國，稱之「魚山」。故歷史上曹植一直被尊為佛教音樂始祖「梵唄創始人」，魚山也成為中國化佛教梵唄標準「叢林腔」的代名詞。

繼曹植之後，歷代僧人便開始嘗試進一步用中國民間樂曲改編佛曲或另創新曲，使古印度的梵唄音樂逐步與中國傳統文化相結合，梵唄從此走上了繁榮，發展的道路。其後支謙、康僧會、覓歷等高僧結合當時中國民間音樂以及正統文學開創和初步形成了中國佛教音樂體系——中國梵唄。六朝的齊梁時代，佛教徒開始吸取民間文藝形式（如「轉讀」、「唱導」等）。此時是我國梵唄發展的重要時期。《樂府詩集‧雜曲歌辭》（卷七七八年）載有齊王融《法壽樂歌》十二首，每首均五言八句，內容歌頌釋迦一生事蹟，從其歌辭體制來看，無疑是用這種華聲梵唄來歌唱的。

作為「和平」「智慧」與「慈悲」精神象徵的觀音菩薩，是嶺南沿海民眾

〔註101〕唐‧釋道世撰《法苑珠林》，卷三十六。

崇拜的佛教尊神。在廣東東莞樟木頭鎮觀音山森林公園內，建立了世界上最大的花崗岩觀世音菩薩像，雄踞在觀音山頂，淨高三十三米，重達三千多噸。三亞南海之海上觀音，被譽為「世界級、世紀級」的佛事工程。廣東番禺蓮花山望海觀世音菩薩，像高四十‧八八，是目前箔金銅像的世界之最。大型仿古建築觀音閣，內設大小觀音一千座，是目前世界最大的觀音閣。

西樵山南海觀音文化苑坐落於南海市西樵山大仙峰頂，由南海觀音主體法相、聖境匯芳、聖域市肆、福壽蓮池和環海鏡清組成，面積十五萬平方米，所在大仙峰海拔二九二‧四七米，係西樵七十二峰之一。

2011 年 10 月 7 日至 10 月 15 日，第二屆南海觀音文化節在此舉行，主題是「樵韻梵音」。以西樵山深厚的歷史文化為主線，通過音樂演繹出西樵山獨具魅力的歷史文化。整場音樂會分為三大篇章：第一篇章長居南海願，節目包括舞蹈《妙音觀樵》、朗誦情景劇《慈悲願力》和佛歌《心經》；第二篇章長修菩薩道，節目包括小品劇《觀音處處在》、粵劇《觀音頌》、武術表演《禪功初展》和女聲小組唱《阿彌陀佛在心間》；第三篇章常渡有緣人，節目包括歌曲《荷塘月色》、激光豎琴《琴道之韻》、歌曲《乘願而來》和大型舞蹈《慈悲心海》。

佛教音樂在西樵山群山環抱中奏響，禪樂與大自然的各種聲響——水聲、風聲、林濤、蟲鳴合在一起，構成一種天籟般的禪韻。海內外高僧齊聚西樵，沉浸於禪境的音樂聲中。文化節還包括：亞洲佛教文化論壇、弘法講經法會、萬人齋宴、水陸祈福法會、佛教文化展等。來自亞洲多國的佛學學者、名寺主持皆應邀來此進行佛教文化交流，探討西樵山禪文化特色、南海觀音文化的定位，以及佛教在西樵山文化中的地位、作用和影響等。

2008 年 6 月 7 日，佛教音樂魚山梵唄等經國務院批准列入第二批國家級非物質文化遺產名錄。

2. 齋醮音樂

齋醮音樂又稱科儀音樂、法事音樂和道場音樂，包括步虛、偈、贊、頌、誥等韻曲，和獨唱、合唱、吟唱、道白等聲樂，以及器樂、打擊樂等多種音樂形式。齋醮音樂在發展過程中，與我國傳統的巫教音樂、宮廷音樂和民間音樂相融合，逐漸形成了自身的風格和體系，成為中國傳統音樂藝術的重要組成部分。

現存道教樂譜中最早的聲樂譜集《玉音法事》，收於明《正統道藏》，記載了唐代至宋代的道曲五十首。因記譜方法非常奇特，至今難以破譯。及至

明代，又出現了一部《大明御製玄教樂章》譜集一卷，載有道曲十四首，工尺譜曲調。清代《重刊道藏輯要・全真正韻》中收有全真道常用的曲目五十六首，用「鐺鑔板」。這些都是道教音樂的重要文獻。因全真道注重修持，醮壇音樂較為含蓄，而正一道具普世性，其以《正一經》為共同奉持的主要經典，主要法術是畫符念咒、祈禳齋醮，為人驅鬼降妖，祈福禳災，醮壇音樂便十分活潑。

嶺南新會紫雲觀的齋醮音樂是道教「崇聖敬神」信仰的體現，是渲染齋醮科儀神秘氣氛的宗教音樂。它吸納了先秦時期的巫祭樂，又在唐玄宗、宋真宗、徽宗、明太祖等帝王的親自參與和推崇下發展起來，形成了民族特性鮮明、曲牌豐富的道樂體系。其中盛傳於世的《太極韻》凝重肅穆、超凡絕俗；輕靈舒緩的《文辭》讓人仿若置身於古木蒼天的雲際之間。幽怨哀戚的《幽冥韻》則傳達出太乙救苦天尊的至愛與慈悲。通真達靈的《返魂香》之樂，飄逸出韻詞中的警世之音。

（三）宗教與嶺南建築景觀
1. 佛教寺院建築和佛塔

宗教藝術景觀主要包括宗教雕塑藝術、宗教壁畫藝術、佛教石窟寺藝術、宗教摩崖造像藝術等。佛教塑像名目繁多，分別有四大天王，彌勒菩薩、韋馱菩薩、釋迦牟尼佛、三身佛、三世佛、觀音菩薩、羅漢等塑像。佛教壁畫按其內容可分為尊像畫、佛教史蹟畫、佛教故事畫、經變畫、反映傳統故事的畫，及其他內容的畫等六類。佛教石窟寺大約始於公元三世紀，公元五至八世紀是中國石窟寺發展的最鼎盛時期。敦煌莫高窟、雲崗石窟、龍門石窟和麥積山石窟為中國佛教四大石窟。

約於公元一世紀佛教傳入中國後，在漢族地區、藏族、蒙古族地區和傣族地區傳播過程中，逐漸形成了漢地佛教、藏傳佛教（俗稱喇嘛教）和雲南上座部佛教三大系統，各地佛教寺院的建築也分別吸收了本地、本民族的建築風格，形成了各具特色的建築形式。

寺院、塔、石窟等佛教建築傳入中國後，經改造和發展，融入了中華文化的元素。如中國著名的寺院：河南洛陽白馬寺、鄭州登封少林寺、開封大相國寺，河北承德普寧寺、普樂寺、普陀宗乘之廟，西藏拉薩布達拉宮，和大昭寺等。

廣州光孝寺是羊城年代最古、規模最大的佛教名剎。廣州民諺說：「未有

羊城，先有光孝」。光孝寺在中國佛教史上具有重要地位。自從曇摩耶舍在此建寺講學以後，先後有許多名僧也來此傳教。例如南北朝梁朝時代，印度名僧智藥禪師途經西藏來廣州講學，並帶來一株菩提樹，栽在該寺的祭壇上。唐儀鳳元年（676），高僧惠能曾在該寺的菩提樹下受戒，開闢佛教南宗，稱「禪宗六祖」，為該寺增添了不朽的光彩。公元 749 年，唐代高僧鑒真第五次東渡日本時，被颶風吹至海南島，然後來廣州，也在此住過一個春天。

自佛教傳入嶺南後，嶺南地區歷朝均有興建佛教寺院，每一州縣，均有大小不等的寺院。廣州之光孝寺之外，著名的佛教寺院有華林寺、海幢寺、大佛寺、長壽寺、六榕寺，番禺之海雲寺，肇慶的慶雲寺，韶關之南華寺，仁化之別傳寺，河源之雲門寺，羅浮山之華首臺，潮州之開元寺，潮陽之靈山寺，海康之天寧寺等。

廣東海雲寺，為廣東四大名寺之一，位於廣東番禺南村鎮員崗村與陳邊村之間的秀麗清幽的雷峰山上。廣東海雲寺在南漢期間（917～971）建成，原為海商捐建的佛教道場，曾名隆興寺、雷峰寺。清初，一代高僧天然法師駐錫該寺，重修擴建，命名為海雲寺。

位於廣東省潮州市區中心之開元寺，向為歷朝祝福君主、宣講官府律令之所。以殿閣壯觀、聖像莊嚴、文物眾多、香火鼎盛而名聞遐邇，為粵東地區第一古剎，有「百萬人家福地，三千世界叢林」之美譽。

廣東番禺蓮花山望海觀世音菩薩，像高四十‧八八米，是目前箔金銅像的世界之最。大型仿古建築觀音閣，內設大小觀音一千座，是目前世界最大的觀音閣。蓮花山典傳，很久以前，南海有一條孽龍，在珠江口興風作浪，經常淹沒田地，顛覆舟船，沿岸居民飽受其害。適逢南海觀音雲遊此地，眼見孽龍為禍，生靈塗炭，便大發慈悲，於是將其乘坐的蓮花擲向水中，鎮住孽龍。這朵蓮花則化為巨石，永鎮山中，成了今日蓮花山南天門邊的蓮花石。

潮州靈山寺，距離潮陽市區二十五公里。靈山寺素以「道跡賢蹤」馳名海內外，是粵東著名古剎之一。靈山寺山清水秀，風景優美，是開元寺所莫及的。靈山寺不僅歷史悠久，規模宏大，其與大顛和韓愈亦有著不同尋常的關係，因之成為一段耐人尋味的歷史。

唐元和十四年（819 年）韓愈因諫唐憲宗迎佛骨被貶潮州，在不到八個月的時間內，與大顛過從甚密，他在給孟簡的信中說：「潮州時有一老僧號大顛，頗聰明，識道理，遠地可與語者，故自山招至州郭，留十數日，實能外形骸以

理自勝，不為事物侵亂。與之語，雖不盡解，要自胸中無滯礙，以為難得，因與來往，及祭神至海上，遂造其廬。及來袁州，留衣廣州」。〔註102〕

中國古代傳統文化思想中，形成了一整套宗法禮制思想，其中包含著濃重的對祖先的崇敬，對土地、糧食、天地、日月的崇拜；對各種文神、武神以及其他諸神的尊敬。為了寄託這種崇敬和感恩，產生和形成了許多用來祭祀天地鬼神、山川河嶽、祖宗英烈、聖哲先賢等的壇廟建築，也稱之為禮制建築。

澳門保存的中國文化元素的宗教建築，其中廣為人知的是古代傳統的廟宇建築，延綿數百年，如觀音堂、媽閣廟、蓮峰廟等著名的廟宇。〔註103〕

澳門廟宇中供祀著的各種各樣的神祇，部分傳自嶺南，部分由中原傳入。如在澳門多處可見的金花娘娘，即源出廣州河南的金花廟，該廟所祀金花娘娘之神像多達八十餘尊。金花娘娘是民間傳說中護童之神。澳門奉祀金花娘娘廟宇有蓮峰廟、包公廟、靈醫廟、呂祖仙院、蓮溪廟、觀音古廟、雀仔圓福德祠與路環金花廟等。

路環譚公廟與九澳三聖廟供奉之譚仙，即譚公道，來自惠州九龍山；氹仔三婆廟供奉之三婆神，為水神，亦傳自惠州；路環三聖廟及大王廟供奉的洪聖大王，則來自廣州南海波羅廟供祀南海廣利洪聖大王；大三巴女媧廟內供奉的悅城龍母，源自粵西德慶市龍母廟的主神悅城龍母；還有在澳門立廟信奉的黃大仙及水上居民供奉的朱大仙，均為嶺南文化的傳承與影響。

澳門普濟禪院祖師堂，是專門紀念禪院開山祖師大汕和尚的內堂。大汕的禪法思想、人格特徵，與其俗世化傾向、三教合一觀念、禪淨一致的理論與實踐、不忍忘世之情懷，以及具有商人氣息之風格等，都明顯地帶有嶺南佛教之印痕，並在一定程度上決定了澳門佛教的特點與走向。

2. 道教道宮與道觀

佛教文化建築包括佛教寺院建築和佛塔。佛教寺院建築既是佛教徒供奉佛像、僧眾居住、修行和舉行各種法事活動的地方，也是信徒進香朝拜，參加宗教活動的中心。道教文化場所則包括宮、觀、廟，還有院、殿、祠、堂、壇、館、庵、閣、洞、府等稱謂。道教祀神和做法事的處所，稱作道宮或道

〔註102〕 田若虹《〈民國大顛三書辯污論〉考識》，《嶺南文化文萃》第七章，光明出版社，2013 年版。

〔註103〕 田若虹：《世紀海洋之澳門藍色文明》上冊，臺灣花木蘭文化出版社，2015年版。

觀。道教宮觀的建築形式和布局與佛教寺院的建築大體相仿，也採用中軸線，院落式布局，只是殿堂的名稱與所供奉的神像不同而已。道觀從山門開始，先後依次排列著龍虎殿或靈宮殿、三清殿或玉皇殿、四御殿、純陽殿、重陽殿或老律堂。佛教的「藏經閣」亦即道教之「三清閣」。

道教全真龍門派的宮觀純陽觀，位於廣州海珠區漱珠崗上。純陽觀始建於清道光四年（公元 1824 年），是著名道士、天文學家李明徹真人為祀呂純陽祖師而倡建。純陽觀殿宇巍峨，茂林蒼翠，有仙山洞府之奇。山下四水環繞，映帶左右。山門內清寂寧靜，別有洞天。純陽觀無論其建築風格，供奉的道教諸神，抑或其儒雅韻味，皆具有濃鬱的嶺南文化特色。

觀內現存山門、靈官殿、大殿、拜亭、朝斗臺及李明徹墓。其中朝斗臺為李明徹觀測天象之地，是廣州現僅存的古觀象臺。純陽殿後面的朝斗臺，是李明徹編纂《廣東通志·輿地略》，為觀察氣象和星辰變化而建築的觀象臺。山門前的門額「純陽觀」，為清兩廣總督阮元手書。「靈宮殿」供奉著道教護法神王靈官；左側「慈航殿」祀慈般真人、關聖帝君；右側為文昌殿，祀文昌帝、天后娘娘和藥王；純陽殿主殿供奉著「純陽子」呂洞賓。呂洞賓是全真道派「北五祖」之一，道教神「八仙」之一。

三元宮是嶺南現存歷史較長、規模較大的道教建築，位於廣州市北越秀山下。它是晉代女針灸家鮑姑採艾行醫之處，鮑姑去世後人們即在此設祠紀念，清代重修開為道觀。現存的醫史遺跡主要有：鮑姑寶殿、虯龍古井和道家煉功碑。明代重修後改名三元宮。據《三元宮歷史大略記》碑文記載：「三元宮在越秀山麓，東晉時南海太守鮑靚建，名越崗院」。

新會的紫雲觀是廣東省代表性的道教宮觀。紫雲觀坐落在新會圭峰風景區，此地瀕臨南海，毗鄰港澳，坐擁青山翠嶺，集自然人文景觀於一體，融高山、湖泊、森林於一身。觀內有甲子殿、呂祖殿、會仙橋、靈官殿、玉皇殿、後殿、鐘樓、鼓樓、觀音殿、走廊等建築，流光溢彩，氣勢非凡。紫雲洞中香火鼎盛，延綿不斷。觀內各殿堂安坐的神像為：靈官護法、玉皇大帝、三清道祖、呂洞賓仙師、黃大仙、斗姆、六十太歲、關聖帝君、北帝、李涵虛祖師、觀音大士、天后和龍母等九十餘尊。

沖虛觀，位於廣東省惠州市博羅縣羅浮山北麓朱明洞南。原址為葛洪所建四庵之一的南庵，初名都虛庵。葛洪昇仙後，晉安帝義熙初，改建為葛洪祠。唐玄宗天寶年間擴建，易名「葛仙祠」。宋哲宗元祐二年，又賜名為「沖虛觀」。

其為全國重點宮觀之一。沖虛古觀掩映在蒼松古柏之中，環境清幽。觀前有會仙橋，觀內有殿宇五重，分別為靈官殿、三清殿、黃大仙殿、呂祖殿和葛仙殿。

葛仙殿後有葛洪建造的丹灶，丹灶旁蘇東坡書「葛洪丹灶」四字已泯滅。現在所刻的「稚川丹灶」四字，乃是清乾隆年間廣東提學吳鴻重題。觀內還有一個八角形的水池，是葛洪的「洗藥池」。據載，葛洪時常為民採藥，這池便是他洗藥草的地方。觀內的「長生井」，據說是葛洪煉丹時取水所用。這口井長年不枯，井水能治病，昔日名曰「神仙水」。古詩讚曰：「傳聞地獻寶，靈液出鳳草。每日汲三升，何必安期棗」。

廣州黃大仙祠，在清末民初是著名的宗教勝地，始建於清朝己亥年。番禺進士盧維慶在光緒年間的石刻碑上賦對聯曰：「洞中別有乾坤，四圍煙雨雲山尤增勝概。祠裏自成天地，兩岸桔林橘井永著仙蹤」。凡進入黃大仙主殿者，須經過「玉液池」洗足之後，方可向黃大仙參拜。大殿的西面是呂祖殿，東面是觀音殿。觀音神像由整塊漢白玉雕刻而成。中國的釋、道、儒三教合一之理念，在這座寺廟中集中地體現出來。西側是關帝廟和斗姥殿。關羽忠義兩全，受到上至朝廷、下至百姓以及三教信徒的崇敬，佛教立其為伽藍神；儒教稱之為武聖人；道教則尊奉為關聖帝君。每年的農曆五月三十日，為關聖帝君之誕日。

《金華府記》載：黃大仙原名黃初平，浙江金華蘭溪人，東晉年間出生於一個貧困的家庭。八歲牧羊於浙江金華赤松山上，十五歲牧羊時遇道士善卜。善卜見初平有異相，帶他到金華赤松山修煉了四十年，終得道成仙。因此，黃人仙以「赤松子」為別號。後來，其兄黃初起去尋找他。兄弟相見，初起問：「羊在哪？」初平大聲地叱之：「羊起」，滿山坡的白石立刻變成了羊。黃大仙祠大門對聯：「叱羊傳晉代，騎鶴到南天」即源於此典。

潮州韓江東岸筆架山麓，建於宋朝，是我國現存的歷史最久遠、保存最完整的紀念唐代文學家韓愈的專祠。韓文公詞倚山臨水，古樸清幽，莊重肅穆。

唐憲宗元和十四年（公元 819 年），韓愈因「諫迎佛骨」被貶謫潮州。韓愈在潮州期間祭鱷釋婢，興學勸農，歷代潮人都很懷念他的功績。祠堂前廣場有一座古書形的石雕，上面刻寫了韓文公在《進學解》中的兩句名言：「業精於勤荒於嬉，行成於思毀於隨」。韓文公祠距今已有八百多年的歷史。它吸引著歷代文人墨客在此尋訪韓愈遺跡，追尋韓公遺風。

韓愈標榜儒家「道統」，倡導「仁政」，反對暴虐，「抵排異端，攘斥佛老」。

祠內的一副楹聯上書:「關佛累千言,雪冷藍關,從此儒風開海嶠」;下聯是:「到潮才八月,潮平鱷渚,於今香火遍瀛洲」。

高州之「潘仙寺」為紀念西晉道士潘茂名而立。潘茂名,高涼人。「世居浮山下」,高州之潘村人。這位德高望重,行醫濟世之丹藥師,在當年流行瘟疫時,救活了眾多百姓,深受粵西人敬仰,並世代傳頌之。隋朝開皇十八年(公元 598 年)設立茂名縣,即以潘茂名之名命名,以紀念之。唐貞觀八年,又以潘茂名之姓改南宕州為潘州。

《茂名縣志稿》(民國編)載:「潘茂名,晉永嘉末處士,治《易》明《詩》。一日入山,遇老人對奕,旁睨久之。老者曰:『孺子頗解此耶』?對曰:『入由蛇竇,出似雁行』。老者異之,勸令學道,授以長生久視之術。潘則日夜學習,不干預人世間事」。

潘茂在此山習靜二十年,「朝汲泉於此山、暮洗術於鑒水,採丹田之芝,煮白石之髓、嚼瑤笥之芽、餐碧柰之蕊,勤洗伐而脫塵凡,取精華而去渣滓」,終於煉成「大還丹」和「小還丹」,並用此神效丹藥,在粵西高雷一帶行醫,救治百姓,撲滅了瘟疫。

邑人潘江《潘仙賦》云:「出入二語,頓悟元機、道德千言、翻為剩義、此殆鳳緣,於是攀薜蘿闢荊杞,丹灶煙飛、石船風起……」潘茂名以丹灶煉丹,研藥治病救人事,至今仍傳為佳話。

(四)宗教與嶺南自然景觀

1. 洞天福地,仙靈窟宅

嶺南得天獨厚的地理環境:「五嶺恃其北,大海環其東,眾水匯於前,群峰擁於後。地總百粵,山連五嶺,彝夏奧區,仙靈窟宅」,實乃道家的洞天福地。

嶺南第一山乃羅浮山。《漢志》云:「博羅有羅山。以浮山自會稽浮來傅之,故名羅浮」。清·屈大均《廣東新語》曰:「然羅為浮主,而羅浮之東麓有博羅之白水山焉,西麓有番禺之白雲山焉,與之鼎立,人亦以為三島,則羅浮又為白水、白雲之主矣。其峰四百三十有二,羅與浮半之……或曰首陽、太華,一山而分,羅與浮二山而合,實有巨靈主之。分之者所以通黃河,合之者所以鎮南海。然二山下合而上分,其巔有分水凹,是曰泉源,山之交奧也。水分於西則為羅,分於東則為浮,浮之水與羅相吐吞,羅之山與浮相補綴。

水分其上而山合其下，故觀其合，而得山之情狀焉」。〔註104〕

據《雲笈七籤洞天福地》記載，羅浮山為道教十大洞天之「第七洞天」，七十二福地之「第三十四福地」；山中有七十二石室、十八洞天、四百三十二峰巒、九百八十瀑布與飛泉，原有九觀十八寺二十二庵等道教與佛教宮觀寺院點綴其間。歷來許多文人墨客、方士道人紛紛前往山中游覽、隱居和修煉，為其作賦吟詩，歌頌讚美，如呂洞賓、陸賈、謝靈運、李白、杜甫、李賀、劉禹錫、蘇東坡、朱熹、葛洪、陸修靜、楊萬里、屈大均等人。

如：呂岩《贈羅浮道士》〔註105〕

羅浮道士誰同流，草衣木食輕王侯。世間甲子管不得，壺裏乾坤只自由。

數著殘棋江月曉，一聲長嘯海山秋。飲餘回首話歸路，遙指白雲天際頭。

相傳隋趙師雄在此夢遇梅花仙女，後多為詠梅典實。南朝陳徐陵《奉和山地》：「羅浮無定所，鬱島屢遷移」。唐劉恂《嶺表錄異》卷中：「南海以竹為甑者，類見之矣，皆羅浮之竹也」。元張可久《天淨沙‧孤山雪夜》曲：「淡粧人在羅浮，黃昏月上西湖，翠袖翩翩起舞」。清屠宸楨《疏影》詞：「酒醒黃昏，看足香痕，好夢羅浮重省」。

東晉年間，著名道教理論家、煉丹家、醫學家葛洪入於山中修道煉丹，採藥濟世，著書立說，創建九天觀、黃龍觀、沖虛觀、酥醪觀、白鶴觀。

葛洪居山積年，優游閒養，筆耕不輟，著述極豐，他繼承並發展了早期道教的神仙理論，整理了當時流行的各種煉丹術，總結了自己在研製金丹過程中所積累的豐富經驗，撰寫而成《抱朴子‧內篇》一書，既確定了我國的神仙理論體系，又豐富了道教的思想內容，從而使羅浮山逐漸成為嶺南道教名山。

據《羅浮山志》載，秦漢時，神仙家安期生曾至山修煉，宋代著名道士白玉蟾亦曾在此修道傳教。羅浮山中至今名勝古蹟眾多，自然風景秀麗，關涉道教的如：沖虛觀、黃龍觀、九天觀、酥醪觀、葛洪煉丹灶、仙人洗藥池、飛來石、遺履軒、會仙橋、蝴蝶洞、朱明洞、飛雲頂、華守岩、升仙岩、劉仙岩等等，其中尤以沖虛觀最為著名。蘇軾《食荔枝》曾贊曰：「羅浮山下四時

〔註104〕屈大均：《廣東新語》卷三，（山語‧羅浮）。

〔註105〕呂岩，即呂洞賓，道教全真道祖師，原名呂岩，字洞賓，道號純陽子，自稱回道人。世稱呂祖或純陽祖師。

春，盧橘楊梅次第新，日啖荔枝三百顆，不辭長作嶺南人」。詩中，嶺南之「神仙洞府」氣象，樂不思歸之意溢於言表。

廣東肇慶市七星岩位於肇慶市北，其風景自古即以「峰險、石異、洞奇、廟古」而著稱。七星岩摩岩石刻群是蜚聲中外的文化遺跡之一。唐開元年間有名的文章家、書法家李邕就在石室洞口留下全國著名的《端州石室記》。此後，唐朝李紳，宋朝包拯、周敦頤、郭祥正、黃公度，明朝俞大猷、吳國倫、郭都賢、陳璘，清朝黎簡、馮敏昌等都在洞內外留下了大量的詩文或題名。七星岩摩石刻計有六百三十餘幅，僅石室岩內外就有三百三十三則。石刻中各種字體，篆、隸、楷、行、草俱全，並包括自唐以後各朝代、國內各地以至日本人的作品。其中李邕《端州石室記》、馮敏昌的《七星岩五首》、黎簡的《南服隕石》被稱為七星岩石刻詩詞的三絕。石室洞內外的摩崖石刻，不僅是一首首文情並茂的山水詩，更是千年滄桑的歷史印記。

七星岩岩峰之玉屏岩為道教名山，山上有三仙觀、玉皇殿等寺廟。玉屏山道上沿途有十友亭、狀元碑、三仙觀、八音石、含珠逕、玉皇殿、待月臺、小石林等眾多勝蹟。三仙觀始建於明萬曆年間，原名大覺寺，因殿內供奉著呂洞賓、漢鍾離、李鐵拐三仙塑像而得名。建築周邊樹木鬱鬱蔥蔥，形成「峭壁森林」之絕景，極具仙氣、靈氣。

七星岩岩峰之阿坡岩岩腳，有一巨大的「佛」字。這裡有「東方三聖」、「西方三聖」、「佛祖」、「招財佛」、「五百羅漢」等。秀美、動人的仙女湖畔，可以觀賞到「臥佛含丹」的天然奇觀：每當清明或重陽的傍晚，徐徐而下的太陽，不偏不倚剛好落在天然大臥佛的嘴上，天地靈氣蔚為壯觀。

自古以來被稱作天下第十九福地的清遠市飛霞山，位於北江飛來峽上游，山中雲霧繚繞，一江兩岸七十二峰，重巒疊嶂，此為廣東八大名山之一。飛霞山亦為嶺南地區最大的儒、釋、道「三教合一」的宗教場所。飛霞山擁有多處百年建築群，包括：飛來寺、藏霞古洞、錦霞禪院、名山洞府、長天塔等。

明清以來即被譽為「南粵理學名山」之西樵山，位於佛山南海市的西南部，其為百越文化的發祥地。山上七十二峰峰峰皆奇，四十二洞洞洞皆幽，更有湖、瀑、泉、澗、岩、壁、潭、臺點綴其間。西樵山林深苔厚，鬱鬱蔥蔥，洞壁岩縫，儲水豐盈，古人稱之「誰信匡廬千嶂瀑，移來一半在西樵」。今人贊之：「綠色翡翠」「固體水庫」。

西樵山之白雲洞是儒、佛、道三教福地，有三個洞天、二十四景，如奎

光樓、飛流千尺、三湖書院、字祖廟、白雲古寺、雲泉仙館、連理枝榕樹、四面佛、靈感石、仰辰臺等，其中「西樵雲瀑」早在清朝即為羊城八景之一。

西樵山寶峰寺建於明永樂年間，為南粵四大名寺之一。自晉代佛教東傳，來此山建寺弘法的高僧不絕，明代更是香火鼎盛。如惠連法師即曾在此興教弘法。可惜歲月流年，歷盡滄桑，現僅存斷垣殘壁。

坐落於西樵山大仙峰頂之南海觀音文化苑，海拔二百九十米，佔地約兩百萬平方米，主要由牌坊、影壁、法像等組成。文化苑左右分別為雙馬峰和馬鞍峰，背枕西樵最高峰大仙峰。俯瞰大仙峰，完全符合「左青龍蜿蜒，右白虎馴伏，背玄武垂頭、前朱雀翔舞」之吉穴之勢。

呈金字塔型的南海觀音銅像，其高為六一・九米，寓意觀音成道於 6 月 19 日之意，是世界上最高的觀音座像。法像為坐姿，頂有寶珠天冠，項有圓光，彎眉朱唇，眼似雙星，目光微俯，披天衣，掛瓔珞，帶項飾，著羅裙，慈眉善目地穩坐蓮花臺上，廣視眾生，頗具救苦救難的慈悲法相。蓮花座四面環水，四橋通達，寓意四方淨土，八方德水，四邊皆道之佛境。

這些獨具特色的嶺南自然景觀，無不通過具體物象凸顯出人類文明的程度與審美價值。許多自然景區的名稱如羅湖山、羊城、七星岩、湖光岩等；所流傳的歷史掌故、傳說，如崖門海戰、海不揚波等，皆無不蘊含著深厚的歷史與審美情感。這些人類文明的產物，不僅僅在形式上給人以美的愉悅，而且在內容上給人以智的啟迪，亦即文化思想的教育與道德情操的薰染。如其具體物象和意境蘊藏的借喻與象徵：高潔之蓮花，剛直、虛心之竹子，剛強、長壽之蒼松……。

（五）宗教與嶺南人文景觀

1. 名公巨儒，前後相望

自秦代以來，中原人大規模遷移嶺南，共有四次高潮：秦漢時期、兩晉南北朝、兩宋時期、明朝末年。其中，除秦始皇和漢武帝時因南征而遣，大量軍人占籍嶺南，其餘都是因為北方戰火紛擾，黃河流域一帶社會動盪，士民為避戰禍而被迫南下。這些來自中原的軍士、平民，將中原文化也帶到了嶺南，促進了中原文化與嶺南文化的交流，對古代嶺南文化的發展產生了巨大影響。

在南粵這片文化沃土上，名公巨儒，前後相望。最負盛名者如「中國歷史上第一位巾幗英雄」，南北朝嶺南俚人領袖冼夫人，唐代「百代文宗」古文

運動的倡導者韓愈，唐代著名詩人劉禹錫，唐開元丞相，被譽為「嶺南第一人」的張九齡，北宋著名文學家蘇軾、秦觀，宋代名臣包青天包拯，明代戲曲家湯顯祖，著名的思想家、教育家陳白沙，明末抗金名將，民族英雄袁崇煥，明末抗清英烈陳子壯，著名清官海瑞，明末清初愛國主義詩人「嶺南三大家」之一屈大均，清朝一代文宗阮元，嘉慶、道光年間以詩著稱，與黃培芳、譚敬昭號稱「粵東三子」的張維屏，中國近代史上啟蒙思想家、維新變法領袖梁啟超、康有為，外交家、政治家黃遵憲，太平天國傑出領袖洪秀全，中國近代「開眼看世界第一人」林則徐，近代民主革命家、三民主義的倡導者孫中山，甲午戰爭愛國名將鄧世昌，人民音樂家、作曲家冼星海等。他們的傳奇、佳話和掌故史不絕書，衍變而為後人躡蹤憑弔觀覽之勝蹟。

葛洪在廣州沖虛宮寫《抱朴子》，總結了晉代以前的神仙理論與方術，又煉丹於羅浮山，成為中國道教史、化學史上承前啟後的重要人物。〔註106〕

唐代韶州曲江人張九齡享有「自古南天第一人」、「嶺南詩祖」和「嶺南第一人」等美譽。作為唐代開元賢相，張九齡為政有遠見卓識，為人忠耿率直，有「曲江風度」之譽，遺風惠及後世。在張九齡故居不遠處的旗崗寨山麓，有張文獻公祠。祠堂上醒目的「唐代無雙士，南天第一人」的字樣，讓祠堂熠熠生輝。史載，唐玄宗於張九齡逝世後，每用人必問：「風度得如九齡否？」因此，當時郡人將樓命名為風度樓。「風度樓」的設計體現了唐代建築宏偉、大氣的特點，正好與「九齡風度」契合。

湯顯祖，明代傑出的戲劇家、文學家。在中國和世界文學史上享有重要的地位，被譽為「東方的莎士比」。萬曆十九年，湯顯祖不滿當朝權貴的飛揚跋扈，向皇帝上本《論輔臣科臣疏》，抨擊申時行等朝廷大員，語犯神宗，被以「假借國事，攻擊元輔」的罪名貶為廣東徐聞縣典史。他在徐聞創辦了貴生書院，將書院的十二間教室，分別命名為審問、博學、慎思、明辨、篤行、格物、致知、誠意、正心、修身、齊家、治國。清《王夫子賓興》碑文曰：「自明義仍先生來徐聞建書院，而徐益知向學，當時沐其教者，輒魏科登賦仕，後先輝映，文風稱極」。中國戲劇作家協會主席田漢 1962 年訪問海南島時，路經徐聞曾專訪貴生書院遺址，並賦詩讚曰：「萬里投荒一邑丞，屠龥那耐瘴雲蒸？憂時亦有江南夢，講學如傳海上燈。應見緬茄初長日，曾登唐塔最高層。貴生書院遺碑在，百代徐聞感義仍」。

〔註106〕參見本章：《宗教與嶺南自然景觀》。

湯顯祖一生留下二千二百六十多首詩作，六百多篇文章。在戲曲史上，湯顯祖和關漢卿、王實甫齊名。在戲曲創作方面，他反對擬古和拘泥於格律。作有傳奇劇作《牡丹亭》《紫釵記》《南柯記》《邯鄲記》，合稱「臨川四夢」，以《牡丹亭》最著名，堪稱明代傳奇的壓卷之作。沈德符說：「湯義仍《牡丹亭》夢一出，家傳戶誦，幾令《西廂》減價」。《牡丹亭》不但是中國，更是世界戲劇文學的瑰寶。戲曲家呂天成推崇湯顯祖為「絕代奇才」，「千秋之詞匠」。

屈大均生於 1630 年，廣東番禺人，是明末清初著名的學者、愛國詩人、反清義士，他與陳恭尹、梁佩蘭合稱「嶺南三大家」。屈大均早年受業於陳邦彥門下。1646 年清軍攻陷廣州後，參與陳邦彥領導的反清運動，但運動失敗，陳邦彥等人被處死。後來屈大均削髮為僧，雲遊四海，秘密聯絡反清力量，但屢次失敗，最後鬱鬱而終，終年六十七歲。

屈大均著述豐碩，卻因反清之故，被清朝視為異端邪說。屈大均《春山草堂‧感懷十七首》擲地有聲：「慷慨干戈裏，文章任殺身。尊周存信史，討賊作詞人」。表明其不怕殺身，要仿傚孔子之《春秋》，為後世留下一代信史。他撰寫的《皇明四朝成仁錄》等書，為明末清初的抗清志士歌功頌德。屈大均逝世後，清帝多次下詔遍查和焚毀其著作，片紙隻字不得流傳。甚至連他的屍骨，也令「粵省刨戮」。這便是有名的「屈大均案」。

屈大均的大部分著作還是被人們千方百計保存下來，其編著而成的《廣東文集》《廣東文選》《廣東新語》等，成為廣東文化遺產中不可多得的財富。至今，《廣東新語》還是我們研究廣東地區明清之際經濟史、思想史和文化史的重要文獻。龔自珍對屈大均之潔行高度讚譽：「靈均出高陽，萬古兩苗裔。鬱鬱文詞宗，芳馨聞上帝。奇士不可殺，殺之成天神。奇文不可讀，讀之傷天民」。

康熙三十四年，六十五歲的屈大均給兒子留下遺囑：「吾死後，以幅巾、深衣、大帶為殮。大帶書碼『明之遺民』。墓亭書『孝子仁人求我友，羅威唐頌是我師。』」

韓愈，唐代古文運動的倡導者，蘇軾稱其「文起八代之衰」，明人推他為唐宋八大家之首，有「百代文宗」之名。唐貞元十九年和元和十四年，韓愈兩度貶謫嶺南，在陽山致力於移風易俗，教化民眾，在潮汕辦鄉學，影響深遠。韓愈貶謫潮州，對於他個人而言是一件不幸之事，然對於潮州來說卻是幸事，潮州從此逐步發展成為「嶺海名邦」、「海濱鄒魯」。

　　唐貞元十九年冬，監察御史韓愈請減免災民賦稅而獲罪，貶連州陽山縣令。當時的陽山「天下之窮處也」。「陸有丘陵之險，虎豹之虞，江流悍急，橫波之石，廉利侔劍戟，舟上下失勢，破碎淪溺者，往往有之……皆鳥言夷面，始至言語不通，畫地為字」。（韓愈：《送區冊序》）韓愈在陽山「政有惠於下，及公去，百姓多以公之姓以名其子」。並將陽山改為韓邑，把湟川改為韓水，把牧民山改為賢令山。韓愈貶潮期間，潮州百姓亦將惡溪改名為韓江，筆架山改名為韓山。正如趙樸初詩云：「不虛南謫八千里，贏得江山都姓韓」。

　　在韓愈過化之地連州，有韓愈撰文賦詩的「燕喜亭」、「貞女峽」；陽山縣有韓愈讀書遊樂而得名的「韓文公讀書臺」、「釣魚臺」、「崇韓石刻」、「韓愈石像」、「崇韓題刻」和「尊韓書院」。明初《明一統志》載：「尊韓書院在陽山縣東，唐韓愈讀書於此」。這裡孕育並延續了一千多年的陽山文脈。

　　《隋書·譙國夫人傳》載：「譙國夫人者，高涼冼氏之女也，世為南越首領……」。她曾被周恩來盛讚為「中國巾幗英雄第一人」。冼夫人是六世紀時嶺南地區百越首領，一位曾經影響中國歷史進程的女豪傑，她畢生致力於祖國統一和民族團結。正是她的審時度勢，果斷決策，平叛錯亂，使我國在大混亂的南北朝之後能歸於一統，同時促進了漢越民族的大融合，成為愛國的典範。隋文帝敕封其為「譙國夫人」，粵西百姓尊稱其為「嶺南聖母」，建廟祭祀，祈禱保祐，歷千餘年而不衰。

　　冼夫人遺址分為高州、電城兩處。在廣東省電白縣電城鎮北的山兜丁村，有隋譙國夫人冼氏墓及娘娘廟。據說該廟始建於隋代，至今廟內仍保存著一隻隋代「虎頭紋」香爐。冼夫人墓地總面積約八千五百平方米，其規模之大、文物遺存之豐富，十分罕見。墓區保存有一塊清代嘉慶年間建立的墓碑，上有「隋譙國夫人冼氏墓」等字樣。

　　高州城冼太廟，始建於明嘉靖十四年，在明、清兩代曾先後重修。廟內《冼夫人記》《恭謁冼夫人廟書》等碑刻保存完好。廟中有清同治年間的玉香爐；有晚清駐美國、古巴、秘魯三國大使陳蘭彬和工部左侍郎楊頤等為該廟撰寫的楹聯，以及多幅明清珍貴石碑記等。形成了富有特色文化的冼廟景觀。

　　海瑞故居，位於海口紅城湖旁，他一生在故居生活前後共計五十三年。走進海瑞故居，首先映入眼簾的是上書「南海青天」四字的大牌坊，左右兩旁分別書寫的「剛峰、忠介」，是海瑞的自號和諡號。牌坊的基石上雕刻著海浪圖案，牌坊上方雕刻著祥雲圖案，坊中門雕著對稱的兩隻栩栩如生的龍頭。

故居的整體風格為明代海南民居風格。這裡已成為後人敬仰先賢的憑弔場所，成為一處繼承傳統文化、廉政為民的教育基地。寬敞的海瑞廣場，聳立著一尊高大的海瑞石像，石像前有座大鼎，鼎身上銘刻著「萬世留芳」、「千秋不朽」的吉言。

「天王」洪秀全，廣州花都市官祿村人，太平天國創建者及思想指導者。一八五一年，他在廣西金田舉行武裝起義，建都天京（今南京）。太平天國農民起義是中國農民戰爭史上規模最大、歷時最長的一次革命。解放後他的故鄉花都市的洪氏宗祠被闢為紀念館。紀念館由洪秀全故居、洪秀全讀書的私塾房閣，以及洪氏宗祠等組成。「廣東花縣洪秀全故居紀念館」、「洪秀全故居」和「書房閣」等牌匾均為郭沫若題書。

「廣東第一大儒」陳獻章，廣東省江門市新會人，因其在白沙村居住，人稱白沙先生。陳獻章是明代思想家、教育家、書法家、詩人。陳獻章主張學貴知疑、獨立思考，提倡自由開放的學風，逐漸形成了一個有自己特點的學派，史稱江門學派。其著作被彙編為《白沙子全集》。明弘治十三年，陳獻章病逝於故土，終年七十二歲，諡號「文恭」。明萬曆二年，朝廷下詔建家祠於白沙鄉，並賜額聯及祭文肖像。額曰「崇正堂」，聯曰：「道傳孔孟三千載，學紹程朱第一支」。明萬曆十三年，皇帝又詔准從祀孔廟。

陳白沙紀念館內，陳白沙塑像之後，有明代建築的其母親林氏的貞節坊，上鐫「母節子賢」四字，而「賢」字上半部還別出心裁地用「臣」、「忠」兩字構成。「貞節牌坊」屬於「廣東省重點文物保護單位」。

2. 金石銘刻的嶺南史

碑文作為傳遞歷史文化信息的一種特殊載體，在中國悠久歷史文化長河中佔據了重要的地位。如從歷史與傳說中走來的媽祖。明永樂十四年御製弘仁普濟天妃宮之碑載：下西洋使者「涉海洋，經浩渺，颶風黑雨，晦冥黯慘，雷電交作，洪濤巨浪，摧山倒岳。」「乃有神人飄雲之際，隱顯揮霍」「已而煙消霾霽，風浪帖息，海波澄鏡，萬里一碧」。反映了航海人對海神的崇拜和信仰。

宣德六年，鄭和、王景弘等在福建長樂南山寺豎一碑刻，曰《天妃之神靈應記》，也描述了鄭和七下西洋之海上兇險。

清乾隆三十九年，為海神觀音立的「神山觀音堂碑記」，位於澄海市上華鎮冠山村神山觀音堂大殿外右側壁上，碑文高一‧五米、寬零‧五五米。碑額自右至左楷體橫書「勒石碑記」等文字。

　　唐太宗開元盛世，海上貿易頻繁，唐太宗採取優惠外商政策，吸引很多外國人，尤其是阿拉伯人到中國經商。當時長安、揚州、廣州是三大商埠。在廣州居住的夷人達到十萬之眾。外貿為國庫帶來滾滾財源，因此唐太宗在天寶十年封南海神廟為廣利王，意即廣收天下之利。

　　在廣州市黃埔區廟頭村南海神廟內，立有唐代至清代的眾多碑文。南海神廟是封建王朝祀典規定的廟宇之一，歷代帝王登基即位、求嗣、祈雨、止疫、平叛，都有禱於南海之神，派遣高官重臣，代祀致祭，每祭必立一碑，日積月累，遂有「嶺南碑林」之稱。

　　據清崔弼《波羅外紀》記載，計有唐碑一通、宋碑十一通、元碑十通、明碑二十六通、清碑二十一通，還有歷代名人如蘇東坡、陳白沙等的詩歌石刻十六通。代表性的石刻如：唐韓愈《南海神廣利王廟碑》、北宋裴麗澤《大宋新修廣利王廟之碑》、北宋蘇軾《南海浴日亭詩碑》、明王褘《太祖御碑》，明陳獻章《浴日亭和東坡詩碑》等。據翁方綱所記，清代此碑下半部已略損。碑正書五行，第一行是「南海浴日亭」詩題。其餘四行各十四字，詩曰：「劍氣崢嶸夜插天，瑞光明滅到黃灣。坐看暘谷浮金暈，遙想錢塘湧雪山。已覺蒼涼蘇病骨，更煩澒瀣洗衰顏。忽驚鳥動行人起，飛上千峰紫翠間。」詩後題小字四行，行書：「右紹聖初元東坡先生謫惠州，過浴日所作也」。〔註107〕

　　建於隋朝開皇年間的南海神廟，已有一千四百多年歷史，關於「南海神」的說法，最早見於韓愈所寫的《南海神廟碑記》，因為韓愈碑一直立於廟中，南海神為祝融的說法也在廣泛地流傳開來。「碑記」明確指出：「南海神祗最貴」，此說成為南海神考證論據之一。唐憲宗元和十二年和元和十四年，孔子第三十八世孫孔戣曾到廣州祭掃南海神。因仰慕韓愈之文才，便請韓愈著文紀念修葺神廟之事，韓愈欣然寫下了一千多字的《南海神廣利王廟碑》，後為各個時期的封建統治者所引用，且在民間傳播廣泛。其後的著名文人蘇東坡、湯顯祖、陳獻章等遊歷至此，皆為之題刻，進一步擴大了南海神廟的影響。

　　鐫刻於北宋開寶六年的大宋新修廣利王廟之碑，碑額盤龍，雕刻精細。由裴麗澤「奉敕」撰文，韓溥書。碑文說到自古交趾七郡貢獻，由海道沿江達淮，逾洛水到達南河，近七十年來因嶺南為劉氏竊據，貿易被阻絕，人民受虐待。因此，派潘美討伐，已把南漢主劉鋹俘虜，釋放囚犯，赦免流人。現派中使修復南海神廟，希望獲得神祐，「限蠻夷於六服，通七郡以來王」。即在

鞏固國防的基礎上，加強朝貢形成的對外貿易。立此碑時，距宋朝滅南漢統一嶺南僅兩年，碑文反映了宋朝對海外貿易的重視。此碑可補《宋史》缺之略。清同治《番禺縣志·金石略二》輯錄此碑全文。

清虎門節馬圖，是一塊由肇慶端石築成的石刻，現藏於廣州博物館，作者吳仲山。石刻長一·一三米、寬零·四米。現已斷裂為左、中、右三塊。石的右半塊上端刻「節馬圖」三個字，下端刻虎門沙角炮臺守將陳連升所騎的黃驃馬，昂首挺胸，一足提起。繪馬者署名吳仲山，石的左半塊刻跋文和七言《節馬行》詩。詩及跋文記述了道光二十年冬，第一次鴉片戰爭爆發時，沙角、大角炮臺被英侵略軍攻陷，守將陳連升父子奮力抵抗，壯烈犧牲。陳連升所騎的黃驃馬，被英軍掠至香港，侵略者「飼之不食，近則蹄擊，跨則墮搖」，「刀斫不從」，常「向沙灘北面（虎門方向）悲鳴」，見華人「即淚涔涔下」，「以致忍餓骨立」，於道光二十二年絕食死去。碑原文曰：「節馬者，都督陳公連升之馬也。庚子冬，沙角陷，公父子死之，馬為逆夷所獲。至香港，群夷飼之不食，近則蹄擊，跨則墮搖，逆怒刀斫不從，放置香港山中，草亦不食，日向沙灘北面悲鳴。華人憐而飼之則食，然必以手捧之，若置地即昂首而去，以其地為夷有也。每華人圍視指為陳公馬，即淚涔涔下，或呼能帶歸，亟搖尾隨之。然逆終不肯放還，以致忍餓骨立，猶守節不變」。〔註108〕

現存的石刻文物，對於研究城坊沿革、經濟發展、文化藝術、對外交往和革命史蹟等，皆極具價值。

五、潮人的文化心理及民俗藝術

潮州民俗文化是在南楚巫覡文化的土壤與氣候中孕育綻放的。潮州民謠是潮人民族繁衍、遷徙，宗教、禮俗、自然和人文環境、以及職業活動的產物，並以慈善、仁愛、禮讚、詛咒等形式表現的藝術模式，它反映了潮洲的民俗、民風，散發出濃鬱的鄉土氣息。潮人的圖騰崇拜分為神格——自然神崇拜，與人格——祖神和英雄神崇拜兩種。至上神在潮人之文化心理中擁有至高無上的地位，它既有強大、威嚴和無比的力量，同時又充滿著人類的情感和愛心。潮人在圖騰禮儀的藝術活動中，以自己的圖騰作為表現對象，在潮人信仰與民間神話中透露出「信巫鬼，重淫祀」，敬畏英靈之遺風。潮人儀式類的戲劇亦十分注重神靈和祖先那些古老的英雄行為。潮戲藝術直接與祭禮

〔註108〕見於：東莞虎門，林則徐禁煙館內，清虎門「節馬圖」。

儀式相關，甚至可以說它本身就是祭禮儀式的副產品。然而，這種儀式、典禮和藝術之間的分界線並非十分清晰。潮戲承襲了古儺之遺風「吹擊管鼓，郁香潔之。」潮人篤於戲曲之風，延及今人。

（一）潮州民風、民俗及民謠

楚俗喜必歌。《文選》錄宋玉《對楚王問》云：「客有歌於郢中者，其始曰《下里》《巴人》，國中屬而和者數千人」。潮州民間亦喜唱俗曲。其俗曲、民謠與當地的神話、戲曲、諺語、話本、通俗小說、燈謎等民間文藝一樣，呈現出鮮明的地方特色與濃鬱的鄉土氣息。作為民間口頭文學的歌謠，展現了潮州民俗藝術的豐蘊內涵。

縱觀潮州歷代歌謠、童謠、詩歌、民謠，莫不涉及民風、民俗。歸其大要，可列為如下數類：「觀神」、「送神」的儀式歌謠；婚禮、葬禮儀式歌謠；遊神歌謠；元宵夜集會遊燈的歌謠；宗教儀式歌謠；潮州風景歌謠；四季活動歌謠；「陳三五娘」等民間故事歌謠；民族繁衍、遷徙的歌謠；婚姻習俗，包括買賣婚姻、童養媳、婚變等內容的歌謠；倫理道德歌謠和農民起義的歌謠等。且分述之：

1. 觀神送神中的儀式歌謠

如《請神歌》《請神曲》。這是請神儀式歌之一。「請神」又叫「觀神」，潮州婦女八月請阿姑神稱「落阿姑」，請神時要口唱歌謠。除了阿姑神之外，潮洲還有「藍飯神」、「墟腳神」、「竹筷神」、「筲箕神」、「蛤蟆神」等各類神，皆有其歌與表演形式。如觀藍飯神時，大家圍坐一團，先使一小孩邀請，另一小孩代神回答。邀請完後，再請兩位婦人代表扶住飯藍，各人手中擎一柱香，一邊不停地擺動，一邊唱著觀飯藍神的歌：「飯藍姑，飯藍神！翻山越嶺去抽藤。抽騰縛飯藍，飯藍老老好觀神」。〔註109〕在《請神歌》與《請神曲》中，人們表達了對「大慈大悲」的南海觀音普渡眾生的希望：「南海海何因，南海哩光明」（《請神歌》）。「觀音杳杳在海中，出身住在普陀心。腳踏紅蓮千百瓣，手挈揚柳獻輕鬆。大慈悲，救苦難，救苦救難救世間」（《請神曲》）。有趣的是，如果「神」久請不來，人們便用對付自然的原始宗教儀式「巫術」，去催神、咒神，希望憑籍語言的力量去影響和制約神。潮州民謠《催神曲》唱道：「一步催，二步催，催阮同身腳行開。一步吼，二步吼，吼阮同身開金口」。

〔註109〕《民俗》，民國二十五年。

歌中，有時甚至用催咒來罵神：「一步催，二步催，請同身，腳行路，手放開。一步吼，二步吼，請同身（即神的替身）腳行路，手放走」。(《觀阿姑歌訣》)歌謠《送神歌》反映了「神權」這一無形的枷鎖，給廣大下層勞動人民所帶來的巨大精神折磨與災難：「十二月廿四神上天，二人入內說因依，又無豬羹，又無大錢，來去門杯噲（即鄰居）賒，入來到，煲勿（未）靡，門杯噲屠店來討錢，聲聲句句嘜未有，屠店伸手落去拈，拈出門，個內噲」。《送神歌》亦從側面反映了地主階級對農民的殘酷剝削，致使他們生活貧困。所謂「送神」，即指農曆十二月廿四日送司命公上天之事。

2. 婚禮葬禮中的儀式歌謠

《出嫁前拜司命公》這首歌謠，表達了新婚女子祈求「配好君」，「富貴添才丁」和「富祿全」的願望。《出嫁前坐桌》《青娘為眾人分菜肴》二首，則描述了潮洲婚姻儀式之特色。前者歌中所謂「入席」，即指新娘上矯前的早晨，闔家同桌分享共食的喜悅。後者之「青娘」，指拌娘，意謂主持新婚儀式的為眾人分菜肴的伴娘。潮州婚儀自古以來沿襲著掟親、合親、行聘、請期、親迎這一禮儀。迎親時，青娘母照例要唱《新娘踏矯門》《開轎門跨火煙》《拜天地》和《攪泔缸》等各種儀式的歌謠。這些歌謠，形象地再現了新娘出嫁前之全過程：首先「拜別爹娘」，接著《新娘踏矯門》，其歌道：「碗水潑上矯，女兒做成阿奶樣，新娘踢矯門」。「新娘踢矯門」，意謂新娘的花矯到夫家門口，新郎先踢開矯門，新娘下矯時，新郎當即拔下新娘頭上的銀釵，扎新娘額角，表示給新娘來個下馬威，使今後新娘事事如新郎意。接著是《開轎門跨火煙》，即新郎在門檻燃上稻草紮，讓新娘跨過，象徵新娘矢志進夫家。繼而《拜天地》：「旗杆杆頂弔燈籠，新娶阿娘來拜祖」。「旗杆腳下鋪紅磚，二人雙雙拜高堂」。最後的儀式為《看新娘做四句》。「做四句」亦即婚禮上賓客為新婚夫婦唱讚美詩。其詩多為四句。潮洲葬禮儀式的歌謠主要有《巡墳歌》等。

3. 潮州的遊神歌謠

如《城內人遊神》：「城內人遊神，一位老爺雙夫人，踢陀三夜日，頭殼冷眩眩」。〔註110〕這一題材反映了潮人對英雄神的圖騰崇拜。詞中「老爺」指關羽，「三夜日」，則反映了遊神活動十分壯觀，持續達三天三夜。同時遊神內容豐富多彩，在遊神過程中穿插舞蹈與遊藝活動。除了各地都有的龍舞、

〔註110〕 《潮州民間歌謠集成資料》，潮州文化館主辦，1988 年 3 月編寫。

獅子舞之外，還有潮州地區獨有的布馬舞、蜈蚣舞、鱷魚舞、鰲魚舞、鯉魚舞、駱駝舞、長頸鹿舞和雙咬鵝舞等。

4. 民間故事歌謠

民謠《聽見鑼鼓衝衝潮》中唱道，「攢個藍仔來摘茄，聽見鑼鼓衝衝潮，放掉藍仔走來看，在做陳三共五娘。攢個藍仔來摘瓜，聽見鑼鼓衝衝飛，放掉藍仔走來看，在做馬超戰張飛。放掉藍子走來看，看見關爺帶二妃」。歌中陳述了民間文學中流傳的「陳三五娘」和《三國演義》中的「馬超戰張飛」之故事，以及當地流傳的「關爺帶二妃」之傳說。

《正月是新年》這首歌謠更具故事特點，它將神話、小說、戲曲、傳說中的人物、故事，溶於一爐，逐月地分述，每月記一故事。如記述了《荊釵記》《破窯記》《孟姜女》《漢宮秋》《昭君出塞》《拜月亭》《楚霸王》《陳三五娘》《梁祝》《青瑣高義》等故事。

歌中敘曰：正月是新年，抱石投江錢玉蓮。放下繡球為古紀，連叫三聲王狀元；二月雨水龍抬頭，千金小姐上彩樓。繡球擲給呂蒙正，蒙正頭上逞風流；三月裏三月三，昭君和番去番邦。抬頭望見毛延壽，手抱琵琶馬上彈；四月暑難當，霸王被圍在烏江。霸王困死烏江上，韓信功勞在何方；五月蓮花紅，世隆起賊遇瑞蘭，二人同到招商店，王婆為媒結成雙；六月熱毒天，五娘上樓拗荔枝，陳三騎馬樓下過，益春遞來擲分伊；七月秋風起，孟姜尋夫不見伊。哭倒長城數百里，秦王賜帶歸返圓；八月秋風涼，梅倫讒害蘇娘娘。李氏夫人去代死，潘覺一本奏君王；九月是重陽，甘羅十二名聲揚，十二為相年紀小。太公八十遇文王；十月是立冬，孟宗哭竹到山中，哀哀哭得冬天筍，回家救母心正安；十一月到冬節來，梁山伯遇祝英臺。生前不得償此願，死後還須一處埋；十二月來年又終，藍關凍雪韓文公。幸虧湘子來搭救，叔侄相遇在路中。

此類題材的歌謠又如：《東畔出有苦孟姜》：「東畔出有苦孟姜，西畔出有蘇六年，北畔出有英臺及山伯，南畔出有陳三共五娘」。民間歌謠、雜劇、舞蹈等是古代小說、戲曲傳承的重要載體。這些作品即藉歌謠之形式而得以廣泛流傳。

5. 四季活動歌謠

《十二月歌》它深刻地反映了當時農民一年到頭的繁重勞動與無衣無食的悲慘命運。全詩按季節的先後，逐月寫貧苦農民們的勞動和生活，將農民

與豪紳的生活進行對比，如：「三月人布田，東村西村忙又忙，富人牛牯雙巴隻（雙隻），磽仔拖犁淚雙行。」正月是立春，迎神賽會鬧紛紛」「二月驚蟄來，地主老婆成十個，穿衫抹粉去看戲，笑阮磽仔無錢財」。

《正月鑼鼓鬧猜猜》，這是一首敘事歌謠。它借鑒了《詩經·七月》的敘事手法，用十二個月的農事、節氣起興，以第一人稱的口吻敘述了女主人公娶媳婦，惜媳婦，打媳婦，喪媳婦的經過。及其由喜到悲的心理變化過程。這種以季節的特徵來襯托、渲染人物的內心感受的寫法很有特色。如歌詞道：「二月土深水也深，我惜媳婦如惜金，別人行磨假惺笑，媳婦我仔行磨阿媽斟（吻）。」

又如《阿娘你勿愁》，歌詞中不僅反映了當地以「柑」為大吉供品的民俗，而且重點描述了一對為生活所困、走投無路的窮夫妻，他們利用正月初一拜年時，人人要以「柑」作禮品，互相饋贈，以示吉祥，尤其是二月遊神賽會拜神最頻繁的月份，供品中離不開柑之機會，突發奇想：那滿地的柑皮，不正好為他們這些靠檢柑皮賣給藥材店為生的窮人提供了一條新的生路嗎。

6. 宗教活動歌謠

如《求雨》，「善堂求雨天就知，胡蹍一響雨就來。戲請成，雨淫淫，戲在做，雨大倒，戲歇棚，雨就晴，戲做直，天出日」。人們用「做戲」之藝術來求雨。又如表現對雨的虔誠的歌謠：「雨仔霎霎，暫歇涼亭。婦人放尿，污穢神明」。還有流傳著的關於「雨仙爺」的神話，更是將雨奉為神明。

《沙蜢娘》這首民歌則表現了潮人「龍」崇拜的文化心理。龍在潮州人眼裏是健壯、辟邪的「聖物」。因此賽龍舟的成敗，是關係到全村盛衰的大事。龍舟平時置於村前的神廟祠堂，端午節前再到哪裏擲珓（即投擲杯珓於地以占卜吉凶）擇吉日吉時下水，下水那天還要祭拜龍頭。凡在家中辦紅白喜事者不能近前，龍舟過橋時婦女不能站在橋上，認為這樣會褻瀆神明。沿河人家要燃放鞭炮，給龍舟贈送彩標。要讓孩子們到龍舟劃過的水裏沐浴，還要將祭拜龍頭的米飯給孩子們吃。此時妻子們則偷偷到廟裏焚香禱祝，保祐丈夫的龍舟奪到旌標：「沙蜢娘」（蜻蜓）歇在牆，翁（丈夫）扒（撐）船嬤（妻）燒香，保賀兒婿搶頭標。

7. 潮州風景歌謠

如《潮州風景好風流》：「潮州光景好風流，十八梭船廿四州；廿四樓臺廿四樣，二隻鉎牛一隻溜。」「到廣不到潮，枉費走一遭；到潮不到橋，枉費走一遭」。潮人尤引宋代歷史名橋「廣濟橋」而自豪。

8. 民族繁衍與遷徙歌謠

如《高皇歌》，它描寫的是由京城遷徙到潮州的盤、藍、雷高皇們的出身史。據《後漢書‧南蠻傳》記載，高皇有犬戎之寇，帝患其侵暴，而攻伐不克。乃招募天下，有能得犬戎之將吳將軍頭者，賜黃金千鎰、邑萬家，又妻以少女。據說帝有畜犬，其毛五采，名曰盤瓠。盤瓠聞令之後，遂銜人頭獻於帝，「群臣怪而診之」，正是吳將軍之頭。帝大喜，但考慮盤瓠不可妻之以女，又無封爵之道，雖欲有報，而未知所宜，頗有難色。盤瓠忽作人聲道：你將我放在金鐘之內，七日七夜就可變人。公主卻怕他餓死，歌中道：「六日皇后就去看」結果盤瓠「乃是頭未變成人」。「犬」，即成為潮人的圖騰崇拜物之一。

在《潮州民間故事集成資料》中亦載此事，題為《佘族祖先的傳說》。據稱：盤瓠夫婦婚後，他們「五年生了三個兒子」於是「金鑾殿上去討名，大子盤裝賜姓盤，第二藍裝就姓藍，第三兒子剛一歲，正待皇上賜名來，皇帝未講雷先響，名字就賜他姓雷」。三個兒子「輔助皇帝管百姓，住落潮州名聲大」。龍王「願請皇帝賜給山，高田三丈免納租，都是皇帝子孫山」。後來子孫們又「徙入潮州鳳凰山」。「廣東路上已多年」之後，「藍雷三姓去作田，高山作田無好食」，因而他們決定又遷徙到了福建與浙江兩地作田：「趕落別處去作田。福建浙江又是山，作田作山無納糧」。乃至「今日三姓各處住」，「好事照顧莫退身」。

9. 元宵夜遊燈歌謠

遊藝活動中，最為熱鬧的是花燈盛會。據傳古港樟林的花燈盛會已持續三百年了，每年二月藉遊火帝的形式舉行。因此也稱打火醮。往往要持續半年之久。準備時間更長。家家要製作花燈，而且千姿百態，一般是日間展覽，夜間遊行。連續三天。要遊遍八街六社。隊伍中有儀仗隊、鑼鼓隊、標旗隊、和扮塗戲。所謂扮塗戲，即指一種行進中的戲劇和雜耍表演。內容主要是一些老百姓熟悉的戲劇人物造型。如《桃花過渡》《八仙過海》《唐僧取經》等劇目。邊演邊走，十分熱鬧。其中最受歡迎的是由一人表演兩個角色的《騎驢探親》《翁背婆》等。常常吸引了一大群孩子尾隨其後。此外還有燈謎、雜技、看浪蕩、焰火、潮劇演出等。

潮州的《百屏花燈》尤其著名。它以戲劇、傳說故事為題材，裝飾屏景，每個故事為一屏，共一百屏燈景，包括：董卓鳳儀亭，秦瓊倒銅旗，李恕射金錢，梨花吸毒，郭隗賣胭脂，點將楊延昭，張飛戰馬超，孔明空城記，李旦探

鳳嬌，關爺過五關，昭君去和番，趙雲救阿斗，劉備取西川，大戰魏文通，凍雪韓公，阿千阿萬遇虎，鄭恩下河東，時遷偷雞，良玉思釵，桂枝寫狀，碧英遇張千，鶯鶯聽琴，秦瓊戰楊林，李密雙帶箭，勸君朱買臣，三休樊梨花，秦瓊奪魁，雪梅教商路，元貴打秦梅，金真掃紗窗，說古一韓朋，宛城遇張秀，秦儈風波亭，金花掌羊，大戰太平橋，李逵打大虎，陳三五娘，唐王遊月宮，周氏清風亭，蘇秦假不第，八寶遇狄青，霸王困烏江，走賊遇瑞蘭，龐統連環記，太公遇文王，蒙正赴彩樓，關公去辭曹，大破萬仙陣，五虎戰牛皋，三娘奪槌，永清打擂。武松收方臘，楊任收張奎，大戰野熊仙，孫臏遇龐涓，三鞭遇三鐧，秦瓊救李淵，打劫祝家莊，削髮楊五郎，李通帶家眷，潘覺跳油湯，薛蛟遇狐狸，打兔劉咬臍，王莽篡帝位，上表蔡伯喈，狄青解征衣，吳王納西施，轅門欲斬子，董永遇仙姬，玉英欲落山，掛帥楊令婆，周倉擒龐德，劉邦斬白蛇，乃是女搜宮，魏徵斬龍，火燒葫蘆谷，劉備招親，國公伐李良，黃忠戰潘璋，子龍戰張郃，張公困睢陽，大戰夏侯淵，投江錢玉蓮，包公欲截侄，篡位武則天，仁貴返回窰，楊郡教槍，轅門射戟，烈女許孟姜，專諸刺王僚，文廣收妖，武松歇店，仁貴平西遼，海瑞打嚴嵩，妲己迷紂王，羅通掃北，寡婦征西香，萬曆小登基，武王反西歧，摘印潘仁美和拜壽郭子儀〔註111〕。

10. 婚姻習俗歌謠

　　如描寫童養媳的《媳婦仔》：「十歲做人媳婦兒」；揭露買賣婚姻的《正月勤姑續青麻》：「俺有爹媽收人聘，外頭傳來勿好聽」。敘寫婚姻悲劇的《十八歲嫁七歲郎》：「十八歲嫁七歲郎，夜夜睡覺攬上床。不是看你父母面，一腳踢你見閻王。吾當守寡過清享，隔壁叔侄性愛賢。帶大丈夫十把年……對門叔婆你欲知，等得郎大妹老哩」；寫婚變題材的《怨你阿爹娶後人》。這首歌謠通過一位為後娘所逼，而欲跳河自盡的姑娘向其嫂訴苦：「嫂今留姑歇一夜，捲起裙衫給嫂看，傷痕節節盡烏青」，表達了姑娘對父親婚變後娶來的新婦的憤怒與不滿。

　　潮州婚姻習俗的演變於此可見一斑，從盛行的冥婚，到其後的買賣婚姻、童養媳婚姻，乃至美滿的自由婚姻。這一婚俗的歷史過程，在上述民謠中無不一一反映出來。此類相關題材的民謠還有：《綴著狐狸六著鑽山草》《怨我爹娘受人聘》《妾身願嫁農夫婿》《文明世界》等。

〔註111〕 參見：《潮州民間歌謠集成資料》，潮州文化館主辦，1988 年 3 月編寫。

11. 飲食習俗的民歌

如《君今問娘愛食》，它通過丈夫徵詢懷孕妻子愛食的一連串詰問，表現了丈夫對妻子的體貼。更有意味的是，歌中通過詰問妻子的愛食，引出了潮洲的九樣傳統名食：「蠔仔醃蕪」、「青梅槌白糖」、「薄餅卷糖蔥」、「弔瓜抄鮮蝦」等。乃至在外地的潮州人只要一聽到這首具有鮮明地方特色的民歌，便知道是家鄉的民歌。

綜上所述，潮洲民謠離不開它的民俗母胎。潮洲民俗藝術不僅內涵豐富，且具有鮮明的特色與文獻、藝術價值。

（二）潮人的圖騰世界與神話藝術

藝術，在進入人類社會的多種途徑中，與圖騰有著十分密切的關係。圖騰具有強烈、直接的社會功能，使其並非同等於一般的藝術。然而圖騰群體所創造的感情形式，豐富的情感內涵，及其特定時期必然賦予的痕跡，則又使我們無法認為它不是一種藝術。富於傳奇和情感色彩的潮洲神話，即是潮人所創造的一種有著強烈、直接社會功能的藝術載體。

地處古楚之地的潮汕地區。這裡在地理上背五嶺而面南海，古代與北方內地交通隔絕。從先秦時期起，楚人便形成了信鬼而好祀的傳統。史傳記載：「楚人信巫鬼，重淫祀。」（《漢書‧地理志》）「巫鬼」就是巫人裝神弄鬼，「淫祀」則指祭祀方面非常濫，什麼神都祭。「神話大抵以一『神格』為中樞，又推演為敘說，而於所敘說之神、之事，又從而信仰、敬畏之，於是歌頌其威靈，致美於壇廟，久而愈進，文物遂繁」。〔註 112〕

考潮州圖騰與神話藝術之跡，亦莫不如是，其類別主要可分為神格與人格兩種。前者指自然神崇拜，後者為祖神與英雄神崇拜。〔註 113〕

1. 自然神崇拜與神話

（1）青龍之神話

圖騰主義在我國古代神話（或歷史）的記述中還留下許多痕跡：如黃帝號有熊氏，即黃帝屬於熊圖騰。又傳說，「太原人祭蚩尤不用牛頭」（《述異記》）說明其氏族圖騰是牛。再如，伏羲的氏族圖騰，據記載：「太皞庖犧（伏羲）氏，風姓，蛇身人首，有聖德。」故而有人推測其圖騰為蛇。可見我國原

〔註 112〕 魯迅：《中國小說史略》。

〔註 113〕 田若虹：《潮人信仰與民間神話》《潮戲與儺文化》，原載《潮州日報》1999年 9 月。

始社會即曾有過圖騰崇拜之習。

聞一多先生亦曾對以龍王為代表的，由圖騰演化成的神靈作過如下表述：「他是一種圖騰，並且是只存在於圖騰中而不存在於生物界中的一種虛擬的生物。因為它是由許多不同圖騰糅合成的一種綜合體……龍圖騰，不拘它局部的像狗也好，像馬也好，或像魚、像鳥、像鹿也好，它的主幹部分和基本形態卻是蛇。這表明在當初那眾圖騰單位林立的時代，內中以蛇圖騰最為強大，眾圖騰的合併與融化，便是蛇圖騰兼併與同化了許多弱小單位的結果」。〔註114〕龍的意蘊又經歷了由「施雨之神」「皇權象徵」到「龍王」的演變。於是，龍便完全擺脫了它的生物屬性，也不再具有圖騰的意義，而是成為象徵雨水和皇權的具有超自然神秘力量的龍王，成為民間信仰中的重要神靈。

「龍」在潮州同樣經歷了由圖騰而演化為神靈的過程，亦即由生物屬性的龍，變成為捨己為公的英雄的龍。潮人視青龍為圖騰崇拜物。並流傳著種種關於青龍的傳說：其一，據傳青龍之形態，既無角亦無足，只是一條青色小蛇。長尺許，惟首尾作圓筒形，無歧舌，於常蛇異。其二，青蛇十分地靈異，來去悠忽，為常人所不覺。同時它愛喜石榴花。故如有在家周圍發現青龍者，應以清潔大花瓶，插帶葉石榴花，最好是開花的石榴花置於廳中，青龍則自登其上，蟠而不動。然後再用如車的大鑼鼓，八人各敲一巨鑼，又以一人擊大鼓，節奏鏗鏘，送之歸廟。若在廟中發現青龍，亦以石榴花供奉，用大鑼鼓導之街市，或往某處取水。其三，喜汲酒。每至祭時，青龍常出汲酒，能盡一杯。據傳，清高宗時，貝子福康安帶兵征臺灣。路經潮州，弗信青龍之靈異，入廟高坐，不肯行禮。後見青龍出來汲酒，又抽得發油籤，……始上香下拜。其四，護堤。潮州在韓江下游，市之東南北三面臨江。時患洪水，築堤以障之。每淫雨水漲，則鄉人群集守堤。若發現青龍游泳之處，則是處堤土必將鬆潰，得知急行填築，免致決口沖沒田廬。其五，被焚不死。曾有好事者，將青龍納之字紙爐中，舉火焚之，久之火熄，仍蠕蠕而行，絲毫無損。其六，不管瑣事。關係地方大事，青龍方行示兆，故潮人稱之為全郡福神。至若個人瑣事。無人祈禱，禱亦不靈。

明朝季年，青龍的故事逐漸被演化為神靈。潮人為了表示對捨己救人的英雄王伉的崇拜，又演繹了一段安濟聖王變為青龍爺之故事。相傳明朝季年，有滇人官於潮州，奉安濟聖王香火同來。潮洲郡城南門外青龍埔，前臨大溪，

〔註114〕聞一多：《伏義考》，《聞一多全集》第一卷。

遙對鳳凰臺，風景最勝。官府選中此處蓋廟宇，供奉神像。像係木雕，軟身，白面長鬚，穿戴王者衣冠，又有大夫人、二夫人，皆宮裝。廟旁書青龍古廟，俗遂稱此神為青龍爺。

據說王伉做永昌府丞的時候，鄰府某地正在大鬧饑荒。餓莩殘骸滿地遍野。這種淒涼悲慘的情景令愛民如子的王伉十分焦慮。他翹首以待開倉救濟災民的命令降臨。然而日復一日，仍聖諭渺茫，於是王伉決定以民命為重。翌晨他私自開放倉粟，帶領眾人向饑荒的區域進發。當他策馬揚鞭，到了一個鄉村的田間小道時，眼見成群結隊的災民餓得骨瘦如柴，向他哀傷哭訴，心想，如果他的賑災隊晚到一天，就會有更多的死者。於是決定尋捷徑早日趕到災區。

一位引路的小差告訴他有一條捷徑可走。但這條小路必經一條纏嚴的深山。山中叢林繁翳之深處，藏著一條噬人的蛇精，行旅之人莫不視之為畏途。王伉決然而行。當他靠近蛇窟旁時，無法躲避，只好跪向冥冥之中，對蛇祈禱，請求蛇讓他通行。並向蛇保證，事畢歸來，將親自獻身於蛇的口腹。禱畢，王伉闊步前行，果然無所阻撓，直達目的地。

王伉是位極城信的正人君子。當然沒有食言。他終於力排眾民的挽留，帶了兩個童僕朝小路歸來。夕陽映照著青山的一角，蕭瑟地一陣寒風，襲衣撲面而來。王伉定神細看，茂林深處，呼的一聲，斗大的蛇頭騰空而來。王伉毫無懼色地跨上蛇身，飄然西向而去。此後，每當韓江水漲，潮人便將順流飄來的青蛇，視為王伉的化身，頂禮膜拜。

（2）鳳凰之神話

「鳳凰」亦為潮人的圖騰崇拜之一。不過它同樣已由圖騰而轉化為神靈。相傳很久以前，鳳凰本是玉皇大帝的坐騎，因犯天規，被玉皇大帝打下凡間。玉皇大帝記起自己到凡間遊逛時，曾路過潮州，他不小心摔到田裏，被一個農夫所救。爾後他又變成一個乞丐來到嘉應州，在嘉應卻要不到一口飯吃，於是他決定把鳳凰打下潮州，並吩咐鳳頭朝嘉應，鳳尾朝潮州。鳳凰下凡，變成鳳凰山，鳳頭朝嘉應，天天吃嘉應，喝嘉應，把嘉應的一片山坡吃得光光的，把江河喝的乾乾的。鳳尾朝潮州撒尿，把潮州的土地澆得肥肥的，莊稼變得綠油油的。潮人感恩載德，視鳳凰為吉祥物而崇拜之。

（3）風雨聖者之神話

自古以來中國就有求雨之風俗。如數千年前有成湯禱於桑林，捨身求雨

的故事。《詩經》亦有「旱魃為虐」之傳說，《公羊傳》稱「人云者何？旱祭也」。據程雲祥先生考證潮人祭祀的雨神有：斗門的雨仙爺，結藍的雷神爺，金石的大聖爺，和城隍廟裏的城隍爺。其中最出風頭的是斗門的雨仙爺。

「風雨聖者」（又名雨仙）在潮州顯然已由神格降為了人格。據傳他是罩州丁崗鄉孫家的兒子。幼依嫂氏度日。嫂待其酷，每天要做一大堆苦工。有一天因柴火沒了，其嫂咒道：「要燒你的骨頭！」不料他真把腳伸入灶裏當柴燒。飯熟而腳安然無恙。又傳說，一次他走進開元寺內，見到一列官員之類，跪在烈日之下，磕頭求雨，於是趨前罵道：「你們這班豬狗官，那裡懂得求雨」，說著拿起小笠子向天上一搖晃，驟然烏雲密布，雷聲隆隆，雨聲大作。大家相顧愕然之際，他已隱入叢林直中，不知去向。為了紀念他，後人將其肖像鐫刻在樹身之上。當神靈祭祀。

潮人求雨很講究儀節和方式。求雨的儀節分個人和團體兩種。個人自帶禮品去廟里許願禱祝；團體的則逢大旱之時才舉行。先由各地的鄉紳耆老，組織大鑼鼓隊，到廟裏請願，在徵得長老同意後，率眾弟子來開元寺設寬大的蓬場一坐，中置雨仙爺的神位，四周張燈結綵，正面擺設香案，日間演戲打醮，夜裏燃煙火或祭孤魂，連續數日。並推選出一有名望的老紳士主持齋戒沐浴。

潮人求雨的方法分為：懇求，賄賂，強迫三種。一般首先由老紳士為代表去懇求，如雨過期不至，則改用賄賂。賄賂或以紙錢，銀錠，演劇為報酬；或以修橋，造路，祭孤等為贖罪的方法。如再不應驗，只好用強迫之法了。所謂「強迫」一是抬他的真身到日光下蒸灑；二是用三步一打的方法，拖他到北堤的岸上去受刑。也許這種方法激怒了雨神，據說因此雨神大怒，使潮州九縣幾乎全被洪水淹沒。所以後人再也不敢用強迫的方式來對待雨神了。〔註115〕

（三）英雄神崇拜與神話

1. 歷史英雄

凡歷史上與現實中有功於潮人之人，其死後多被潮人奉為神。除上述之外，著名的還有關羽和林默娘（媽祖）張巡、許遠等。

潮汕的水仙爺宮供奉的是大禹。中原一帶稱之為禹王廟，明代被引入潮州作為水神。潮汕的水仙爺宮供奉的就是大禹的四象為：東方青龍，西方白虎，南方朱雀，北方玄武，皆為稀奇神物。

〔註115〕參見：《民俗》十七年，七月十一號版。

　　據傳揭陽有座英毅聖王廟。供奉的是春秋時的晉國貴族介子推。他曾隨晉文公出亡，周流天下。晉文公「窮矣賤矣。而介子堆不去。反國有萬乘，而介子堆去之」。〔註116〕晉文公返國後，介子堆不肯受賞，卻懸書公門而伏於山下，欲功成身退，後人關於他的傳說則已與史籍有悖：傳說他與其母隱居到山西綿山。文公再次請他出來作官，不允。文公就用燒山的辦法逼他出山。介子推不屈，抱樹而死。〔註117〕揭陽射座廟的對聯曰：「三晉仰忠貞立廟，綿山垂德澤；舉國作寒食緬懷介公勛後人」。據說清明這天此地還有吃薄餅，蒸樸籽粿的習俗。因介子推是被火燒死，後人也有將他奉為火神的。〔註118〕

　　在安史之亂中固守濉陽城而壯烈犧牲的張巡、許遠，被潮人目為城隍，希望他們能永保潮陽城無兵災之禍。趙姓潮人遵循其三世祖之命「虔祝張許二公」與之同享祭祀。故凡有祠字牌位之處，必另設張許雙忠聖王之牌位，同祖先一樣享祭。張許廟前有張、介、李、雷，四將之像，另有生馬六匹，俗稱為神馬。據民國二十年代初的報紙報導，在城外趙姓家的祠旁，有雙忠的書室，裏面寢室、床褥、枕席、帳，一概具備。另有積滿書籍的書櫃，今已移入雙忠廟。雙忠廟有玉茶瓦、玉杯及各種古玩，香火之盛甲於全潮。

　　有報導稱，民國十六年匪徒燒殺港頭鄉欲進潮陽城之時，他們眼中所見，城上或龍井，旌旗蔽空，大軍雲屯。故不敢侵城，化兵凶為祥和，護城人民卒保平安。〔註119〕後人撰聯道，張許二人為「國世無雙雙國士，忠誠不二二忠臣」。文天祥亦即潮人心目中的英雄神，故凡雙忠祠前面，幾乎都有文天祥的塑像。

2. 清官賢相

　　韓愈，潮人造出來的最大神就是韓愈。公元819年韓愈因「牮迎佛骨」被貶為潮州刺史。在潮七個多月，他同情人民疾苦，做了一些有利於當地人民的事，受到了人民的愛戴。人民懷念他，到宋代建立了韓文公祠。塑像為神。並將所在的筆架山改為韓山，流經山下的惡溪改為韓江。又將他曾經治服洪水，趕走鱷魚的那座山嶺叫做「訪問嶺」。將他走馬牽山築堤防洪，根治水患的那座山稱之為「竹竿山」。

〔註116〕　參見：《呂覽・介立》。
〔註117〕　參見本書第七章「嶺南宗教俗信文化」。
〔註118〕　《潮州民間故事集成資料》，潮州文化館主辦（1988年3月編寫）。
〔註119〕　《廣州公評報》，民國二十二年三月二十二號。

　　吳府公，清朝道光、咸豐年間，浙江錢塘人吳均，任潮州知府時，有一年暴雨成災。韓江水猛漲，為了檔住洪水進城，吳知府關閉城門，帶領府縣官員，登上東門城樓設壇進祭水神，吳均脫下袍帽、朝靴，投入江中祭奠仍無濟於事。洪水繼續上漲。眼看就要決堤了，吳知府想，也許是水神怪府官拜祭不誠，於是他毅然決然地步下東樓城，走到湘子橋頂。縱身一躍，投入滔滔的江心，以身祭水。果然，洪水慢慢地退了下去，在場官兵，無不震撼，從此，朝州人便尊敬地稱他為吳府公。為了紀念這位捨身救民的好官，在東門城樓上，雕塑了他的像，供人祭拜。

　　陳遂：在饒平縣新圩鎮四百嶺山南麓的長彬村前，有個元帥廟，供的是潮州地區著名的農民起義領袖，抗元英雄陳弔眼。稱陳弔王廟。陳弔眼，原名陳遂，因反抗宋朝腐朽統治而起義，在元軍南下時，民族矛盾激化，他毅然從大局著眼與南宋朝庭合作，共同抗擊元軍。陳遂活動在饒平、漳州、泉州一帶。最後被元軍包圍在四百嶺山上，彈盡糧絕，被俘就義。公元 1282 年，明初就有人立廟建祠紀念他，香火綿延至今。反映了人民對這位英雄的崇敬。

（四）民間俗神崇拜與神話

1. 窯神

　　祝融歷來被楚人祀以為灶神：《禮記禮器》中說：「顓顓氏有子曰黎，為祝融，祀以為灶神」。祝融被當作灶神，主要是因為他是火的發明者。潮州的窯神則與燒窯有關。相傳窯神是位小孩。很久遠時，皇帝喜愛玩金魚，他命令大臣們到天下找尋大魚缸。大臣們於是到了產陶瓷出名的潮州府來尋找。潮州府官將當地最出名的陶瓷師傅成伯叫來，令他三個月內造出大魚缸來否則將問死罪。成伯請求說「我只做過鍋、碗、碟，而從未做過大魚缸。」官府堅持要他在九十天內完工。成師傅到家後，屢試不成，眼看三個月的期限就要到了，他燒最後一窯時，迷迷糊糊地在柴草上打了個盹，夢見火神對他說，「你要燒出個大魚缸必須抱個男孩，投入窯尾的煙囪」。回家後，成師傅將事情的原委告知了他的老婆，並向老婆交代了後事。老婆嚎淘大哭起來，哭聲驚動了他九歲的兒子。半夜，兒子悄悄地跑到龍窯，鑽進了煙囪。老倆口追來時已為時過晚。龍窯熄火之後，果然燒出了一個大魚缸。大魚缸又圓又大，色澤黑中帶紅，連夜被趕送到了朝庭。皇帝十分喜愛。成師傅想念兒子，兒子託夢說：「爹，別傷心，火神爺收我當了窯神，專管天下的龍窯，你告訴大家，今後點火，只要點上三柱香，我就會來的，保祐他們窯窯換的金和銀」。

自此後，楓溪龍窯點火師傅總是要先點上三拄香。

這個故事不由使人想起蒲留仙《聊齋誌異》中的《促織》篇。可謂異曲同工。皆以僑煉之奇言，辛辣地諷刺，控訴了皇帝和各級官僚對人民的殘害。在官府的眼中，老百姓的生命還不如一隻蛐蛐，一條金魚。

2. 梨園戲神

歷來各種戲班所崇祀的戲神，不盡相同。如京劇祀老郎神，粵劇祀華光大帝，潮音戲班所祀的神稱田元帥或田師爺。相傳田師爺是最初教戲者，教戲甫成，他化為青蛙而隱。因而傳說田元帥是青蛙神。凡潮音戲開班，必祀此神。初就田野間取田土一撮，歸盛香爐中，奉牲果香燭虔誠禱祭，叫作請元帥。後來潮州的秧歌戲也如此祀他。

據蕭遙天先生說，祀青蛙神這是一種鄉村淫祀，他曾親眼見過這種青蛙的淫祀。那是一種不尋常的，花紋斑駁的蛙，爪証有連串的肉珠，在田野偶而讓信男善女拾得，如獲珠寶般，奉棲瓷瓶的綠葉上當神明供養暎拜。青蛙神不避人，也不怕香煙繚繞，被稱為仙師。青蛙崇拜又發現與西南的銅鼓文化有關。八十年代初，從西南各地發掘的銅鼓，邊緣四角都鑄有青蛙圖案，這些銅鼓全是崇祀蛙神的廟宇遺物，可見青蛙是中國西南農村很普遍的圖騰。

青蛙是如何由圖騰而演變為神靈的呢？潮州一帶有這樣的傳說：潮州戲來自田元帥。潮劇尊田元帥為戲神。說田元帥是唐明皇時的樂師，掌握梨園子弟。他本姓雷，名萬春，官拜翰林院士，曾奉旨平番邦，執掌過帥印，因此又稱為雷元帥，後來，犯了殺頭之罪，朝庭念他功高，免死。從此，他便改為田姓。每年陰曆六月二十四日雷祖誕，便是田元帥誕辰紀念日。潮州藝人將他奉為潮戲的戲神。為了紀念他，亦曾在原潮州府的舊址建立過田元帥廟，該廟又名「慶喜庵」。據潮州府志記載，「慶喜庵建於順治年間」。

3. 城隍守護神

這類神是指以城隍為代表的由守護神轉化成的神靈。城隍是由《周禮》蠟祭八神之一的水（即隍）庸（即城）衍化而來。周禮每歲十二月，祭有功於民生者曰蠟。城隍原是古代的守護神。唐以後，郡縣皆祭城隍，如蘇州祀春申君，杭州祀文天祥，上海祀秦裕伯，大抵以有功於該地者為城隍。道教以城隍為「剪惡除凶，護國保邦」之神。稱他能應人所請，旱時降雨，澇時放晴，以保豐衣足食。民間信仰中的城隍，則與先秦蠟祭八神之一的城隍有所不同。

概言之，潮汕地區的神祇按系統分為：一、宗教神。如：青龍廟供奉的青龍；雨仙廟供奉的雨仙等。二、英雄神。如水仙宮供奉的大禹；韓文公祠供奉的韓愈；雙忠祠供奉的張巡，許遠；揭陽英毅聖王廟供奉的春秋時代晉國介子推；繞平「元帥廟」供奉的抗元英雄陳弔眼等。此外韓愈的侄子韓湘子也由於護送韓愈有功而忝列潮州八景之一之傳說。人們還將建於宋代的，韓州東門外韓江上的廣濟橋，這座世界上第一座開合式石橋譽為湘子橋。託名於韓湘子的神力所建。事實上將他尊為橋神。三、以釋迦牟尼為中心的三身佛，三世佛，及其配享的菩薩（文殊，普賢，觀音，地藏）十八羅漢，護法神韋陀，四大天王和彌勒佛。潮汕建有許多觀音殿，寺院中還供奉有各自的祖師如大顛、大峰等。

潮州神話的產生、起源，和傳變，皆具濃鬱的地方色彩，它將為我國神話學的研究提供珍貴的新素材，同時亦將為歷史學、民族學、民俗學等研究提供新的資料。

（五）儺儀之副產品──潮戲

古代儀式、典禮和藝術之間的分界並非十分清晰，大概正因如此，許多學者認為，原始藝術絕大多數都直接與祭禮儀式有關，甚至可以說它們本身就是祭禮儀式的副產品。〔註 120〕

1. 關童戲與儺儀

潮州之關戲童以巫而事歌舞，樂神並以悅人，可視為古代巫舞之餘緒。關戲童所祀田元帥，被尊為青娃神。農人祀之，猶田祖、田婆和土谷諸神。歲時伏臘，農人們常具酒肉於田間祭之，巫覡復以符咒降神歌舞，遂為初期之關童戲。

據傳，潮州農村中秋前後常有關戲童之舉，如秋夜田隴間之婉變歌聲和誦咒聲，即關童戲。此類關童戲，為垂傳甚古之巫術。表演時，先由主其事者赴田間奉田土一杯歸，安置香爐中，陳瓜果香燭拜之，名曰請田元帥。之後復邀集童子十餘，推出一二人為腳色，拈香閉目，蹲坐中央。群童四周果香燭拜之，每人各執香火一炷，上下左右搖晃，若魚貫飛熒，火光縷縷閃爍，儗四目為之眩。群童復齊聲奉咒，其詞各地差異，如潮陽咒語常有「一催請，二催請，三催請」與「急急如律令」之類。

〔註 120〕參見：《原始文化研究》三聯書店 1988 年版，第五百三十五頁。

潮安浮洋之關戲童，更是彌漫著濃厚的巫術氣息。相傳為魔術家之秘傳，施術者初以一書滿符籙之木棒懸掛被演之所，並陳管絃樂工、伶工部。既定，乃召受術之童子至棒邊，默默咒誦，須臾即昏迷撲地，推之使起。於是管絃聲奏伶童清唱，而受術之童則依聲作態，關目情節處處扣合，如牽傀儡，如演雙簧，亦極有趣。呼其本名或燒紙馬亦即醒。此類關童戲還有關墟腳、揲二姑、看死鬼、關扁擔、藍飯姑等。〔註121〕

關戲童之「關」亦為「觀」，釋為觀看。「關」舊稱召死靈問答為關亡，以巫為靈媒，召亡者之魂附於巫者之體以言禍福，此事必用符籙，如官府之文移，謂之「關」。關戲童，亦猶以符籙召亡魂附身於人之體而唱戲。

據傳潮之關戲童，必以童子充之，古之倡優稱之為侏儒。宋元戲曲史云：「優人，其始皆以侏儒為之」。「侏儒」即短小人之謂也，亦稱童子。舊說部往往記以童男女祭神之故事。巫之事神，亦必以童男女獻舞，以示虔誠，純潔。潮俗呼巫覡為「童魖」或「童身」。所謂「魖」，妖祥也。淮南子：「吳人鬼，越人魖」。古之俳優，以「童子」或「侏儒」充之。潮州關戲童，仍固守數千年侏儒之舊俗，又吸取了各地之特色，如請紫姑、關亡等。

2. 遊神戲與儺舞

清康熙時吳震方作嶺南雜記云：「潮州燈節，有魚龍之戲，又每夕各坊市扮唱秧歌，與京師無異，而採茶歌尤為妙麗。飾狡童為採茶女，每隊十二人或八人，挈花藍，迭進而歌，又以少長者二人為隊伍首，擎彩燈，綴以扶桑茉莉諸花，桑女進退作止，皆視隊首，至各衙門或巨室唱歌，賣以銀錢酒果，自十三夕至十八夕為止」。乾隆時李調元作南越筆記亦稱：「農者每春時，婦子以數十者計，種田插秧，一老搤大鼓，鼓聲一通，群歌竟作，彌日不絕，是曰秧歌」。

從第一則材料得知，潮州自古以來就有「扮唱秧歌」之「魚龍之戲」；扮唱者歌採茶歌，飾採茶女，載歌載舞。這種「秧歌隊」不僅為了娛人和自娛，同時也為了「賣以銀錢酒果」。他們「至各衙門或巨室演唱」，可知其為城市之秧歌。「自十三夕至十八夕為止」。知其秧歌不僅規模大而且時間久。第二則材料：「農者每春時」「種田插秧」知其為農村之秧歌。「一老搤大鼓，鼓聲一通，群歌竟作」可知農村的「秧歌」不同於城市。它是在插秧季節，一人鼓

〔註121〕 《潮州民間故事集成資料》，潮州文化館主辦，1988 年 3 月編寫。

之而「群歌競作」。而且「彌日不絕」。這裡描述的是早期秧歌舞的情況。後期城鄉秧歌舞內容與形式已漸趨融合。

「秧歌舞」，實際上是以藝術的載體表達了宗教的主題。故俗稱之為「遊神舞」。潮州「秧歌舞」的源流與演變之跡經歷了由宗教的藝術到藝術的宗教，亦即由巫覡文化到民間信仰文化的歷程。同時它又是歷代各地文化藝術交融演變的結晶。

潮州秧歌，原為宋代訝鼓、打野胡之遺。宋趙彥衛之《雲麓漫鈔》曰：「歲將除，鄉人相率為儺，觀其日野胡」。孟元老之東京夢華錄亦云：「十二越境有貧者三數人為一夥，裝婦人神鬼，敲鑼擊鼓，巡門乞錢，俗呼為打夜胡」。

潮州為古楚之地，而楚國信巫好祀，巫風尤盛之風，亦必對潮州的民間文藝產生直接影響。如：「其祀必作歌舞以樂諸神」的祭祀歌舞之風，就是一例。《宋元戲曲考》稱《九歌》之巫的表演「或偃蹇以象神，或婆娑以樂神，蓋後世戲劇之萌芽，已有存者焉者矣」。荊楚等地的諸種儺舞，後來進一步嬗變發展為古代的儺戲。

「遊神戲」亦頗具儺戲的特徵。如歲暮元宵，酬神賽會，執棍掛鼓，配以鑼鈸，邊行邊舞，有扮民間故事唱打花鼓等等，配以笙笛弦樂，鑼鼓扳鈸。古代「儺舞」正是擔負著此種宗教職能。方相氏黃金四目是為了禳神驅鬼；「總會仙唱」「百獸率舞」是為了娛神酬神。而產生在長江黃河流域的儺戲，如廣西的「師公戲」，湖南的「嘎儺戲」，浙江的「禳解戲」，四川的「鬼臉殼戲」，安徽的「嚎啕神會」，貴州的「跳鬼戲」、「撮襯姐」，等無不與潮州的遊神戲一樣表現了禳災祛邪的主題。至於「打野胡」之形式，更為潮州之儺儀儺戲的一明顯特徵。

所謂「裝婦人神鬼」之類，則指帶上各種面具扮演鬼神，或劇中人物，尤其體現了巫之表演特點：「或偃蹇以象神，或婆娑以樂神」。希臘悲劇中就有借用面具來表示角色的年齡、身份和性別，而且也表示角色的感情：恐懼、憤怒、仇恨、沮喪等，喜劇亦然。中國儺戲也不例外，桂林儺隊「自承平時，名聞京師……蓋桂人善製戲面，佳者一值萬錢」。潮州遊神舞亦具臉譜化的特色。明代潮州風俗有這樣的據載：「士習之病，競為奢侈，樗蒲歌舞，傅粉嬉遊，於今漸甚。仲春祀祖先，坊鄉多演戲」。「傅粉嬉遊」，亦指「假面」扮戲。演員使用面具同樣用來表達禳神祛鬼的宗教主題。潮州遊神戲中的「假面」現象與長江黃河流域一帶戲劇中的「假面」應是同源文化所至。如長江黃何

流域一帶，戲中皆以假面裝扮諸神，有的戲甚至有一百多個「臉子」（面具），如貴州的「跳鬼戲」。神格的面具化是儺戲藝術的顯著特徵。

「擊鑼擊鼓」亦為古儺中的表演形式。張衡《西京賦》述曰「總會仙唱，戲豹舞羆，白虎鼓瑟，蒼龍吹篪」。值得一提的是，儺儀儺舞已無疑為我前古之俗，然「假面」與「擊鑼擊鼓」之表演形式，到底應追溯到「儺」，抑或是其他的源頭呢？陳暘《樂書》曾記契丹歌舞流入中土：其制有鼓、板、小笛。歌聲嘍離促迫，舞者假面為胡人，軍中多尚此技伎。太宗雍熙中惡其亂華樂，詔天下禁止焉。然，天下部落效為此伎者甚眾，非特無知之民為之，往往士大夫之家，亦喜為之。也就是說他認為「裝婦人神鬼，擊鑼擊鼓」之俗，必傳自胡。如上所述，我想其「假面」「舞者」自胡之說難以令人信服，而只能看成是異域文化的同一現象。

遊神隊伍的演出，甚為壯觀，除了扮演畫面，飾梁山泊一百零八條好漢，配以大鼓大枝，且擊且舞之外，還有各種民間故事戲曲，如以土腔演唱的雙搖櫓、敲四板、耍和尚、十八摸、大花鼓等。並配以民間擅長之笙蕭吹管，絃索鑼鼓為伴樂，且行且演唱。遊神中除了有各地都有的龍、獅子舞以外，還有潮州地區獨有的布馬舞、蜈蚣舞、鱷魚舞、螯魚舞、鯉魚舞、駱駝舞、長頸鹿舞、雙咬鵝舞等等。這種「魚龍而入」的場面，不由不令人想起《史記．夏本記》所記的：「舜德大明，簫韶九成，鳳凰來儀，百獸率舞」。和《呂氏春秋．古樂篇》所提到的「帝堯立，乃命質為樂，質乃效山林溪谷之音以歌……以致舞百獸」之壯觀情景。

為了娛神娛人，更好地宣傳宗教的目的，儺戲不斷地吸收世俗題材的優秀節目和各種表演形式，使娛神的諸般伎藝逐步地實現多層次地匯合，從而嬗變成為一種頗具特色的藝術形式。潮州的地方戲曲亦如此。表現了多姿多彩的藝術特點。如少數民族「在山為佘，在水為蛋」的佘族鬥歌，蛋船歌舞。習風成俗。對潮劇產生了很大影響。相傳潮劇三步進三步退的臺步，就是來自蛋船舞蹈。潮丑側身跳躍的機械的手法腿法，相傳仿自紙影。潮劇唱法的「彩場」（相當於滾白，滾唱，暢滾一類演唱）表現緊張急越的情緒，皆無不受其影響。

任過潮州刺史的唐朝韓愈，在文章中談到潮州祭神時，稱「吹擊管鼓，侑香潔之」。蘇軾有「潮之士，皆篤於文行，延及齊民」。潮州民間習俗，酬神巫祀，禮佛課頌，笙蕭管絃等，承襲古風，代代相傳。

3. 潮人「遊神」寫真一瞥

（1）如醉如狂

周碩勳修的《潮州府志》談到其時所演之劇曰：「多者相誇耀，所演傳奇，皆習南音而操土風，聚觀晝夜忘倦」。

其實何止「傳奇」令觀眾「聚觀晝夜忘倦」，每春二三月間所演的「遊神戲」更是令潮人「如醉如狂」。請看民國二十二年三月二十二日《廣州公評報》發表的一篇題為《潮陽民眾遊神寫真》，這篇紀實稱：「此回有盛大之出遊，聚數萬如醉如狂之人民，花十餘萬有用金錢」。觀此報導，確有同感。我想，用三「不」一「全」四字，足可概括潮人遊神「如醉如狂」之態：

a. 不遠萬里

當時旅汕潮人「十分之八回城看熱鬧」，旅港滬之潮人「亦多有不避遙遠，依期歸家迎神者」。揭陽遊神，「汕頭的揭陽人士，亦組鑼鼓回揭陽參加」；潮陽遊神，在汕潮人「在汕先試行鑼鼓賽旗遊街震動汕頭全市，遊神者約五千名，於十七日在碼頭集隊，雇大帆船，由電輪拖帶入潮陽」，參加遊神活動。

b. 不怕險阻

民間的這種遊神演戲曾被政府視為「惡習」「迷信活動」而遭到明令禁止。然而卻是「禁者自禁，遊者自遊」。於是政府只得只得改變政策，開徵遊神演戲捐。

c. 不惜重金

政府明令，「無論各區鄉鎮，遊神一天，抽捐四十元，演戲一臺每天抽二十元，木偶戲亦須抽二三元不等」。這是在戲釐捐以外的額外加徵。據報導（陰曆正月）廿五日青龍爺（王伉）出遊，縣署令潮商會向各區街坊眾，籌六千元，作職業學校開辦費，「頃刻立就」。在國難當時，民窮財盡之日，遊神會卻「如期舉行」。潮汕地區各地皆舉行了聲勢浩大的遊神活動。潮陽遊神活動於舊曆二月廿四日舉行。依照潮安之法，須向民眾湊其六千元公益費。縣商會「概然允諾，毫不猶豫」。

d. 全力以赴

潮汕地區規模最大的是潮陽的遊神戲。旅汕的潮陽商人，旬日前已大事籌備，預備出五班大鑼鼓，往潮陽參加，魚行、打銅、鐵行、錫器行、搭蓬、駁艇行、匯兌公所、布錠行，各有巨額之捐派。並且先於陰曆二十日在汕試行吹打出遊，廿四日再回潮陽城參加。據報導「此次遊神城內外參加十二班

鑼鼓，每班二百至四百人，每班兼舞英歌，英歌舞者扮演水滸中之宋江，統領一百零八名好漢，假扮乞丐混入東平城之故事，每一班英歌，即須一百餘人」，表演者沿途跳舞，宋江騎馬在後面押陣。這場遊神戲連遊三日。廿三日扛雙忠聖王起馬，廿四日正式出遊城內，廿五日出遊城外。旅汕潮陽人士，十六日已在汕頭搭蓬，泥水木匠、建國造業、柚木家俬業、魚行銀業、經紀、當店、銅鐵錫業、布錠洋雜、元寶煙絲等公會行檔，在汕試行鑼鼓賽旗遊街。〔註122〕

（2）神人同樂

值得一提的是潮州的遊神戲，在當時新的時代背景下，其主題已發生了深刻的變化，舊的宗教與純文藝的主題已為反帝愛國的時代主題所取代，「遊神」已成為一個幌子，反帝愛國才是目的。故人們在遊神的隊列中扛著「潮陽民眾抗日大巡行」的錦標大旗，書上「勿忘抗日救國」「民眾臥薪嚐膽，奮起殺敵」「督促政府出兵抗日」「收復東北失地」等字樣。〔註123〕

同時潮人亦寄希望於祖神：打著「神人同樂」「四海升平」「聖駕出遊，合境平安」的旗號。旗長約二丈，或兩人扛，或四人扛，飾以各種玻璃珠花藍，煤氣燈等。此項彩旗無慮數萬幅。他們以張巡許遠相號召曰：吾人當效張巡許遠，死守睢陽，殺敵守土，捍衛國家。不難發現此時「遊神戲」已從神格的宗教藝術而進入時代的為人生的藝術。這是一種質的飛躍。「遊神戲」（秧歌舞，或曰英歌舞）所保留的藝術魅力至今仍使潮人如醉如狂。〔註124〕

〔註122〕　《潮陽英歌舞》，潮陽縣文化館編，內部資料，1992年5月。

〔註123〕　《民俗》，國立中山大學語言歷史學研究所主辦，1928年3月～1933年6月，一～七卷，共一百二十三期。

〔註124〕　參見：田若虹《潮州民間文藝研究》《潮人的文化心理及民俗藝術》，分別發表於第四屆、第五屆潮學國際研討會，後收入《潮學國際研討會文集》，花城出版社，2009年。

貳、宗教與古代小說文化（一）

一、圖騰崇拜與古典小說的怪力亂神

圖騰文化是人類最古老、最奇特的一種文化現象。圖騰文化的經典詮釋無論是自然學派、歷史學派，抑或是社會學派的神話學者都能交集於「圖騰」觀念之中。從神話研究中所面對的界於人獸之間的「物怪」、古史研究中所面對的界於神人之間的「人妖」，以及民族史研究中所面對的各種儀式、禁忌與圖形，無不藉「圖騰」觀念之解釋，架構出新的歷史文化面貌。圖騰文化不僅給人類文明史的研究，提供了寶貴的實物資料，也為古代小說起源的多元一體提供了雄辯的證明。本章旨在通過反省圖騰文化與神話詮釋之間的關係，進一步探討中國古典小說中的神文化。本文認為圖騰文化中的自然力崇拜、靈物崇拜、祖先崇拜，英雄崇拜、帝王崇拜，偶像崇拜，與宗教、巫術儀式等因素，是古典小說中神祇系統形成的基礎。並試將從神文化理解的層面，從神話文學詮釋的層面，討論與「圖騰」相關的「怪力亂神」現象。〔註1〕

（一）史前岩畫與神話小說之諧趣對應

「圖騰」源於印安第語，本義為「親屬」和「標記」。「一種公共團體所用的名號與標識。」（倍松《圖騰主義》）馬林諾夫斯基認為圖騰包含三個基本內容：1. 自然崇拜和對動植物的祭祀；2. 一種公共團體的信仰；3. 人與周圍環境之間的親屬關係。他說：「如果我們把圖騰放入較大的布局中，而看到其

〔註1〕邵蘇南、田若虹《圖騰文化與古典小說中的怪力亂神》，參見《學術導刊》第六卷，2006 年。

中的自然崇拜和對於動植物的祭祀，我們很容易覺察出這一種信仰是確認人與其周圍環境的親密的親屬關係。」(《文化論》)

我們從考古學家所提供的人面岩畫的圖騰文化中，就可以清晰地看到其與中國上古神話之間那種諧趣的對應性互證。與「古之巫書」《山海經》對應的中國史前人面岩畫。它們之間呈現的內在契合十分令人驚歎。如在景色幽雅，奇峰疊嶂的賀蘭山口，呈現的人面岩畫：或人首犄角，或身插羽毛……而《山海經》亦載：「群山上居住無數人面獸身之神」。一部《山海經》，可謂奇禽異獸、精靈物怪的大觀。這裡有人面如魚，其音如鴛鴦的人魚；有九首人面鳥身的九鳳；有人面蛇身而赤，直目正乘，其瞑乃晦，其視乃明，不食、不寢、不息，風雨是謁的燭龍；有其狀如狐而九尾，其音如嬰兒，能食人的九尾狐；有其狀如鳩，其音苦呵，名曰灌灌的鳥；有羊身人面，目在腋下，虎齒人爪，其音如嬰兒，食人之饕餮；有人頭龍身、鼓腹而遨遊的雷神；有其狀如虎而牛尾，其音如吠犬，其名曰麔的食人之獸；有三面一臂的顓頊之子；有操戈盾立，無首的夏耕之屍；亦有遊於東海，溺而不返，化為精衛鳥而發誓填海的炎帝女……種種設想，光怪陸離，神氣風霆，形象地反映了上古先民的信仰態度與思維模式。上古神話中的風神韻致為後世小說家提供了大量具有可拓性的前形象，哺育激發了小說家的想像力和創造力。又如連雲港將軍崖之「人面岩畫」：「十個太陽神柢寅時集以賓祭日出」，以及巫師全身不露，著長袍，參加祭日大典。賀蘭山口：幾幅雙臂彎曲，兩腿叉開，腰佩長刀的立人巫覡形象。與《海外西經》載：「在登葆山，群巫所從上下也」。《大荒西經》「有人衣青，以袂蔽面，名曰女丑之屍」。以及《莊子‧秋水》：「羿射九日，落為沃焦」，皆一一對應。作為人類巨石文化的岩畫與上古神話的深刻契合，將為我們探討神話小說的起源、文化、宗教與藝術方式，提供重要的原始史料。

(二) 原始圖騰的符式系統與神話詮釋

原始圖騰的諸種符式系統顯現了人與周圍環境之間的親屬關係：人們對宇宙、天地、日月、星辰、水波的崇拜，尤其是對太陽神的崇拜。

河姆渡遺址出土文物中的「雙鳥朝陽」象牙蝶形器，就是中國最早的太陽神像具。作品已脫離寫實的描摹，是具有豐富想像的虛構創作。「雙鳥朝陽」象牙蝶形器畫面中的太陽，在二分之一的弧上部分，繪上火焰紋，顯現出太陽巨大的光、熱能量。更加奇特的是太陽兩旁還有兩隻大鳥，作者賦予鳥以超自然的神力。它們是太陽的一部分，或者說是太陽的飛行具。太陽之上還

有光冠紋飾。專家指出它與後來良渚文化玉器中的神人頭上的光冠有著淵源關係。如果河姆渡人藉以指代天空，那麼圖像中的鷟鳥應是天的使者。考古學家認為這些鳥和太陽的圖像反映了河姆渡人崇拜太陽神的觀念。表現了原始人祈盼農業豐收的心理。「雙鳥朝陽」被視為太陽神的像具，作祭祀之用。

先秦文獻《山海經》《禮記》等，亦記載了古人對太陽的認識和祭祀太陽的重要活動。《大荒東經》曰：「湯谷上有一扶木，一日方至，一日方出，皆載於鳥」。《禮記‧郊特牲》：「郊之祭也，迎長日之至也，大報天而言日也。」鄭玄注：「天之神，日為尊」，「以日為百神之王」。

在內蒙、廣西、雲南、山東、四川、江蘇等處，大量的太陽岩畫也都證明中國的太陽神崇拜曾經達到了極盛的狀況。「這類自然神崇拜岩畫形象而又直觀地表達了古人對於宇宙、天地、太陽、人類之間關係的率直的認識，尤其是對太陽與人類生命之關係，把握了真諦」。﹝註2﹞

在《周禮‧春官‧大司樂》中提到「以祀天神」。這裡的「天神」，指的是五帝及日月星辰。《禮記‧祭法》說「山林川谷丘陵，能出雲，為風雨，見怪物，皆曰神」。故而自然崇拜中又有風神、雨神、雷神、電神、山神、河神、樹神等，皆莫不各神其職。史前崇拜的多元化，成了人們宣洩宗教情感的對象。

中國遠古時代就有對雷神的崇拜。據《山海經‧海內東經》記載：「雷澤中有雷神，龍身而人頭，鼓其腹，在吳西」。雷神的神格較高，《太平御覽》卷五引《春秋合誠圖》說「軒轅，主雷雨之神」。雷神為男神，因此古代神話信仰中又有與雷公相配的電母，（一稱「閃電娘娘」），專司閃電。

道教《三官真經》稱，「九天應元雷聲普化天尊」為雷部主宰之神。又被封為「雷祖」，亦即黃帝。據說黃帝升仙以後成為主雷雨之神。《紫微玄部雷霆玉經》稱：雷神「主天之災福，持物之權衡，掌物掌人，司生司殺」。《歷代神仙通鑒》說雷祖居於神霄玉府，在碧霄梵氣之中，去雷城有二千三百里。雷城是天庭行雷之所，高八十一丈，左有玉樞五雷使院，右有府五雷使院。天尊前有雷鼓三十面，由三十六神司之。雷聲天尊手下，還有雷部。

《封神演義》一書中，普化天尊是商紂王的太師聞仲，他率雷部二十四天君，專掌興雲布雨、長養萬物、誅逆除奸之職。其屬下的二十四位天君以鄧、辛、張、陶、龐、劉、苟、畢八人名聲最著。周秦以後，雷神地位下降，被稱為「雷師」或「雷公」，成為催雲助雨的雷部天將，並司替天行道，擊殺

﹝註2﹞宋耀良：《中國史前神格人面岩畫》，香港三聯出版社。

有罪之人。如《西遊記》第四十五回孫悟空在車遲國召喚來了雷神鄧化時，就高呼：「老鄧！仔細替我看那貪贓壞法之官，忤逆不肖之子，多打死幾個示眾」。那雷越發震響起來。

　　《搜神記》有關於雨神的記述：「赤松子，神農時雨師也。服水玉散，以教神農，能入火不燒。至崑崙山。常入西王母室中。隨風雨上下。炎帝少女追之，亦得仙，俱去。至高帝時，復為雨師，遊人間。今之雨師本是焉」。據《海外東經》記載，雨師有妾，為人黑身人面：「雨師妾在其北。其為人黑，兩手各操一蛇，左耳有青蛇，右耳有赤蛇，一曰在十日北，為人黑身人面，各操一龜」。史籍載曰，武王伐紂時，至河上，雨甚，疾雷，晦冥，揚波於河。眾甚懼。武王曰：「余在天下，誰敢干余者？」風波立濟。雨師亦名「屏翳」和「玄冥」。

　　神仙在天地之間自由遨遊，也需要一個歇腳和聚集之地，因而高聳入雲，幽深莫測的山便成了眾神仙聚集活動的場所，蓬萊山便是其中之一。蓬萊山在渤海中，由三座山組成，包括蓬萊、方丈、瀛州。《史記·秦始皇本紀》曰：「齊人徐市等上書，言海中有三神山，名曰蓬萊、方丈、瀛州，仙人居之」。《封禪記》亦云：

> 自威、宣、燕昭使人入海求蓬萊、方丈、瀛州，此三神山者，
> 其傳在渤海中，去遠，患且至，則船風引而去。蓋嘗有至者，請仙
> 人及不死之藥皆在焉。其物禽獸盡白，黃金銀為宮闕。未至，望之
> 如山，及到，三神山反居水下。臨之，風輒引去，終莫能至云。

　　託名為東方朔的《海內十洲記》亦分別敘及這三座神山。傳說昔禹治洪水既畢，乃度弱水而到蓬萊，「祠上帝於北阿，歸大功於九天。又禹經諸五嶽，使工刻石識其里數高下，其字科斗書，非漢人所曉」。方丈島上聚集群龍，為「金玉琉璃之宮，三天司命所治之處。群仙若欲昇天者，往來此洲，受太上玄生籙。仙家數十萬，瓊田芝草課計頃畝，如種稻狀。亦有石泉，上有九原丈人宮主，領天下水神及龍蛇巨鯨陰精水獸之輩」。瀛州島上「生神芝仙草，又有玉石，高且千丈，出泉如酒味，名之為玉醴泉，飲之數升輒醉，令人長生。洲上多仙家，風俗似吳中，山川如中國也」。蓬萊仙系是一個成員眾多的群體，從其來歷和身份看，一般有以下三類：一是神仙家、方士修煉而成；二是從神仙轉化而來，如盤古、黃帝、西王母等；三是一些歷史人物，如老子、呂尚、東方朔等。這些歷史人物各有其不凡的傳說，因此被奉為仙人。

在《淮南子》中，崑崙山被仙話為長生不死、能使風雨和太帝之居的神靈之地：

> 崑崙之丘，或上倍之，是謂涼風之山，登之而不死；或上倍之，是謂懸圃，登之乃靈，能使風雨；或上倍之，乃維上天，登之乃神，是謂太帝之居。

《山海經‧西山西經》稱崑崙山乃「帝之下都」。其曰：

> 崑崙之虛，方八百里，高萬仞，上有木禾，長五尋，大五圍。而有九井，以玉為檻，而有九門，門有開明獸守之，百神之所在。

《淮南子‧地形篇》中，有對溝通天地之具的神木「建木」的描寫：

> 建木在都廣，眾帝所自上下，日中無景，呼而無響，蓋天地之中也。

《山海經》中亦記述了可以登天的肇山、靈山等，《海內經》稱：

> 華山青水之東，有山名曰肇山。有人名曰柏高，柏高上下於此，至於天。

《大荒西經》：

> 靈山，巫咸、巫即、巫盼、巫彭、巫姑、巫真、巫禮、巫抵、巫謝、巫羅十巫，從此升降，百藥爰在。

又有名為「天樞」之日月山，《大荒西經》：

> 大荒之中，有山名曰日月山，天樞也。吳姬天門，日月所入。

紀昀云：「《山海經》書中敘述山水，多參與神怪……核實定名，實則小說之最古者耳」。胡應麟亦稱其為「古今語怪之祖」。

我國著名的五嶽之一，素有「天下雄」之譽的華山，由落雁峰、朝陽峰、蓮花峰、雲臺峰、玉女峰五峰組成。五峰環聳，猶如一朵盛開的蓮花，故名「華（花）山」。據傳，盤古、軒轅黃帝都曾在此居住。後來堯舜及周武王都曾巡狩華山。歷史上許多神仙家於山中隱居、修煉，如馮夷、青鳥公、毛女、赤斧、蕭史、弄玉等。《集仙錄》曰：

> 明星玉女者，居華山。服玉漿，白日昇天。山頂石龜，其廣數畝，高三仞。其側有梯磴，遠皆見。玉女祠前有五石臼，號曰玉女洗頭盆。其中水色，碧綠澄澈，雨不加溢，旱不減耗。祠內有玉石馬一匹焉。

上述神話，如卡西爾所說，它們「像一片眩目的霧氣那樣漂浮在實際世界之上的幻想產品……原初的『經驗』本身即浸泡在神話的意想之中，並為神話氛圍所籠罩。(《語言與神話》)

（三）動物圖騰與神話小說之歸依神靈

馬林諾夫斯基解釋的「圖騰」亦包括對動植物的祭祀活動。弗洛伊德談到這種「動物崇拜」的祭祀活動時說：「這種動物圖騰一方面是具有血肉之軀的祖先，是保護整個家族的精靈……」這種由先民的風俗習尚，積澱而成的原始宗教信仰認為，人與某種動物之間有一種特殊的血緣關係。每個氏族發端於這種動物，因而它成了該氏族的共同祖先和保護神，成了該氏族的徽號、標誌和象徵。圖騰崇拜也因而成了原始宗教的一種形式。

動物圖騰的形式經歷了其本體形象、圖騰神話，以及圖騰神聖化的演變。動物神的產生，源於人們對動物的敬畏與祖先崇拜相結合之圖騰崇拜。動物圖騰因不同的民族、區域文化圈而異。如半坡氏族是魚圖騰；越族先民信仰鳥圖騰；殷人是燕子圖騰；臺灣高山族信仰蛇圖騰、山羊圖騰；壯族信仰蛙、龍、鳥圖騰；普米族以虎圖騰；彝族以獐圖騰；瑤族、苗族以狗、龍為圖騰；傈僳氏族的圖騰物是虎、蜂、熊、猴、羊；怒族以蜂、鼠、虎、蛇為圖騰；佘族信仰狗圖騰，並將圖騰繪在畫上，號稱祖圖，祭祀時要唱狗皇歌，敘述其與狗的骨肉之情；周人的圖騰物是熊。關於周人的始祖后稷的誕生《詩·大雅·生民》云：

> 厥初生民，時維姜嫄。
>
> 生民如何？克禋克祀，以弗無子。
>
> 履帝武敏歆，攸介攸止。
>
> 載震載夙，載生載育，時維后稷。

姜嫄，炎帝後，為高辛之世妃。這首詩敘述姜嫄憂慮無子，便虔誠地祭祀上帝，祈求賜子。她踏著了上帝的大足跡，心震感動，於是懷孕了。生下了后稷——周人的始祖。漢代許慎《說文解字》：「古之神聖，母感天而生子，故稱天子。」因天子之母姜嫄所踐之足跡乃大熊的足跡，所以周人以熊為圖騰。此類神話又如周宣王時，其嬪妃盧氏，年當十七歲時，因為足踏龜跡而有了身孕，懷胎八年，而生下褒姒。上述神話亦生成了諸如伏羲、興帝、黃帝、少皞、顓頊、堯、禹、皋陶、契、后稷、大業等祖先為母親感孕而生的感生神話。

　　如《禮記‧大傳》：「王者禘其祖之所自出，以其祖配之。」鄭玄注：王者之先祖，皆感大微五帝之精而生。蒼則（感）靈威仰，赤則赤熛怒，黃則含樞紐，白則白招拒，黑則汁光紀。

　　孔穎達疏：案師說引《河圖》云「慶都感赤龍而生堯」，又云「堯赤精，舜黃，禹白，湯黑，文王蒼」，又《元命包》云「夏白帝之子，殷黑帝之子，周蒼帝之子」。是其王者皆感太微五帝之精而生。

　　圖騰文化既有因不同的民族、區域文化圈而異的神話，又有在神州大地各民族互相交流、影響中孕育的神話，這類神話是圖騰的神聖化。《禮記‧禮運》：「麟、鳳、龜、龍，謂之四靈」。它們已不僅僅是神話傳說中的精靈物怪，而是被神化為人們生活中的吉祥物。關於「龍」圖騰神話，《史記‧封禪書》記載，黃帝採首山銅，鑄鼎於荊山下，鼎即成，有龍垂鬍髯下迎黃帝。黃帝上騎，群臣與後宮跟從而上的有七十餘人，龍乃上天。還有些小臣不得上，於是都抱著龍髯，髯斷落地，並墜黃帝之弓。百姓仰望黃帝既上天，只得抱弓與龍髯而哭號。《史記》是一部謹嚴的史書，乃持此說，可見龍與中華民族文化淵源之深了。

　　弗賴分析圖騰象徵的基礎時說：「把神靈同動物、植物認同一體，這便構成了圖騰象徵的基礎」。我們的祖先以龍為始祖，「龍」因人而「神」，「天子」被敬為「真龍」。故而視為至上、至聖、至尊。「龍」亦被神化為赤龍、青龍、黃龍、紫龍、白龍、黑龍、金龍、玉龍；又被譽為飛龍、遊龍、臥龍、盤龍、蟄龍和潛龍。「龍」不僅為中原漢族所尊奉，而且為一些邊遠地區的少數民族所敬奉。如古代匈奴會諸部落酋長祭祀祖先、天地、神鬼，商議國事，皆於「龍城」舉行慶典，稱之為「龍祀」。

　　南單于歸附漢朝後，凡舉行龍祀，便兼祀漢帝。新疆吐魯番一帶發現的古代龍神圖像，西藏地區許多出土的龍形工藝品，與江淮一帶無異。邊地古來的尊龍意識亦與中原的「天人感應」的觀念趨同。往往將自然的某些怪異現象視為天帝有意製造出來「譴告」人們的東西。西漢學者董仲舒《春秋繁露‧必仁且智》中說：「國家之失，乃始萌芽，而天出災異以譴告之。譴告之而不知變，乃見怪異以驚駭之。」這種天人感應思想，就是篤信神靈對人的絕對支配、掌握的宿命觀和祈望人對神靈的皈依。

　　四靈之一的「鳳凰」，為殷商的圖騰。《山海經‧南山經》描述鳳凰的形狀與特徵：「其狀如雞，五采而文，名曰鳳凰。首文曰德，翼文曰義，背文曰

禮，膺文曰仁，腹文曰信之祥和鳥。這種鳥「飲食自然，自歌自舞，見則天下安寧」。

《大荒西經》將鳳分為三種類型：「有五采鳥三名，一曰皇鳥，一曰鸞鳥，一曰鳳鳥」，「鸞鳳自歌，鳳鳥自舞。」明代毛晉《毛詩草木鳥獸蟲魚疏廣要‧鳳凰於飛》認為鸞即鳳也：「鳳有五種，多青色者為鸞。」《廣雅‧釋鳥》：「鸞鳥……鳳凰屬也。」《說文解字》：「鸞，亦神靈之精也。赤色，五采，雞形。鳴中五音。」「鳳凰」（或曰「鳳皇」）是古代傳說的瑞鳥名，是為鳥中之王。《詩‧大雅‧卷阿》：「鳳凰於飛，翽翽其羽，亦傅于天。」《史記‧日者列傳》：「鳳皇不與燕雀為群」，讚美了鳳凰這一聖鳥，翱翔萬里，不與雜鳥為伍的特立獨行。

據說鳳凰只棲息於梧桐樹上，故古人又將梧桐樹枝稱之為「鳳條」。在中華民族圖騰文化中，鳳龍並尊。《南齊書‧王僧虔傳》曰：「優者則龍鳳，劣者猶虎豹。」《後漢書‧光武記》：「固望其攀龍鱗，附鳳翼，以成其所志耳。」《晉書‧束晳傳》：「在野者龍逸，在朝者鳳翔。」南朝陳‧徐陵《在北齊與梁太尉王僧辨書》：「鷹龍圖以建國，御鳳邸以承家。」宋王明清《揮麈錄》：「鳳燭龍燈，燦然如畫。」王維《奉和聖製御春明樓應制詩》：「遙聞鳳吹喧，闇識龍輿度。」高啟《詠隱逸詩》：「南陽有龍鳳，乘時各飛翻。」李白《襄陽歌》：「車旁側掛一壺酒，鳳笙龍管行相催。」杜甫《紫宸殿退朝口號》：「宮中每出歸東省，會送夔龍集鳳池。」皆體現了古人龍鳳崇拜意識。

「麟」也是人們傳說中的一種罕見的神靈、祥兆之物，故而又稱麟為「祥麟」。《山海經》：「雄曰麒，雌曰麟。其狀麕身，牛尾，狼蹄，一角。」東方朔《十洲記》記曰：「西海中央有鳳麟洲，洲上多鳳、麟，數萬各為群。有山川地澤及神藥百種」。

明沈德符《萬曆野獲篇‧禨祥》稱麟為龍子：

> 龍極淫，遇牝必交。如得牛，則生麟。麒麟之生，多託牛腹。成化二十年甲辰，泗洲民家牛生一麟，咸以為怪，殺之……嘉靖十二年癸巳，山東聊城縣農家牝牛產一麟，形狀瑰異，甫出腹，即嚼一鐵煎盤，食之盡……萬曆十三年乙酉，河南光山縣有一麟，亦牛所孕。其產時，光怪照耀，比鄰皆謂火發……至甲午年，鎮江府復獲異獸，大抵與前二類相類。

傳說中的「麟」不僅神靈，而且仁厚。《詩經‧周南‧麟之趾》：

　　　　麟之趾，振振公子，于嗟麟兮。

　　　　麟之定，振振公姓，于嗟麟兮。

　　　　麟之角，振振公族，于嗟麟兮。

　　詩中「趾」乃蹄子，「定」是額頭。意謂：襟懷坦白的公子就像麟一樣仁厚，不用蹄子踢人；襟懷坦白人的子孫就像麟一樣仁厚，不損人；襟懷坦白人的子孫就像麟一樣仁厚，不用角觸碰人。

　　四靈之「龜」亦稱為靈龜。《爾雅·釋魚》：「一曰『神龜』，二曰『靈龜』。」郭璞注曰：「涪陵郡出大龜，甲可以卜，緣中文似玳瑁。俗呼為『靈龜』，即今『蟕蠵龜』。」因龜被視為靈物，古人用龜甲占卜，以判凶吉。《左傳·昭公五年》：「龜兆凶吉」。《尉繚子·武議》：「合龜兆，視吉凶，觀星辰風雲之變。」《禮記·禮表》：「是以不廢日月，不違龜筮，以敬事其君長，是上不瀆於民，下不瀆於上。」龜，龜被神化之後，山城亦因之而得名為「龜山」、「龜城」。

　　《山海經·中山經》記曰：

　　　　又東南一百三十里……曰龜山……其上多黃金，其下多青雄

　　黃，多扶竹。

　　「龜山」又被稱之為「蛇巫」之山。《海內北經》：

　　　　蛇巫之山，上有人操杯而東向立。一曰龜山。

　　據傳，戰國時，秦國張儀、司馬錯取蜀後，在成都築城，屢頹不立，時有大龜從江中出現，周行旋走，人以為神異，遂隨其所行走的路線築城。旋築即立，穩固而堅。由於緣龜而成城，此城即以龜而命名。五代蜀太后徐氏曾因遊覽此地而作七絕《題天迴驛》：

　　　　周遊靈境散幽情，千里江山暫得行。

　　　　所恨風光看未足，卻驅金翠入龜城。

　　詩中所提「龜城」，亦即成都的別名。

　　《尚書》稱龜為靈物，《周易·繫辭上》記曰：「河出圖，洛出書。」相傳伏羲氏時，有龍馬從黃河出現，背負「河圖」；有神龜從洛水出現，背負「洛書」。此二物皆為天授神物。漢儒孔安國認為，「河圖」即「八卦」；「洛書」即「洪範九疇」。漢代張衡《東京賦》：「龍圖授羲，龜書畀姒。」唐宗楚客《詠洛水》：「彩旗臨鳳闕，翠幬遶龜津。」「龜書」、「龜經」皆出自《周易》「河出圖，洛出書」之語。古代還設置專職，掌管六龜之屬，若有祭祀，則奉龜以往。而此類官員又稱為「龜人。」他們有的專門從事龜卜算卦之業，《淮南子·

說山訓》記曰：「神龜能夢見元王，而不能自出漁者之籠」。《莊子‧外物》亦載：神龜為漁者余且捕獲，託夢於宋元王，元王令余且獻龜，殺龜取殼，用於占卜，皆靈驗。龜人也有的從事理術研究。

龜人所出的此類專著名曰「龜經」。如《隋書‧經籍志》中即有《龜經》一卷，係晉代掌卜大夫史蘇撰著。《新唐書‧藝文志》記載，柳彥詢、柳世隆著有《龜經》各三卷，劉寶真、王弘禮、莊道明、孫思邈各著《龜經》一卷。

《宋史‧兵志》記載：「戰國時，大將之旗以龜為飾，蓋取前列先知之義，今中軍亦宜以龜為號，其八隊旗，別繪天、地、風、雲、龍、虎、鳥、蛇。」漢代典制，高官的印紐皆刻龜形。《漢官舊議》：「中二千石，二千石銀印青綬，皆龜紐。」《補遺》：「列侯印黃金龜紐，文曰印；丞相、大將軍黃金印龜紐，文曰『章』，其他大臣銀印，皆龜紐，其文刻『某官之章』。」而元龜與九鼎並稱為「龜鼎」。《漢書‧宦者傳序》：「自曹騰說梁冀，竟立昏弱。魏武因之，遂遷龜鼎。」其注曰：「龜鼎，國之守器，以喻帝位」。

古代關於龜類的故事很多，中國古代視龜為通神之靈物，故而有了郭子橫《洞冥記》中的「神龜萬歲」；與物老成精的觀念相結合，就出現了孔約《志怪》中的「龜女戲人」；「佛法東來」、「鱉報佛恩」（道世《法苑珠林》）中的放生觀念滲入，就產生「孔愉救龜得祿」（干寶《搜神記》）的故事；而「韋丹放黿」（薛漁思《原化記》）中，黿精竊天機以授恩人，就把放生報恩與通達神意融合起來。龜的神靈觀念，龜通人意的觀念，成為了後來神龜故事的原型。充滿生機的動態的原型，不斷地融會歸納，其中所蘊涵的文化意義也不斷地豐富深化，表達了更大的文化主題。

圖騰信仰除了「四靈」之外，還有仙鶴、瑞鹿、喜鵲、鴿子、鯉魚、虎、象、羊、牛、馬、犬、豕等。如關於仙鶴的傳說，《集仙錄》載曰：

> 王氏女者……及曉歸，坐於門右片石之上，題絕句曰：「玩水登山無足時，諸仙頻下聽吟詩。此心不戀居人世，唯見天邊雙鶴飛」。此夕奄然而終。及明，有二鶴棲於庭樹，有仙樂盈室，覺有異香。遠近驚異，共奔看之。鄉人以是白於湖洑鎮吏詳驗，鶴已飛去，因囚所報者。裴及劉焚香告之曰：「汝若得道，卻為降鶴，以雪鄉人，勿使其濫獲罪也」。良久，雙鶴降於庭，旬日又降。葬於桂岩之下，棺輕，但聞香氣異常。發棺視之。止衣舄而已。

（四）圖騰禁忌之信仰態度及思維模式

如果說上述圖騰意識是從人與周圍環境之間的親屬關係，從原始宗教的角度反映了我國上古先民的信仰態度與思維模式，那麼弗洛伊德（S.Freud，1856～1939）的圖騰理論則是從心理學的角度闡釋了「動物崇拜」意識，他認為，圖騰的社會歷史根源只不過是原始人為了得到部落統治權而進行鬥爭的標誌而已。他說，在原始人那裡，「兒子們結夥居住在一起，打敗了父親，並且按照當時的習俗，分食了他的屍體」，然而由殺父引起的罪惡感及恐懼感則形成一種難以超越的心理障礙。弗洛伊德還說：「然而對父親的記憶依然存在，某種最初令人畏懼的兇猛野獸被用來當成了父親的替代物」，這就是所謂的「動物圖騰」。它的功用表現在兩個方面：「這種動物圖騰一方面是具有血肉之軀的祖先，是保護整個家族的精靈，另一方面，到慶祝活動到來的那一天，這種動物要遭受到同原始人父親相同的厄運，他將被宰殺，由所有的弟兄們一起享受」。這種圖騰制度被看成了人類歷史上最早的宗教現象。

佛洛伊德在《圖騰與禁忌》一書中，介紹了法國人類學家雷諾在 1900 年對圖騰信仰所整理出來的十二條原則，其中談到：「當動物被用為某一種儀式典禮的犧牲時，它將得到莊嚴的哀悼」。據說古羌人因以羊為圖騰。所以在作戰時，頸上懸羊毛為標誌。巫師在主持祭典時身上也繫羊毛，表示與羊同體，古羌族的宗教活動和儀式主要為祭山和祭天。祭山在農曆三、五月，男性參加，巫師主持誦經，以牛羊為犧牲。祭畢，巫師還要講述民族歷史傳說。

雷諾的另一條原則是，「部落和個人採用了動物的名稱，即圖騰動物」。何星亮在《中國圖騰文化》中談道，古籍中還有許多氏族是以動物為名號的，如少皞部落的鳳鳥氏、玄鳥氏、青鳥氏、丹鳥氏等，太皞部落的飛龍氏、潛龍氏、居龍氏、降龍氏、黃帝部落的熊、羆、貔、貅、虎等。據學者們考證以上各號均為氏族部落的圖騰名稱。雷諾的其他原則如：在某些莊嚴的場合和宗教儀式裏，人們披上了某種動物的皮革。在此情形下，圖騰崇拜仍然存有其作用，因為，它們是圖騰動物；許多部落在他們的軍旗和武器上畫上動物的形態，人們將動物的形態繪到身體上；如果圖騰是一種令人害怕或危險的動物，那麼，他們深信在部落中以它為名的人們能夠免於遭受痛苦；居住在圖騰動物能夠保護和警告它的部落；圖騰動物能夠對部落內的忠貞族人預言未來並作為他們的領導。劉向《列仙傳》中的邗子，與其身邊的神犬，留止山上，往來百餘年，「時下來護其宗族」，「蜀人立祠於穴口，常有鼓吹呼應聲。

西南數千里，共奉祠焉」。

宰殺和享受動物的宗教現象，也許還可從史前文化中找到注腳。鐫刻在在史前岩畫上的很多形象的動物畫。如鹿與鹿類，是仿生形繪的，它們四腳站立於地面。其他的動物則都是頭朝上，四肢騰空地豎繪。但凡豎立之動物，它們邊上都有獵人，手中都拿有張開的或箭已射出的弓，顯然那是一個已經獵到的動物。（參見《史前神格人面岩畫》）岩畫中的射獵物，也許就是弗洛伊德所提到的作為圖騰的動物之一，它們或許與岩畫郊祀中所用的「犧牲」一樣，將遭到被宰殺，由所有祭祀者分享的厄運。弗洛伊德的這一斷論，拓展了圖騰研究的視野，對於圖騰文化的哲學理解具有原創意義。

（五）怪力亂神與圖騰文化之精神交匯

在「三星堆文化」中出現的三千多年前的物怪「鳥腳人像」，其中鳥高五十釐米，人像殘高三一・二釐米，遍體塗有朱砂和黑彩。人像的腳演化成鳥爪，強勁有力，緊緊鉗住下面的鳥頭。以及被視為古蜀先民眼中的神像「大象頭冠」的人像，皆代表性地反映了原始人類對圖騰文化的理解與詮釋，其與上古神話中記錄下來的「怪力亂神」血脈嗣承，精神交匯。

中國民間信仰亂神風氣雖甚熾，但作為正統文化的儒家卻是排斥怪力亂神的。孔子「不語怪力亂神」，他對鬼神的態度是「敬而遠之」。神文化歷來被排斥在經史之外，而流入筆記野史，形成一個與正統文化迥異的世界。

古代涉及到神靈怪異文化的典籍，難以盡述。從先秦神話，到民俗禁忌；從六朝志怪到清代的《聊齋誌異》；從《封神演義》到張南莊的《何典》，即「鬼話連篇錄」，在文學史上，都佔有舉足輕重的地位。這些神文化的珍貴遺產對神話學、民族學、民俗學以及文化人類學等的研究，提供了豐富翔實的資料。

《山海經》這部被稱為「中國小說之最古者」的神話大觀。可謂怪力亂神之源頭。其中「黃帝戰蚩尤」、「鯀禹治水」、「精衛填海」、「夸父逐日」、「刑天舞干戚」等神話尤其著名。《山海經》之用意，乃為「考禎祥變怪之物，見遠國異人之俗」。其歷來為儒者所不重。司馬遷指出「自張騫使大夏之後，窮河源，惡睹所謂崑崙者乎？至《禹本紀》《山海經》所有怪物，余不敢言」。表明了正史與稗官野史者不同的立場。

張志堯先生說：「《山海經》雖萌生於唐虞之際，但只是西漢時列入《藝文》，由於其荒誕奇偉，司馬遷未將其列入正史。這部古籍之最遠而詳者，自當魏以來，許多學者深感『累世不能窮其源，畢生不足究其變。』」儘管在清

代以學問淵博、經術湛深的郝懿行對該經所述山川的地理位置、物產、傳說與歷史典故作了頗權威的箋疏，但對該經之神髓——人首蛇身等諸多人、物合的眾神，因無從說起，也只得避而不談。

張岩先生認為「《山海經》中的鳥獸魚蟲主要是由三種屬性所構成的一個『邏輯互滲』的集合體：一指圖騰制群的祖考神；二指圖騰制群體本身；三指這些部族級群體各身的最高祭中所統一使用物圖騰祭牲」。《山海經》中的許多「怪物」，如九尾之獸、十身之魚、六足之蟲、人面之鳥等等，這些是部落聯盟途中，各氏族、胞族的圖騰合併拼湊的結果。

近代西方人類學家莫爾根等，在美洲印地安人和澳大利亞土著人那裡，發現了近代原始民族中小型部落社會的政治、宗教等成為主導地位的社會文化現象，亦與中國《山海經》的記載相符。有大量現象表明，圖騰的動物形象和「物怪」形狀是一個具有普遍性的客觀事實。由此，證明了《山海經》記載的科學性、真實性和史前歷史性。

《山海經》之類的典籍，雖不為儒者所重，卻在那些心與之會，情與之合的文藝家心中產生了強烈的共鳴。晉郭璞為了「令逸文不墜於世，奇言不絕於今」，宣稱「非天下之至通，難與言《山海》之義矣」。故作《山海經注》。

保存此類神話的典籍又如：劉安《淮南子》，如其中的「女媧補天」、「后羿射日」、「姮娥奔月」、「夏禹治水」、「共工怒觸不周山」等，均有很高的文學價值。魏晉南北朝時期的神話小說如，曹丕《列異傳》、葛洪《神仙傳》，所記俱為道教神仙事蹟，多有服食、修煉、度人等「輔教」之談。

東晉干寶的《搜神記》自序，稱此書之作乃在「發明神道之不誣」，「幸將來好事之士錄其根體，有以遊心娛目而無遊焉」。書中博採奇聞異事，舉凡神仙方術，神靈感應，妖祥卜夢、物怪靈異、神話傳說，無不畢載。其中「干將莫邪」、「李寄斬蛇」、「韓憑夫婦」、「東海孝婦」、「董永織女」、「紫玉韓重」、「宋定伯」、「三王墓」等篇，借助超現實離奇情節表達現實的憎愛和理想，有「鬼之董狐」之譽。其材料來源如序所云：「考先志於載籍，收遺逸於當時」。故書中輯錄了在干寶之前所產生的諸如劉向《列仙傳》、魏文帝《列異傳》、應劭《風俗通》、張華《博物志》之類書中的神怪故事，此外包括子、史諸書中所載的神仙故事。書中還採集了當時的一些傳說，多為魏晉之事，亦有秦漢甚至更古之事。其書是在巫風和宗教（天師道、佛教）盛行的環境下寫成。

　　東方朔的《神異經》，胡應麟認為是「漢人駕名東方朔」。其書仿《山海經》的體例，記述山川道里、奇人異物，如設想東王公與西王母相會於銅拄鳥背之上。「食邪食鬼」，《西北荒經》中的窮奇，「聞人鬥，輒食直者；聞人忠信，則食其鼻；聞人惡逆不善，輒殺獸往饋之。」《西南荒經》裏的訛獸「常欺人，言東而西，言惡而善其肉美食之，言不真矣。」故魯迅謂其「間有嘲諷之辭」。

　　託名於東方朔的另一部神話《十洲記》，成書於曹魏之際。其序云：「漢武帝既聞王母說八方巨海中有祖洲、瀛洲、玄洲、炎洲、長洲、元洲、流洲、生洲、鳳麟洲、聚窟洲等十洲，並是人跡所罕絕處。又始知東方朔非世常人，是以延之麴室，而親問十洲所在，方物之名」。

　　《述異記》卷上所記的神獸「獬豸」，一名為法獸，甚至可以斷獄：「獬豸者，一角之羊也。性知人有罪，皋陶治獄，其罪疑者，令羊觸之」。《晉書》《宋史》和《後漢書·輿服志》等書都提到當時的執法官頭戴獬豸冠。《輿服志》云：「法冠，執法者服之……或謂之獬豸冠。獬豸，神羊，能別曲直，楚王常獲之，故以為冠」。北周庾信《正旦上司憲府》詩中也寫道：「蒼鷹下獄吏，獬豸飾刑官」。表達了對「獬豸」這一神獸的欽佩。

　　東晉王嘉《拾遺記》起於庖犧，迄於東晉石趙。其書所記事雖多標明朝代，多涉及歷史上真人，但大都以為線索，另為生發。末卷專記四海名山，包括崑崙、蓬萊、方丈、瀛洲、員嶠、岱輿、昆吾、洞庭等，間及神仙人物，與《十洲記》相近。此書體例無論是記仙人之事，或寫名山之景，都將其與歷代帝王聯繫起來，以後者求仙、遇仙作為線索來展開記述，而把王朝作為分卷的依據。

　　東漢應劭《風俗通義》亦存有豐富的神話傳說資料。如「女蝸造人」、「李冰鬥蛟」為此兩種故事的最先記錄。其中關於「三皇」、「五帝」，封禪泰山梁甫以及對灶神、稷神和民間祭祀的記述，可見出古代神話在漢代的演變歷程。

　　舊題陶潛撰《搜神後記》，主要內容同於《搜神記》，也多為鬼神靈異一類的故事。其中神仙故事佔有很大的比重。如傳誦千古，家喻戶曉的不朽名篇《桃花源記》，描寫凡人進入神仙洞窟。表現出厭倦攘攘塵世，嚮往世外桃源的傾向。書中亦不乏取材於當世傳聞的新作。如描寫求仙學道的《丁令威》，寫山神物怪的《姑舒泉》，人神之戀的《剡縣赤城》《李仲文女》《徐玄方女》和《崔少府》。

　　魏晉時期張華《博物志》，踵武《山海經》，是一部包括山川地理、歷史人物、方志博物、神仙怪異各種內容的雜家著作。其中如《猴玃》《千日酒》等，前者開唐傳奇《補江總白猿傳》、宋徐鉉《老猿竊女人》、清平山堂話本《陳巡檢梅嶺失渾家》、明瞿祐《剪燈新話‧申陽洞記》之先河；後者寫玄石一醉千日之奇事。

　　晉葛洪《神仙傳‧自序》闡明了其創作緣起：「予著《內篇》論神仙之事，凡二十卷。弟子滕升問曰，『先生曰「仙化可得，不死可學」，古之得仙者豈有其人乎？』予答曰：『秦大夫阮倉所記者有數百人，劉向所撰又七十餘人。然神仙幽隱，與世異流，世之所聞者，猶千不得一者也……』予今復抄集古之仙者見於仙經，服食方及百家之書，先師之說、耆儒所論，以為十卷，以傳知真識遠之士……此傳雖深妙奇異不可盡載，猶存大體，竊謂有愈於劉向多所遺棄也」。

　　據稱西漢劉向的《列仙傳》，已載赤松子、玄俗等共七十二位仙家道人的事蹟，其將各類人物的仙風道骨描寫得栩栩如生。如寫其隱身變化、白日昇天等。然其書實則勸其信徒「仙化可得，不死可學」，乃道家自神其教之作品。

　　此類「自神其教」的作品，還有被道教尊奉的神仙列子。列子所撰之《抱朴子‧雜應》卷十五中。就曾引用「仙經」中的一段話描繪道教始祖太上老君形象，神仙的意味十分濃厚：

> 　　身長九尺，黃色，鳥喙，隆鼻，秀眉長五寸，耳長七寸，額有三理上下徹，足有八卦，以神龜為床，進樓玉堂，白銀為階，五色雲為衣，重疊之冠，鋒鋌之劍，從黃童百二十人，左有十二青龍，右有二十六白虎，前有二十四朱雀，後有七十二玄武，前道十二窮奇，後從三十六辟邪，雷電在上，晃晃昱昱。

　　上述討論不難發現，中國神文化與圖騰觀念、圖騰崇拜這一特殊的文化產物有著割捨不斷的血緣關係。原始圖騰中形成的諸神：神農氏、伏羲氏、軒轅氏、共工、祝融、蚩尤、雷、雨、風、電、禹王、太上老君、西王母等皆是後世博物、鬼神、怪異類神話小說的源頭。神話小說中的怪力亂神具有歷時態文化的積澱特徵，其文化系統在不斷的自我保持與更新中延續與變異，在動態中穩定地發展。概言之，圖騰文化孕育了古代神話小說，而古代小說則進一步傳播了神話。

二、英雄崇拜與古典小說的審美意蘊

在古人看來，介於神和人之間的是英雄，他們往往具有神的血統，具有超乎常人的能力，或者是人間得到神的喜愛和眷顧的能力超凡者。古人以其非凡的形象思維能力，為這些神和英雄構想出許多動人的故事，講述宇宙的產生，人類的出現，英雄們的業績以及神與人類的關係等，內容非常豐富，構成一幅系統、完整的宇宙嬗變史和人類生存的頌歌。這些神話故事、英雄傳說，集中反映了遠古人類把各種外在強大力量形象化的豐富想像力，同時體現了遠古人類為了自身生存而進行的各種頑強鬥爭和勝利，表現出人類對自己的傳奇性祖先的崇拜和理想化。

遠古神話傳說中的英雄主要包括：創世紀英雄如盤古、女媧；創造文明的英雄如后稷、燧人氏、倉頡、軒轅氏；戰天鬥地的英雄如后羿、夸父、精微；為民造福的英雄如愚公、鯀、禹，和反抗暴政的英雄如與黃帝爭勝的刑天等。

（一）創世紀英雄：盤古與女媧

農曆正月十五「盤古聖誕」乃道教節日。關於「盤古開天地」的故事，《太平御覽》卷二援引徐整《三五曆記》曰：「天地渾沌如雞子，盤古生其中。萬八千歲，天地開闢，陽清為天，陰濁為地。盤古在其中，一日九變，神於天，聖於地。天日高一丈，地日厚一丈，盤古日長一丈。如此八萬千歲，天數極高，地數極深，盤古極長……故天地去地九萬里。」〔註3〕

徐整之後，又有託名為梁任昉的，作《述異記》曰：

> 盤古氏，天地萬物之祖也，然則生物始於盤古。昔盤古之死也，頭為四嶽，目為日月，脂膏為江海，毛髮為草木。秦漢間俗說，盤古氏頭為東嶽，腹為中嶽左臂為南嶽，右臂為北嶽，足為四嶽。先儒說，盤古泣為江河，氣為風，聲為雷，目瞳為電。古說，盤古氏喜為晴，怒為陰。吳楚間說，盤古氏夫妻，陰陽之始也。〔註4〕

英雄神盤古的喜怒聲色亦轉化為自然現象。這類神話顯示了初民對「人類創造世界」的恢弘幻想。

清人馬驌《繹史》引徐整《五運曆年記》：

〔註3〕徐整：《三五曆記》，《太平御覽》卷二。「盤古開天地」之說亦載於《藝文類聚》卷一。

〔註4〕任昉：《述異記》，卷上。

－102－

> 首生盤古，垂死化生，氣成風雲，聲為雷霆，左眼為日，右眼
> 為月，四肢五體為四肢五嶽；血液為江河，經脈為地理，肌肉為田
> 土，髮髭為星辰，皮毛為草木，齒骨為金石，精髓為珠石，汗流為
> 雨澤；身之諸蟲，因風所感，化為黎甿。〔註5〕

徐整在盤古開天闢地的基礎上，進而衍生出山川田土、日月星辰、雨露甘澤、金石珠寶——它們皆為盤古身體的某一部分轉化而成。連人類「黎甿」也是盤古身之諸蟲演變的。盤古將他那九萬里的巨大身軀，完全貢獻給了創造宇宙萬物的偉業。

農曆正月初六「女媧誕辰」乃道教節日。在中國影響深遠的人類起源神話是關於女媧造人的故事。「人頭蛇身」的女媧是古代長江流域普遍崇拜的始祖神，後道教將其奉為道教神。女媧完成了兩項偉業：「造人」和「補天」。漢人應劭《風俗通義》：

> 俗說天地開闢，未有人民。女媧摶黃土作人，劇務，力不暇供，
> 乃引繩於黃絙泥中，舉以為人。故富貴者，黃土人也；貧賤凡庸者
> 絙人也。〔註6〕

魯迅的《補天》釋曰，女媧所引之繩，是她「信手一拉，拔起一株從山上長到天邊的紫藤」。女媧將紫藤伸進泥潭，攪混泥漿，向四面揮灑，泥點濺落，變成了許許多多活蹦亂跳的小人，為免除無休止的造人勞作之苦，於是，女媧又為人類創制婚姻。她把男人和女人混合起來，讓他們自己去繁衍後代。《風俗通義》道：「女媧禱祀神，祈而為女媒，因置婚姻」，女媧「以其載媒，是以後世有國，是祀為皋禖之神」，受到人們的崇敬。這一瑰麗的傳說，曾經被用以解釋人類起源的奧秘。

關於女媧創造人類的傳說，唐李冗《獨異志》記曰：

> 昔宇宙初開之日，有女媧兄妹二人，雜崑崙山，而天下未有人
> 民。議以為夫妻，又自羞恥。兄即與妹上崑崙山，咒曰：「天若遣我
> 二人為夫妻，而煙悉合；若不，使煙散。」於煙即合。其妹即來就
> 兄，乃結草為扇，以障其面。今時取婦執扇，象其事也。〔註7〕

〔註5〕馬驌：《繹史》卷一。
〔註6〕應劭：《風俗通義》《太平御覽》卷七八引《風俗通義》，據袁珂《古神話選譯》
　　　　第二十頁。
〔註7〕唐李冗：《獨異志》，卷三。

以兄妹結為夫妻，反映了原始社會最古老、原始的家庭形式。恩格斯在《家庭、私有制和國家的起源》中指出這種血緣婚配的狀態，體現了「從動物狀態向人類狀態的過渡相適應的雜亂的性交關係的時期」。

清《峒谿纖志》曰：「苗人臘祭曰報草。祭用巫，設女媧、伏羲位。」

女媧不僅創造了人類，還創造了神。《山海經・大荒西經》道：

> 有神十人，名曰女媧之腸。化為神，處栗廣之野。

女媧還具有樂器創作的才能。據秦漢間《世本・作篇》稱：

> 女媧作笙簧。

至此，人類可用這種樂器來演奏、自娛。

女媧還建立了另一項偉業──補天。關於女媧補天的神話，有兩種說法。一是共工觸倒不周山，天地一片混沌，女媧起來補救。《史記》《三皇本紀》《論衡》皆持此說。另一說法，則把共工觸不周山置於女媧補天之後。女媧所補之天，乃開天闢地時留下的缺陷。如《列子・湯問》：

> 天地亦物也，物有不足，故昔者女媧煉五色石以補其缺，斷鼇之足以立四極。其後共工氏與顓頊爭為帝，怒而觸不周之山。〔註8〕

郭沫若的《女神之再生》即取此說。記載女媧補天故事最詳細的是《淮南子・覽明訓》：

> 往古之時，四極廢，九州裂；天不兼覆，地不周載；火焰焱而不滅，水浩洋而不息；猛獸食顓民，鷙鳥攫老弱。於是女媧煉五色石以補蒼天。斷鼇之足以立四極，殺黑龍以濟冀州，積蘆灰以止淫水。蒼天補，四極正淫水涸，冀州平；狡蟲死，顓民生；背方州，抱圓天……當此之時，禽獸蝮蛇，無不匿其爪牙，藏其螫毒，無有攫噬之心。〔註9〕

《說文》指出：「媧，古之神聖女，化萬物者也。」《山海經・大荒西經》郭璞注：「女媧，古神女而帝者。」《淮南子・說林訓》稱：

> 黃帝生陰陽，上駢生耳目，桑林生臂手，此女媧所以七十化也。

由此看來，女媧已成為中國神話系統中的人類創造之神、婚姻之神、創神之神，與音樂之神，古典小說中的女媧被塑造成人類的始祖。從女媧的事蹟看來，她很可能是中國最古老的開天闢地之神，是世界萬物的化育者。後

〔註8〕《列子・湯問》，第五。

〔註9〕《淮南子・覽明訓》，華夏出版社，2000年版。

來，由於父權制的興起，男性開闢神崛起，盤古便取代女媧之位，成為打破渾沌、創造天地的大神，而女媧僅以人類創造神的資格，傳之後世。女媧的形象，可以折射出史前母系氏族社會的生活情景。表現了婦女在人類社會發展的那一重要階段所起的決定性作用。

女媧補天是原始人類借助想像構思出來的一個使大自然回歸正常秩序的神話。女媧「煉五色石以補蒼天。斷鰲之足以立四極，殺黑龍以濟冀州，積爐灰以止淫水。」之形象，給人以力量和崇高感，體現了華夏古國的強大、堅實和不可動搖。

女媧之功績正如《淮南子・覽冥訓》所云：「考其功列，上際九天，下契黃壚；名聲被後世，光輝重萬物」。然而隨著父權制的興起，男性開闢神的崛起，盤古終於取代了女媧的地位，成為了唯一創造天地之神，女媧僅以人類創造神的面貌傳之於後世。

（二）創造人類文明的英雄：神農、后稷、叔均、燧人氏、倉頡、契、伏羲氏與軒轅氏

創始人崇拜起源於原始社會。上古文獻與傳說中的有巢氏、隧人氏、神農氏，實際上反映了原始時代人們對房屋、用火、造字和農業發明者的崇拜。《禮記・祭法》曰：「夫聖王之制，祭祀也，法施於民則祀之，以死勤事則祀之，以勞定國則祀之，能禦大災則祀之，能捍大旱則祀之」。古之神農、伏羲、后土、后稷、堯、舜、大禹等雖為歷史人物，卻被後代神化，祭祀不絕。

神農，傳說中的上古帝王，是先秦兩漢時代納入正統祀典中的創始神。又名先農氏、烈山、田祖，是後人對最早發展農業的氏族的追稱。始發明農具，教民耕作，又嘗百草，發現藥材，教民治病。他身兼農業和醫藥之神職。

《周易・繫辭下》：

> 神農氏作，斲木為耜，揉木為耒。耒耨之利，以教天下，蓋取諸益。〔註10〕

《管子・輕重戊》：

> 神農作書五穀淇山之陽，九州之民，乃知穀食，而天下化之。

《尸子》：

> 神農氏並耕而王，所以勸耕也。

〔註10〕《周易・繫辭下》，第八。

《搜神記》卷一：

> 神農以赭鞭鞭百草，盡知其平毒寒溫之性，臭味所主。以播百
> 穀，故天下號神農也。〔註11〕

周人的始祖后稷，名棄。其母姜嫄氏，炎帝後，為高辛之世妃。她踏上了
天帝的巨跡「履帝武敏」，因感應而懷孕，生下后稷。《史記‧周本紀》記載：

> 棄為兒時，屹如巨人之志。其遊戲，好種樹麻菽，麻菽美。及
> 為成人，遂好耕農。相地之宜，宜穀者稼穡焉。民皆法則之。帝堯
> 聞之，舉棄為農師，天下得其利，有功。帝舜曰：『棄，黎民始饑，
> 爾后稷播時百穀。』封棄於邰，號曰后稷，別姓姬氏。〔註12〕

由於稷發明農業，造福於人類，他在中國初民心目中的地位十分崇高。
被尊為谷神。《淮南子‧人間訓》贊曰：

> 田野不修，民食不足，后稷乃教之辟地墾草，糞土種穀，令百
> 姓家給人足。〔註13〕

《詩經‧思文》贊曰：

> 思文后稷，克配彼天，立我蒸民，莫匪爾極。

后稷發明農業之後，叔均又繼之始作耕，被尊為田祖，《山海經‧大荒西
經》載曰：

> 在西周之國，姬姓，食穀。有人方耕，名曰叔均。帝俊生后稷，
> 稷降以百穀。稷之弟曰臺璽，生叔均，叔均是代其父及稷播百穀，
> 始作耕。〔註14〕

《大荒北經》曰：

> 蚩尤作兵伐黃帝，黃帝乃令應龍攻之冀州之野。應龍畜水。蚩
> 尤請風伯雨師，縱大風雨。黃帝乃下天女曰魃，雨止，遂殺蚩尤。
> 魃不得復上，所居不雨。叔均言之帝，後置之赤水之北。叔均乃為
> 田祖。〔註15〕

黃帝，乃五帝之尊，被漢民族尊為祖神，在中華民族心理上有著崇高的
地位《史記‧五帝本紀》曰：

〔註11〕《搜神記》卷一，外文出版社，2004年版。
〔註12〕《史記‧周本紀》卷四，中華書局，2005年版。
〔註13〕《淮南子‧人間訓》，廣州出版社，2004年版。
〔註14〕《山海經‧大荒西經》，雲南科技出版社，1995年版。
〔註15〕《山海經‧大荒北經》，雲南科技出版社，1995年版。

黃帝者，少典之子，姓公孫，名曰軒轅。生而神靈，弱而能言，幼而徇齊，長而敦敏，成而聰明。軒轅之時，神農氏衰，諸侯相侵伐，暴虐百姓，而神農氏弗能征。

於是軒轅乃習以干戈，以征不享，諸侯咸來賓從。而蚩尤最為暴，莫能伐。炎帝欲侵凌諸侯，諸侯咸歸軒轅。軒轅乃修德振兵，治五氣，藝五種，撫萬民，度四方，教熊羆貔貅貙虎，以與炎帝戰於阪泉之野。三戰，然後得其志。蚩尤作亂，不用命。於是黃帝乃征諸侯，與蚩尤戰於逐鹿之野，遂擒殺蚩尤。而諸侯咸尊軒轅為天子，代神農氏，是為黃帝。《五帝本紀》曰：「時播百穀草木，淳化鳥獸蟲峨，旁羅日月星辰水波土石金玉，勞勤心力耳目，節用水火財物。有土德之瑞，故號黃帝」。

緯書政治神話提到黃帝軒轅氏以火德王天下後始建屋宇、取法天地建立官制、建立禮制之名。《拾遺記》卷一亦提到了其有關發明：

軒轅……考定曆紀，始創書契……變乘桴以造舟檝，水物為之祥踴，滄海為之恬波……吹玉律、正璿衡，置四使以主圖籍，使行之士以統萬國。

在古老的文獻、傳說中，發明用火的先哲主要有「錯木作穴，天乃大流火」的伏羲，有「鑽燧易火」的黃帝，更為家喻戶曉的是「鑽燧取火，以化腥臊」的燧人氏。《禮記·禮運》記載：「昔者……未有火化，食草木之實，鳥獸之肉，飲其血，茹其毛」。《韓非子·五蠹》亦稱：「上古之世，人民少而禽獸眾……民食果蓏蚌蛤，腥臊惡臭，而傷害腹胃，民多疾病」。於是，火的發明應運而生。緯書記載了燧人氏教人鑽木取火之事，梁蕭統《拾遺記》的記載更富於神話意味：

遂明國不識四時晝夜，有火樹名遂木，屈盤萬頃。後世有聖人，遊日月之外，至於其國，息此樹下。有鳥類鴞，啄樹則燦然火出。聖人感焉，因用小枝鑽火，號燧人。

這個故事雖然蒙上了一層神秘的面紗，但也包含著某種合理的因素，即這一取火的方法是從自然界中得到的啟示。

此外，中國古代關於文字發明的記載有庖犧氏上觀天象，下察地貌，兼及鳥獸之狀，「始作八卦」之說；有「神農作卦」的傳說；有伏羲氏「畫卦結繩」的傳說，流傳更廣的是「倉頡造字」的傳說。這一記載，使「由文字的發

明及其應用於文獻記錄而過渡到文明時代。」〔註16〕

據說倉頡是黃帝的史官，他參照「鳥獸蹄迒之跡」，「初造書契」。《淮南子·本經訓》記載了倉頡造字的神話：「昔者倉頡作書，而天雨粟，鬼夜哭。」高誘注：「倉頡始視鳥跡之文造書契，則詐偽萌生，詐偽萌生則去本趨末，棄耕作之業而務錐刀之利。天知其將餓，故為雨粟，鬼恐為書文所劾，故夜哭也」《漢學堂叢書》輯《春秋元命苞》稱：倉帝史皇氏名頡，姓侯岡，龍顏侈哆，四目靈光，實有睿德，生而能書。於是窮天地之變，仰觀奎星圓曲之勢，俯察龜文鳥羽山川，指掌而創文字，天為雨粟，鬼為夜哭，龍乃潛藏。

（三）為民造福的英雄：鯀、禹、愚公

古典神話以誇張、幻想的手法，創作出的一系列征服自然的神話，它們構成上古神話中最有價值、最為動人的部分。這些神話充滿了認識世界、改造世界的信心和樂觀精神，洋溢著不屈從於命運的戰鬥精神和無可阻遏的進取意志，補天、射日、逐日、移山、填海，正是這種精神與意志的體現。它激勵著初民披荊斬棘，跨越艱難險阻，去追逐美好的理想。

在堯舜當政之時，曾出現過一個「洪水時代」《尚書·堯典》記曰：

湯湯洪水方割，蕩蕩懷山襄陵，浩浩滔天。

《孟子·滕文公上》：「當堯之時，天下猶未平，洪水橫流，泛濫於天下，草木暢茂，禽獸繁殖，五穀不登，禽獸逼人。獸蹄鳥跡之道交於中國。」

《滕文公下》：「當堯之時，水逆行，泛濫於中國，蛇龍居之，民無所定，下者為巢，上者為營窟。」

泛濫於中原的洪水，給人類帶來了巨大的災難。於是古典小說中又有了黃帝的孫子——鯀戰勝洪水的英雄事蹟。《山海經·海內經》記載：

洪水滔天，鯀竊帝之息壤以堙洪水，不待帝命。

相傳鯀曾向黃帝懇求收回洪水，讓天下百姓生活安定。但遭到拒絕。鯀於是決定去偷取神土——息壤，用那無限生長的息壤來湮塞洪水。黃帝得知鯀偷取息壤之事，十分震怒，命令火神祝融懲辦鯀。將鯀殺於羽山之郊。鯀三年死不瞑目。黃帝又令祝融用「吳刀」將鯀的腹切開，鯀復生禹。《山海經·海內經》：「帝令祝融殺鯀於羽郊，鯀復生禹。」郭璞注引《開筮》：「鯀死三歲不腐，剖之以吳刀，化為黃龍也。」《國語·晉語》則稱：「化為黃熊以入於羽

〔註16〕恩格斯：《家庭、私有制和國家的起源》。

淵」。無論化為黃龍或是黃熊，皆表達了初民們對這位為人民利益而獻身的英雄的深深熱愛和懷念。

如果說鯀是一位失敗的、悲劇性的英雄，那麼禹則是一位成功的戰勝了洪水的英雄。他驅逐了興動洪水的共工，殺死了九頭怪物相柳，擒拿了惡獸無支奇，戰勝了種種山妖、石怪、木魅、水靈；同時又得到了應龍、烏龜、河精，以及天神童律、烏木由、庚辰等的幫助，以及妻子——女嬌塗山氏的支持，《孟子·滕文公》記曰：禹「盡力溝洫，導川夷岳」，「疏九河，瀹濟漯而注諸海，決汝漢、排淮泗，而注之江，然後中國可得而食也」。《史記·夏本紀》記載：「禹居外十三年，過家門不敢入」。《史記·禹本紀》道，上蒼為了表彰禹治水的功績：「是時天雨金三日，雨稻三日三夜」。

大禹治水的精神「可謂縱橫八極，貫通人神」。《左傳·昭公元年》贊曰：「美哉，禹功！明德遠矣。惟禹，吾其魚乎！」《書·洪範》云：「其子乃言曰：『我聞在昔鯀堙洪水，汩陳其五行，帝乃震怒，不畀洪範九疇，彝倫攸斁，鯀則殛死。禹乃嗣興，天乃賜禹洪範九疇，彝倫攸敘』。」《史記·夏本紀》曰：「禹為人敏給克勤，其德不違，其仁可親，其言可信，聲為律，身為度，稱以出，亹亹穆穆，為綱為紀……禹傷先人父鯀功之不成受誅，乃勞身焦思，居外十三年，過家門不敢入。薄衣食，致孝於鬼神。卑宮室，致費於溝淢……左準繩，右規矩，載四時，以開九州，通九道，陂九澤，度九山……禹乃行相地宜所有貢，乃山川之便利。」《詩經·韓奕》：「奕奕梁山，維禹甸之」，《文王有聲》：「豐水東注，維禹之績」。禹之情結，已深深地根植於華夏民族的文化心理之中。此類包含丰韻人文精神的祖先神話，是古人按照自身特徵塑造的英雄神，其審美意蘊決非單純地表現對神或英雄的抽象崇拜，而是籍以體現人類自身力量及民族精神。

此外古代著名的英雄神話「愚公移山」的傳說，故事內涵豐富，極富想像力。充分顯示了人類征服和改造大自然的宏偉氣概。

（四）戰天鬥地的英雄：精微、夸父與后羿

「精微」是傳說中炎帝（神農氏）的小女兒。據《山海經·北山經》記載：「女娃遊於東海，溺而不返，故為精衛。」精衛鳥「常銜西山之木石，以堙於東海。」其銜木石的目的是為了報仇，因為它是淹死在東海裏邊的，變成鳥以後想用木石把東海填平。《精衛填海》的神話，刻畫了一個意志頑強、英勇不屈的精衛鳥形象，反映了遠古人民征服自然、與自然作鬥爭的百折不

撓的堅毅精神。

六朝人纂輯的《述異記》記曰：（精衛鳥）「一名誓鳥，一名冤禽，又名志鳥。」所謂「誓鳥」，意謂它對危害自己生命的自然力，發誓要報仇，不達目的決不罷休。「冤禽」，是說它死得冤枉，「志鳥」，是說它很有志向。這些別名都表達了古人對它的精神的讚揚，和對威脅他們生存的自然力的一種仇恨，以及他們誓死要與自然進行鬥爭的決心。陶淵明在《讀山海經》的詩中寫道：「精衛銜微木，將以填滄海。」傳達出其神話洋溢著一種悲壯的氣氛和巨大的感人力量。

英雄夸父的形象見於《山海經·海外北經》。述說英雄夸父追逐太陽，竟敢與日競走。古代原始人的神話，一般都是表達生活中的實際願望的，他們認為日神應該忠於職守，永遠照耀在天上，為人類照明送暖。而太陽每天東升西落，來去匆匆。在他們看來，太陽神是故意向人類刁難。這當然是人們的推測，於是就幻想出一個逐日的故事。故事述說夸父接近太陽的時候，被灼烤得十分乾渴，於是，「飲於河渭，河渭不足北飲大澤。」充分表現了夸父與日「逐走」的辛勞和必然揮汗如雨的巨大體力消耗。同時，夸父吞河飲渭的神奇描寫，也向我們展示了一個敢於與日逐走的巨人形象。原始人通過這個悲劇故事，寫出了他們與大自然作鬥爭的堅強意志和大無畏的英雄氣概。尤其感人的是，夸父在他犧牲之後，還「棄其杖，化為鄧林。」這種至死不忘為後人造福的精神，以自我犧牲為後繼者開拓成功之路的精神，正是我們民族幾千年來偉大鬥爭精神的折射。這樣一個想像，更把英雄夸父至死不忘後人的高貴品德和美好心靈表現了出來。

后羿射日的神話在我國古代神話中也是非常有名的。它見於《淮南子·本經訓》和《山海經·海內經》。《論衡》的《對作篇》《感虛篇》亦有引述。據《淮南子·本經訓》載，帝堯時代：

> 十日並出，焦禾稼，殺草木，而民無所食，猰貐、鑿齒、九嬰、大風、封豨、修蛇，皆為民害。堯乃使羿誅鑿齒於疇華之野，殺九嬰於凶水之上，繳大風於青丘之澤，上射十日而下殺猰貐，斷修蛇於洞庭，擒封豨於桑林。萬民皆喜，置堯以為天子。

后羿射日，頌揚了為民除害的英雄神后羿，曲折地反映了人類在遇到旱災、風災、蟲災、獸災這樣一些自然災害的時候，希望有個英雄神出來代他們除去這些災害。同時也反映了當時的人民戰勝各種災害的迫切願望。故事

把戰勝一切自然災害，寄託在一個善射者的身上，亦表現原始人對於新的發明創造的讚美之情。

（五）反抗暴政的英雄：與黃帝爭勝的刑天

古代神話中的神，除了具有與人一樣的形貌外，還具有與人相近似的情感性格和心理特徵。他們也像凡人一樣地思想和生活，像凡人一樣地喜怒哀樂，互相也矛盾、敵視、爭鬥……古人無論從哪個方面塑造神，實際上都是在體現人類自身、人本精神與美好的理想。「刑天與黃帝爭勝」的故事，就是努力塑造作為反抗天帝暴政的鬥士形象，展現出生命的活力與價值。刑天曾是神農時代的樂工。他受神農之命曾創作「扶犁」與「豐年」之樂：《路史·後記》記載：

> 神農乃命刑天作「扶犁」之樂，制「豐年」之詠，以薦釐米，是曰「下謀」。

也許是黃帝對下層人民的壓迫漸趨酷烈，終於激起刑天的反抗，開始了一場以刑天為代表的下層人民與天帝爭奪神位的戰鬥。經過一番交手，黃帝打敗了刑天，將刑天的頭斬落。刑天本無名，因其斷頭，而頭顱、頂，亦即「天」意，故名「刑天」。刑天被斬首之後，被黃帝葬於常羊山上。但刑天頭顱雖斷，反抗天帝暴政的鬥志仍不屈不饒。《山海經·海外西經》：

> 刑天與帝至此爭神，帝斷其首，葬之常羊之山，乃以乳為目，以臍為口，操干戚以舞。

這一神話給我們展示了這樣一種境界：死亡不是鬥爭的終結，反抗強暴的信念，支持著人們與惡勢力奮戰不息。陶淵明曾讚賞刑天的鬥爭精神：「刑天舞干戚，猛志固常在。同物既無慮，化去不復悔。」刑天「以乳為目，以臍為口，操干戚以舞」不屈不撓的戰鬥者姿態，顯示出其內心自恃而自信，凸現出一種理想的美，其形象中蘊藏著飽滿的生命活力。至今仍能給人以莫大的藝術享受。

從創世神話到英雄神話，是一個由神而人的演進過程，也是一個神性逐漸退隱，人性逐漸凸現的遞進過程，它是人類原始悟性文化向理性文化靠攏的早期階段。文明時代的人類不僅依然迷戀於神話英雄，同時也滿懷深情地塑造、謳歌他們心目中理想的、超凡的、崇高的英雄，從中汲取人性所渴望的精神要素，審美的憑籍、啟示的符號與生命的向力。

這一審美憑籍，亦即產生出文明時代的英雄範式；愛國主義、挑戰邪惡、勇武多謀，和替天行道之英雄。

1. 愛國主義英雄

戰國後期，偉大的愛國詩人屈原（約公元前 340～278）就在《國殤》中，以激越的感情、壯烈的戰鬥場面的描寫，謳歌了楚國衛國將士們的英雄氣概，表達了對為國捐軀的楚國將士們的崇敬：

> 天時懟兮威靈怒，嚴殺盡兮棄原野。出不入兮往不反，平原忽
> 兮路遙遠。帶長劍兮挾秦弓，首身離兮心不懲。誠既勇兮又以武，
> 終剛強兮不可凌。身既死兮神以靈，子魂魄兮為鬼雄。

這首充滿愛國主義、英雄主義的詩篇，剛健質樸、雄渾悲壯，具有震撼人心的藝術感染力。屈原本人即為愛國主義的典範。作為一個偉大的愛國者、愛國詩人，他同樣為後世所景仰。千百年來，在反抗強暴、維護正義、維護祖國利益和尊嚴的鬥爭中，人們總是記起屈原，並從他那裡獲得鼓舞與力量。屈原的精神和品質，他那用整個生命譜寫成的激動人心的詩篇，滋育了一代又一代進步作家。司馬遷在《史記·屈原列傳》中說：「余讀《離騷》《天問》《招魂》《哀郢》，悲其志，適長沙，觀屈原所自沉淵，未嘗不垂涕，想見其為人。」司馬遷在遭到冤屈受到刑法以後，即以「屈原放逐，乃賦《離騷》」，堅持寫完了自己的不朽巨著《史記》。李白蔑視權貴、反抗現實的鬥爭精神，正是屈原精神的感召。李白道：「屈平詞賦懸日月，楚王臺榭空山丘。」以鮮明的對比，肯定了屈原的不朽。杜甫在《戲為六絕句》中道：「竊攀屈宋宜方駕，恐與齊梁作後塵。」亦表現了對屈原精神的敬仰。

我國歷代詩人、作家，在遭遇民族壓迫的時代就寫出慷慨激烈的愛國篇章。在黑暗的政治時代，他們堅持理想、堅持鬥爭、崇尚節操、憎愛分明，甚至在政治鬥爭中犧牲了他們的生命。這種偉大精神在文學史上亦始於屈原。

2. 挑戰邪惡的英雄

後世神話中，敢於、善於挑戰邪惡的代表人物，堪稱明代《西遊記》中的孫悟空。從孫悟空身上，我們不難看到「石中生人」的夏啟、「銅頭鐵額」的蚩尤、「與帝爭位」的刑天，以及淮渦水怪無支祁的影響。魯迅指出，孫悟空就是上古神話中有牛猴二形的「無支祁」形象的移植。至於《西遊記》的積極浪漫主義的風格，更與上古神話一脈相承。《西遊記》以瑰麗的想像，描寫了一個天界佛國的神奇世界；又以高揚的人的主體意識，笑傲鬼神佛道的機智靈敏和俯視三界的宏偉氣魄，鞭撻了世間的偽善和卑鄙，歌頌了人們心目中的理想英雄，譜寫出了一曲人生奮鬥的讚歌。

孫悟空出世時，「目運兩道金光，射衝斗府」。他一出世，便驚動了天上的神仙世界。之後，他又發現了水簾洞，被群猴尊為美猴王。在這仙山福地、古洞神州，美猴王過著不伏麒麟轄，不伏鳳凰管，自由自在的生活。他有著騰雲駕霧、七十二般變化，降龍伏妖的神通。並以「天生聖人」的英雄形象向天上的神權挑戰。孫悟空闖龍宮、鬧地府、偷蟠桃、竊仙丹、戰天兵、鬥鬼神，高舉著「玉帝輪流坐，明年到我家」的叛逆旗幟，所向無敵。在大鬧天宮中，他不承認天之獨尊，更不理會天國任何的威嚴和秩序。在玉皇大帝面前，他也只是「唱個大喏」。他偷蟠桃、盜御酒、竊仙丹，並假傳聖旨，愚弄赤腳大仙，把個堂堂天國鬧得不亦樂乎。從八卦爐中逃出後，他一條金箍棒「打得那九曜星閉門閉戶，四天王無影無形」，並且公然聲稱：「皇帝輪流做，明年到我家。」表現了大無畏的叛逆精神。

孫悟空形象，把讀者領入先民曾經有過的那種深厚的情感體驗之中。神話世界巨大的力量，使作者從現實世界中超越出來，獲得精神寄託與力量，籍以傳達對不公平的世界的厭棄，和對神話世界的皈依。作為封建時代的英雄。孫悟空不僅敢於鬥爭，而且善於鬥爭，具有百折不撓的進取意志和樂觀精神。他的這種富有抗爭與進取精神的嶄新人格，既根植於我們民族不畏強暴、頑強進取的性格土壤之中，又是對民族性格的開拓與展望。

同樣寫於明中葉的神魔小說《封神演義》，書中塑造的哪吒，是位敢說敢幹的少年英雄。他胸戴紅兜肚，腳踏風火輪，往來於天上人間、陸地海洋。「哪吒鬧海」，表現了他天不怕，地不怕的精神。他打死龍王的三太子，龍王到玉皇大帝那兒去告他，他立即趕到南天門，把龍王也痛打一頓。抓下龍王的鱗甲，弄得龍王「鮮血淋漓，痛傷骨髓」，又逼迫龍王變為小蛇，他隨身帶走，不讓龍王告狀。其父李靖怕受連累，哪吒就剜腸剔骨，把骨肉還給父母，顯現其毫無妥協的叛逆精神。

3. 勇武多謀的英雄

人們心目中的理想英雄，與古之神農、伏羲、后土、后稷、堯、舜、大禹等歷史人物一樣，往往被後世神化。後世祭祀不絕的聖賢，最典型的是孔子、孔明、關公、岳飛。古代功臣聖賢崇拜，一般是將功臣神主配祭於先王宗廟。《周禮·司勳》：「凡有功者，祭於大烝，司勳告之」。周代協助武王滅商的呂尚，不僅大亨從祭，而且還封為齊國國君，齊人稱為「太公」。《史記·封禪書》載，漢初大封功臣。也有「祭功臣於廟庭」的制度，還建麒麟閣，畫有大

功臣肖像。據說秦統一中國時，雍有「九臣」、「十四臣」廟。

功臣世世代代受到隆重崇拜，最典型的莫過於家喻戶曉的南宋抗金名將岳飛。他精忠驍勇，屢建戰功，卻被姦臣秦檜陷害致死。孝宗時諡武穆，人們尊為岳武穆王，宇宗時追封為鄂王。後人在西湖岳飛冢建岳王廟，歷代香火不絕。

歷史上被神化的忠臣、勇將關公，名羽字雲長，三國蜀將。有「萬人之敵，為世虎臣」之稱，並有「國士之風」。關羽以其勇武忠義的性格，深受崇拜。歷代帝王對他一封再封，宋徽宗時封為「忠惠公」、「義勇武安王」，明萬曆間封為「三界伏魔大帝」，且年年致祭。清代關帝廟遍及全國各地，僅北京城內就有百餘處。佛教尊他為枷藍神，「蓋天古佛」；道教則奉為能降神助威的「關聖帝君」，成為神人之極至。關羽還具有儒將風度，「兼通經史」，深明《春秋》大義。

關羽事蹟不僅傳於《三國演義》，而且已成為歷代詩人筆下歌詠的主題，唐詩中，如岑參的《東歸留題太常徐卿草堂》：「漢將小衛霍，蜀將凌關、張」。「雖依關、張敵萬夫，豈勝恩信作良圖」。「可憐蜀國關、張後，不見商量徐庶功」。

宋人甚至將關羽下邳降操、後歸劉備一事美化，表現他的漢室氣節，如張商英的《詠辭曹事》：「月缺不改光，劍折不改鋩。月缺白易滿，劍折尚帶霜。勢利尋常事，難屈志士腸。男兒有死節，可殺不可量」。

元朝詩歌中，如宋無《關雲長》：「一面荊州赤手擎，當時華夏震威名。平生不背劉玄德，獨有曹公察此情」。在一組題詠關羽墓的同題詩歌中，詩人以深刻的感觸敘寫了荊州之敗，既是對荊州戰事的歷史反思，也抒發對英雄末路的悲哀。

明清詩歌中，有歌詠關羽熟知春秋，忠於漢室的，如明張良知的《重謁武安王祠》：「義扶蜀主興劉祚，威震曹瞞出許關」。陶琰的《重謁武安王廟》：「志在《春秋》知討賊，忠存社稷欲安劉」等；有描寫關羽襲斬顏良、單刀赴會的如：李春光的《謁武安王》：「單刀回魯肅，巨舶困曹仁」。趙欽湯的《輯志特感》：「夏口單刀駐，荊門萬甲巡」；有感於荊州之失的，如吳獻臺的《題關壯繆像》；有描寫斬貂蟬之事，如王世貞的《見有演關侯斬貂蟬傳奇者感而有述》：「……憤激義鶻拳，眥裂丹鳳眸。孤魂殘舞衣，腥血濺吳鉤。茲事豈必真？可以快千秋。旦聞抱琵琶，夕弄他人舟。售者何足言，受者能不羞？」詩

中敘述了貂蟬見風使舵，在關羽面前貶低呂布，心託關羽，激起義憤，毅然斬貂的過程。

《三國演義》中，羅貫中曾借史官之口讚揚關羽是「徹膽長存義，終身思報恩」，毛宗崗在這段結尾還加上兩句：「拼將一死酬知己，致令千秋仰義名。」關羽因此歷來受到封建統治者的推崇，他們一再給關羽加封號，到處替關羽修廟宇。關羽由人而「王」，再由「王」而「帝」，這種神化是罕有的。

自周人為文王、武王立文廟、武廟，此後歷代祀典又都立文廟、武廟祭祀孔子與關公。孔子是儒家學說的創始人。他生前並不得意，死後逐漸受到尊崇。漢高祖劉邦過魯，「以太牢祀孔子」，還只是一般的禮節。自漢平王追諡為「襄成宣尼公」，歷代帝王不斷加封，被尊為「文宣王」、「至聖先師」、「萬世師表」。曲阜孔廟的規模也不斷擴大。孔子死後次年，魯哀公將其三間故居改建為廟，此後歷經六十一次擴建，今仍為中國最大的宗廟建築群之一。

作為「賢相」楷模的孔明，具有淡薄的胸襟、清高的品格。他竭力幫助劉備建立蜀漢政權，公元 207 年，劉備三顧茅廬問計於諸葛亮，諸葛亮時年二十七歲，他精闢地分析了天下大勢，提出鼎足三分，聯孫抗曹，進而統一天下之路，即著名的「隆中對」，使其成霸業，興漢室。劉備死後，他又竭盡全力輔佐劉禪，不僅做到了「鞠躬盡瘁，死而後已」，而且表現了「知其不可為而為之」的堅持精神。為報答劉備「三顧茅廬」的知遇之恩，諸葛亮盡忠竭力，「士為知己者死」。

魯迅曰：「《三國演義》狀諸葛亮多智近妖。」諸葛亮身上還具有公而忘私、賞罰嚴明、任人惟賢、虛懷若谷、高瞻遠矚等政治家、軍事家所必須具備的優點。諸葛亮祭東風、草船借劍、三氣周瑜、智料華容道、巧擺八陣圖、識魏延反骨、智取成都、罵死王朗、空城計、七星燈、死後以木偶退兵、錦囊殺魏延。為了紀念諸葛亮，後人專立武侯祠，常祀不斷。諸葛亮的形象反映出羅貫中「聖君賢相」的仁政理想。

4. 替天行道的英雄

雁宕山樵在論及《水滸》時道：「其敘英雄，舉事實，有排山倒海之勢；曲盡細微……故垂四百餘年，耳目常新，瀏覽不廢」。〔註17〕

施耐庵在《水滸》中不僅寫出了官逼民反的社會環境，而且生動地描繪

〔註17〕雁宕山樵：《水滸後傳·序》，萬曆戊申秋。

了眾多替天行道的英雄好漢，尤其是宋江、林沖、武松、魯智深、李逵、楊志等人被迫落草，逼上梁山的曲折歷程。以及漁民出身的三阮、李俊；樵夫出身的石秀；獵戶出身的解珍、解寶；酒家出身的張青、孫二娘等英雄人物。他們各自的生活經歷不同，但都一批一批地彙集於梁山，舉起了反抗的義旗。施耐庵熱情地讚揚了以宋江為首的綠林好漢「八方共域，異性一家」，「一般兒哥弟稱呼，不分貴賤」，共同團結在「替天行道」、「保境安民」旗幟之下，「休言嘯聚山林，真可圖王霸業」的俠義精神。梁山好漢們「智取生辰崗」、「三打祝家莊」、「打曾頭市」，即為了行「取非其有」、「損彼贏餘」的「天之道」。「梁山泊英雄排座次」，是梁山農民起義的全盛時期，這種有革命武裝、有根據地、有一套戰略戰術的鬥爭，是無數次宋元時期農民英雄起義的縮寫。

上述討論可以看出，中國古典小說中，從創世神話到英雄神話，是一個由神而人的演進過程，也是一個神性逐漸退隱，人性逐漸凸現的遞進過程，它是人類原始悟性文化向理性文化靠攏的階段，是悟性整合型思維向理性分析型思維推演的進程。古典小說中的英雄崇拜即反映了這種審美心理與心路歷程。

三、巫覡文化與古典小說的尚鬼重巫

古人迷信天神，以為人間的吉凶禍福，都是天降的，大事都要向天神請示，得到許可才能去做。而天神屬於另外一個世界，現實世界的人要與之相通，就得通過某種途徑，即通神術。這各種各樣的通神途徑包括祈禱、占卜、修行、法術、夢幻之類的活動。但不是任何人都能與天帝對話，只有一種人才有這資格，這就是巫覡。《國語》稱：「在女，曰巫；在男，曰覡」巫覡膺任人、神之間的使者，既代神向人傳達神明的意旨，又代人向神遞送世俗的意願。這種尚鬼重巫的文化習俗與心理，在古典小說與文獻中被生動形象地記載下來。中國古代神秘與獨特的巫覡文化現象為作家們的創作提供了豐富而深邃的人文哲理思考。

（一）溝通人神之巫師

在史前神格人面岩畫中，就有了巫師通神形象的記載。在景色幽雅，奇峰疊嶂的賀蘭山口，呈現著羽服人形的人面岩畫，以及幾幅雙臂彎曲，兩腿叉開，腰佩長刀的立人巫覡形象。

《山海經》載：

群山上居住無數人面獸身之神。《海外西經》曰：「在登葆山，
群巫所從上下也。

《大荒西經》亦記曰：

靈山，巫咸、巫即、巫盼、巫彭、巫姑、巫真、巫禮、巫抵、
巫謝、巫羅十巫，從此升降，百藥爰在。

我國三星堆文化中出土的「神樹」，即是一棵代表著古蜀先民宇宙觀念的
實物標本。神樹在古人的神話意識中，具有通靈、通神、通天的功能，巫師藉
此神樹，連接天地，溝通人神。

從《史記・封禪書》，及《漢書・郊祀志》中，我們皆可瞭解到當時群巫
們是怎樣各司其職的：

長安置祠祝官、女巫。其梁巫，祠天、地、天社、天水、房中、
堂上之屬；晉巫，祠五帝、東君、雲中君、司命、巫社、巫祠、族
人、先炊（古炊母神）之屬；秦巫，祠社主、巫保、族累（二神名）
之屬；荊巫，祠堂下、巫先司命（文昌四星）、施糜（主施糜粥之神）
之屬。九天巫，祠九天。皆以歲時祠宮中。其河巫祠河於臨晉，而
南山巫祠南山秦中。秦中者，二世皇帝。各有時日。〔註18〕

所謂「九天」，《孝武本紀》云：「立九天廟於甘泉」。《三輔故事》云：「胡
巫事九天於神明臺」。《淮南子》云：「中央曰鈞天，東方曰蒼天，東北旻天，
北方玄天，西北幽天，西方顥天，西南朱天，南方炎天，東南陽天也」。祭禮
的巫術包括祭天（日神、月神、星辰）、祭地（土地神）、祭鬼（祖先、超度亡
靈、招魂、驅除鬼魅）。

「神樹」雕像群中的「群巫之長」——青銅立人像。頭戴冠，身著三層
衣服，腳戴足鐲，赤足站立。雙手呈抱握狀。據考古學家推測：大立人像代表
的是國王兼大巫師一類人物。在下民眼中，它同時也是「神」。它是集神、巫、
王三者身份於一體的、最具權威性的領袖人物，是神權與王權的象徵。

「三星堆」文化中，古蜀國某代王朝中出現的神廟、神殿和神壇內的國家
祭祀重器，頗具「社稷壇」的意味。內有怪獸，有四面而向、雙手持杖的立人，
和方斗上額鑄有人首鳥身像的立鳥。可以想見，三千多年前的人們在這神器面
前該是何等的虔誠、膜拜！在那個相信萬物有靈的年代，人們渴求豐產和豐收，

〔註18〕司馬遷：《史記・卷二十八・封禪書第六》；班固《漢書・郊祀志第五（上），
卷二十五（上）皆有相關記載。

希望神靈能賜福禳災，他們通過巫師為中介，把祭品獻給天地和諸神，祈求神靈的保祐。這神壇反映了古蜀先民對天地、自然、神祇、人世的認識。

這些受人頂禮膜拜的偶像，既象徵著天神、地祇、祖先等，亦折射出人間社會的群體結構，國王及巫師一類既是世俗領袖，同時也是精神領袖。具王者身份的巫師在下民眼中亦為神。而且在氏族社會沒有學校，各種經驗、知識、文化傳統首先在巫覡之間神秘傳播，然後通過巫覡傳播給全人類。在此，王與巫、人與神，復合交融，莫辯彼此·可謂王巫合一，人神一體。它們生動地反映了古蜀先民的原始宗教意識，形象地說明了古蜀先民的群體關係。那些兼巫師的領袖人物，除了自己篤信神靈外，也把「神」作為一種鉗制手段，藉神施法來統馭下民。祭祀成了政教合一的神權政體。

然而隨著奴隸制度的建立、文字的推行及普及運用，巫的職能由祭祀、占卜轉為參與政治管理，巫、史二任集於一身。(《周禮》稱巫「掌官書以贊治」；在甲骨文中，「巫」亦作「冊」、「尹」、「史」等)，因此這一時期被稱為「巫史時代」。巫史在殷周政治生活中占崇高地位：從宗教上說，巫史是神與人交通的媒介，是神的意志的唯一闡釋者和神權的實際掌握者；政治上，巫史是君王的重要輔佐，實際上一些小國統治者本身是巫演變來的，巫不僅是當時社會的精神領袖，也是政治生活的組織者與領導者。

在殷商時代，巫覡是奴隸主階級的文化代表，他們在社會上佔有崇高的地位，是孔夫子以前的聖人。後來，他們的地位雖然下降了，但巫術迷信對人們思想的統治並沒有減弱，巫師通神的外延進一步擴大，甚至聖人之典籍亦能通神，《搜神記》卷八載曰：

> 孔子修《春秋》，制《孝經》，既成，齋戒向北辰而拜，告備於天。乃洪鬱，起白霧摩地，白虹自上而下，化為黃玉，長三尺，上有刻文。孔子跪受而讀之，曰：「寶文出，劉季握。卯，金，刀，在軫北。字禾子，天下服。

這類故事雖見於現存戰國以後的典籍，但其中關於文字、書籍具有上通天帝、下服四海之神性這一基本觀念，其形成也許在更久遠得多的時代，上古掌握文字的人與天帝神祇及其在世俗的代表巫覡等總是具有最為密切的聯繫。

漢代巫方對其後道教巫術中的解祠卻病、畫符捉鬼等道術有著直接的影響。它的一整套禁咒、祝由、呼喝、符籙、禹步等巫術程序，為道家並用符、圖、印、令牌等法器旁及巫術和法事行事提供了借鑒。

在魯迅輯錄的《漢武故事》中亦不乏巫覡通神的記載：

> 欒大有方術，嘗於殿前樹數百枚，大令自相擊，繽繽竟庭中，
> 去地十餘丈，觀者皆駭。帝拜欒大為天道將軍，使著羽衣，立白茅
> 上，授玉印；大亦羽衣，立白茅上受印。

《封禪書》亦記曰：「樂成侯上書言欒大。欒大，膠東宮人，故嘗與文成
將軍同師，已而為膠東王」。

又曰：

> 大為人長美，言多方略，而敢為大言處之不疑。大言曰：『臣常
> 往來海中，見安期、羨門之屬。顧以臣為賤，不信臣。又以為康王
> 諸侯耳，不足與方。臣數言康王，康王又不用臣。臣之師曰：『黃金
> 可成，而河決可塞，不死之藥可得，仙人可致也。〔註19〕

於是武帝封他為天道將軍，讓他穿上羽衣，立於白茅之上，授其玉印。
使其堂而皇之地成為了　位「神仙的使者」。

> 乃拜大為五利將軍。居月餘，得四印。佩天士將軍、地士將軍、
> 大通將軍印……其以二千戶封地士將軍大為樂通侯。賜列侯甲第，
> 僮千人。乘輿斥車馬帷幄器物以充其家。又以衛長公主妻之，齎金
> 萬斤，更命其邑曰當利公主。天子親如五利之第。使者存問供給，
> 相屬於道。自大主將相以下，皆置酒其家，獻遺之。於是天子又刻
> 玉印曰「天道將軍」，使使衣羽衣，夜立白茅上，五利將軍亦衣羽衣，
> 夜立白茅上受印，以示不臣也。

（二）行妖魘以惑人之方士

周、秦之際「方士」學術的內容可區別為廣義和狹義兩種，廣義的「方
士」學術內容包括：春秋、戰國時期的陰陽家、農家、醫家、乃至雜家；狹義
的「方士」專指以研究神仙丹藥、冀求長生不老，乃至「羽化而登仙」之術。

《史記・孝武本紀》云：「孝武皇帝初即位，尤敬鬼神之祀」。於是巫師、
方士們常常成為漢武帝的座上客。《封禪書》中就描寫了巫師、方士李少君、
謬忌、少翁、欒大、巫錦、公孫卿、丁公、公玉帶、丁夫人、虞初等「怪迂阿
諛苟合之徒」如何以巫術、方術來取寵並愚弄漢武帝的。

欒大被封為五利將軍後，身佩天士將軍、地士將軍、大通將軍和天道將

〔註19〕司馬遷：《史記・封禪書》卷二十八，第六。

軍四枚金印。皇上得意地宣稱，我治理天下二十八年了，上天如果要送方士給我，那就是大通將軍了。並以二千戶的疆域封欒大為樂通侯，賜給他第一流的宅第和奴僕千人，送給他黃金萬斤。還把衛長公主嫁給他，更將欒大所住的城邑更名為當利公主邑。前去此邑慰問的使者們絡繹不絕，天子亦親臨其處。致使「海上燕、齊之間，莫不搤捥而自言有禁方，能神仙矣」。

漢代淮南王安亦集天下遺書，招方術之士，這些方士「皆為神仙，能為雲雨。」百姓傳云：

> 王能致仙人，又能隱形升行，服氣不食。上聞而喜其事，欲受其道。王不肯傳，云無其事。上怒，將誅；淮南王知之，出令與群臣，因不知所之。國人皆云神仙，或有見王者。帝恐動人情，乃令斬王家人首，以安百姓為名。收其方書，亦頗得神仙黃白之事，然試之不驗。上既感淮南道術，乃徵四方有術之士；於是方士自燕齊而出者數千人。

當時以祠灶、避穀不食、長生不老之術深受皇上敬重的李少君，為皇上主管方術。他隱瞞了自己的年齡和出身經歷。「常自謂七十，能使物，卻老。其遊以方遍諸侯」。

李少君善於巧言令詞。他曾經到武安侯處宴飲，見在座的有位九十多歲的老人，就與之聊起昔日與其祖父一起遊玩射獵之處。這位老者尚記得少時曾隨祖父遊獵所到之處，其言令滿座賓客皆驚訝不已。少君曾拜見皇上，見皇上有一件古銅器，就說，此銅器，齊桓公十年時陳列在柏寢臺。過後查驗銅器上的銘文，果真是桓公時的器物。宮中亦為之大驚，以為少君真已是數百歲人了。少群又曾言於皇上道：

> 祠灶則致物，致物而丹沙可化為黃金，黃金成，以為飲食器則益壽，益壽而海中蓬萊仙者可見，見之以封禪，則不死。

於是天子始親祠灶，遣方士入海求蓬萊安期生之屬，並虔誠地施煉將丹沙諸藥化為黃金之術。李少君吹噓，他「嘗遊海上，見安期生，食臣棗，大如瓜。安期生仙者，通蓬萊中，合則見人，不合則隱」。然天子求蓬萊，安期生終莫能得，至此，海上燕齊怪迂之方士言神事者則更多了。

《漢武帝故事》記曰，齊人李少翁，「年二百歲，色如童子，上甚信之，拜為文成將軍，以客禮之」。李少翁告知皇上，欲與神交往，如果宮室、被服之具不像神所用之，神物即不至。於是皇上製造了畫有各種雲氣的車子，按

照五行相剋的原則，在不同的日子裏分別駕著不同顏色的車子以驅趕惡鬼。並遵囑營建甘泉宮：

> 於甘泉宮中畫太一諸神像，祭祀之。少翁云：「先致太一，然後昇天，昇天然後可至蓬萊」。

可惜歲餘而術未驗。皇上所寵信的李夫人死了：

> 少翁云能致其神；乃夜張帳，明燭，令上居他帳中，遙見李夫人，不得就視也。

李少翁的通神術未見顯靈，神仙不至，於是：

> 乃為帛書以飯牛，詳弗知也，言此牛腹中有奇。殺而視之，得書，書言甚怪，天子疑之。有識其手書，問之人，果〔偽〕書。於是誅文成將軍而隱之。

方士公孫卿曾向皇上推薦申功的一部關於鼎的書說，申功是齊人。他與安期生有交往，接受過黃帝的教誨，留下了一部關於鼎的書。書中告知，如寶鼎出現了，就能與神仙相通，應該舉行封禪。又說，自古以來，舉行過封禪大典的有七十二王，只有黃帝能登上泰山祭天。

公孫卿說，黃帝時有上萬個諸侯國，為祭祀神靈而建立的封國就佔了七千。天下的名山有八座，其中三座在蠻夷境內。其他五座在中原地區，為華山、首山、太室山、泰山和東萊山，這五座山是黃帝常去遊覽，與神仙相會的地方。卿曰：

> 「黃帝且戰且學仙，患百姓非其道，乃斷斬非鬼神者。百餘歲然後得與神通。」又說：「黃帝採首山銅，鑄鼎於荊山下。鼎既成，有龍垂胡，下迎黃帝。黃帝上騎，群臣後宮從上龍七十餘人，龍乃去。」

武帝聞之深信不疑，遂封公孫卿為郎官，派他去太室山迎侯神仙。公孫卿奏曰，「仙人可見，而上往常遽，以故不見，今陛下可為觀，如緱氏城。置脯棗，神人宜可致，且仙人好樓居」。

> 於是郡國各除道，繕治宮觀名山神祠所，以望幸矣。

武帝東巡海上，行禮祠八方之神。令言海中神山者數千人求蓬萊神人。公孫卿持節常先行候名山，至東萊，言夜見一人，長數丈，近之則不見，其跡甚大，類禽獸。齊人之上疏言神怪奇方者以萬數，然無驗者。

以上，作者對圍繞在漢武帝周圍的李少君、齊人少翁、欒大和公孫卿等

方士。以方術行騙的描述，極為生動曲折，深刻地諷刺了武帝希冀鬼神賜福、追求長生不老的荒誕和愚昧。同時在諷刺手法的運用中，表現出一種冷雋的風格和犀利深刻的效果，體現了作者對漢武的濫祭淫祀的不滿和卓越的諷刺才能。作者有時是直書方士之偽。如李少君「匿其年及所生長……」；齊人少翁「乃為帛書以飯牛，詳弗知也……」；欒大「敢為大言，處之不疑」等。有時旁襯一筆，以傾慕暴貴、紛起效尤者的醜態，暗諷武帝之愚。如「大見數月，佩六印，貴振天下，而海上燕、齊之間，莫不搤捥而自言有禁方，能神仙矣」。又如「齊人之上疏言神怪奇方者以萬數，然無驗者」等。

魏晉之後，道士方術之風亦甚熾。魏武帝第四子，魏陳思王曹植的《辯道論》（《廣弘明集第二卷五》）極力抨擊了魏晉時期方術盛行、帝王昏庸的醜態：

世有方士。吾王悉所招致。甘陵有甘始。廬江有左慈。陽城有郤儉。始能行氣導引。慈曉房中之術。儉善辟穀。悉號三百歲。本所以集之於魏國者。誠恐斯人之徒。接奸詭以欺眾。行妖慝以惑人。故聚而禁之。甘始者老而有少容。自稱術士咸共歸之。然始詞繁寡實。頗竊有怪言。若遭秦始皇漢武帝。則復徐福欒大之徒矣。桀紂殊世而齊惡。奸人異代而等偽。乃如此耶……而顧為匹夫所調，納虛妄之詞，信眩惑之說，隆禮以招弗臣，傾產以供虛求，散王爵以榮之，清閒館以居之。經年累稔，終無一效，或殞於沙丘，或崩乎五柞，臨時雖誅其身，滅其族，紛然足為天下笑矣！

（三）巫術觀念與行為

我國古代巫術、巫教和巫醫被稱為「三巫」。「巫術」指利用主觀虛構的某種超自然的力量去實現某種願望的法術。如我國古代的祝由術、房中術、煉丹術和占星術。「巫教」指以巫術為主要手段的原始宗教。如我國漢族的白蓮教、納西族的東巴教、普米族的沙巴教、滿族的薩滿教等。「巫醫」則指用祝禱、占卜等迷信方法或兼用一些藥物以治療為業者。如我國古代傳統的巫彭、巫咸等。昔華佗之醫診，杜夔之聲樂，硃建平之相術，周宣之相夢，管輅之術筮，皆玄妙之巫術。黃倫生在《東方天國的神秘之門》書中，辨析詳細：

巫術除了祭禮之外，亦包括卜兆，占術（天占、地占、日月占、星占、風雨雲占、動物占、植物占、夢占、梅花易數占、簽占和讖語），卜術（龜骨卜、《易》筮、文王課與金錢卜、拆字、扶乩、雞卜）和相術（堪輿、相術、奇門遁甲、星命之學）與禁忌巫術。

考小說及道家文獻，「巫術」之觀念與行為可界定為：不死追求、羽化登仙、煉氣隱形法、祝水神符術、祈福禳災、服食閉煉和清修煉養。

1. 服食閉練、不死追求

東晉葛洪（約公元 283～343 年），字稚川，自號抱朴子，丹陽郡句容人。三國方士葛玄之姪孫。其所撰《神仙傳》「博聞深洽，江左絕倫」。葛洪從小喜好道家學說，曾拜從祖葛玄弟子鄭隱為師學道煉丹，盡「傳玄業，兼綜練醫術」。一生著述甚富，除《抱朴子》七十卷外，尚有誄詩賦百卷，神仙、良吏、隱逸、集異等傳各十卷等。《神仙傳》自序曰：「予著《內篇》論神仙之事，凡二十卷。弟子滕升問曰：『先生曰，仙化可得，不死可學，古之得仙者豈有其人乎？』予答曰：『秦大夫阮倉所記有數百人，劉向所撰又七十餘人。然神仙幽隱，與世異流，世之所聞者，猶千不得一者也……』予今復抄集古之仙者見於仙經、服食方及百家之書、先師之說、耆儒之論，以為十卷，以傳知真識遠之士」。《神仙傳》敘述了古代傳說中的八十餘位神仙成仙得道的故事，顯然，這是一部道家自神其教的作品。

《神仙傳》卷五《巫炎傳》有關於巫炎之記載：

> 巫炎字子都，北海人也，漢駙馬都尉。武帝出，見子都於渭橋，其頭上鬱鬱紫氣高丈餘。帝召問之，「君年幾何？所得何術，而有異氣乎？」對曰：「臣年已百三十八歲，亦無所得」。將行，詔東方朔，使相此君有何道術。朔對曰：「此君有陰道之術」。武帝屏左右而問之。子都對曰：「臣年六十五時，苦腰痛腳冷，不能自溫。口乾舌苦，滲涕出。百節四肢疼痛，又痺不能久立。得此道以來，七十三年，今有子二十六人。身體雖勇，無所疾患。氣力乃如壯時，無所憂患」。帝曰：「卿不仁，有道而不聞於朕，非忠臣也」。子都對曰：「臣誠知此道為真，然陰陽之事，宮中之利，臣子之所難言。又行之皆逆人情，能為之者少。故不敢以聞」。帝曰：「勿謝，戲君耳」。遂受其法。子都年二百歲，服餌水銀，白日昇天。武帝頗行其法，不能盡用之。然得壽最長於先帝也。

巫炎因得「陰道之術」，故獲「年二百歲」。又因「服餌水銀」，乃「白日昇天」，表達了巫人等對羽化登仙之嚮往與不死追求。尤為離奇者，武帝因「頗行其法」，得壽最長。值得一提的是，神仙傳的作者亦不諱言，所謂陰道之術「行之皆逆人情」，可見其虛妄荒誕之實。

　　服食金丹在春秋戰國時期就已形成並流傳，是道教繼承中醫和仙方道的服食思想及方法發展而來的修仙的主要方法之一，即服用某些金石類藥物以求延生乃至長生不死之方術。此法在春秋戰國時期就已形成並流傳，在魏晉和唐代這兩個特定的歷史時期曾二度掀起服食的高潮。唐代諸帝亦迷戀服食丹藥，主要動因即迷信道教神仙之說，妄圖祈求長生不死、羽化登仙。清人趙翼曾有專門論述，今人亦頗有見解。[註20]

　　長沙馬王堆三號漢墓出土的漢初竹簡《養生方》有王子喬向彭祖問養生的記述。《淮南子·泰族》云：「王喬、赤松，去塵埃之間，離群慝之紛，汲陰陽之和，食天地之精，呼而出故，吸而入新，躒虛輕舉，乘雲遊霧，可謂養性矣」。

　　道教服食閉煉和清修煉養之例不勝枚舉。據《神仙傳》《逍遙虛經》載：東漢著名煉丹家魏伯陽，曾與弟子三人入山煉神丹。丹成，知弟子中有守道未篤者，乃以丹餵白犬，白犬暫死，自己也服丹暫死，以試弟子，獨有一虞姓弟子說：「吾師非凡人也，服丹而死，將無有意耶」，也服丹暫死，餘二弟子不肯服食而出山去。二人去後，魏伯陽即起，將所服丹納死弟子及白犬口中，都活了過來，一起仙去。因逢人入山伐木，乃作書與鄉里，寄謝二弟子，二人方乃懊悔不已。

　　魏伯陽被後世奉為「丹經之祖」，曾作《參同契》《五行相類》，其說似解《周易》，實則假借爻象，以論作丹之意，是被世界公認留傳著作最早的煉丹家。其思想對道教的煉丹術影響很大。

　　葛玄（164～244），字孝先，三國時吳國丹陽人。據傳他成仙之日曾對弟子張恭說：「吾為世主所逼留，不遑作大藥，今當以八月十三日中時去矣」。到了這一天，葛玄衣冠整齊進入室中，臥而氣絕，顏色不變。弟子燒香守著他，三日三夜。半夜忽起大風，聲響如雷。風停再點燃蠟燭時，已失去了葛玄的蹤影，只見他的衣服委放在床上，衣帶未解。早晨問鄰人，都說沒有大風，大風只在這一個屋子裏才有。此時葛玄已成仙而去。

　　《三國志·吳書》記曰：孫權好道術，葛玄嘗與之遊，得權器重，特於方山立洞玄觀。弟子鄭隱得其法術。

　　道士寇謙之，自云寇恂之十三世孫，《魏書·釋老志》稱其：

　　　　早好仙道，有絕俗之心，少修張魯之術，服食餌藥，歷年無效。

　　後又師成公興，守志嵩嶽，精專不懈。

[註20] 卿希泰主編：《中國道教史》，第二卷，四川人民出版社，1992年。

　　寇謙之曾一度成為魏太武帝在政治上的一得力助手，他利用魏太武帝的支持，實現了其對天師道的「清整」。並利用神權，兩次託言天神降授給他經書。如《釋老志》所載：

　　　　以神瑞二年（公元415年）十月乙卯，忽遇大神乘雲駕龍，導從百靈，仙人玉女左右侍衛，集止山頂，稱太上老君，謂謙之曰：「往辛亥年，嵩嶽鎮靈集仙宮主表天曹稱：『自天師張陵去世以來，地上曠誠修善之人，無所師授，嵩嶽道士、上谷寇謙之，立身直理，行合自然，才任軌範，首處師位。吾故來觀汝，授汝天師之位，賜汝雲中音誦新科之誡二十卷，號曰《並進言》。……汝宣吾新科，清整道教，除去三張偽法，租米錢稅及男女合氣之術，大道清虛，豈有斯事。專以禮度為首，而加以服食閉練……

　　元明道士張三豐，傳說他姿態魁偉，龜形鶴背，大耳圓目，鬚髯如戟。寒暑唯一衲一蓑。所啖升斗輒盡，或數日一食，或數月不食。讀書經目不忘，有學識，能詩書。灑脫不羈，頗具神仙風度。張三豐高倡三教同源說。他認為儒、釋、道三教雖創始人不同，但都「修己利人，其趨一也。」因此，「牟尼、孔、老皆名曰道」。他在《大道論》中說：「儒也者行道濟世者也，佛也者悟道覺世者也，仙也者藏道度人也。」主張修道即修「陰、陽、性命」之道，「三教聖人皆本此道而立其教也。」他主張「玄學以功德為體，金丹為用，而後可以成仙」。

　　史稱「山中宰相」之陶弘景，出身於南朝士族，從小家學淵源，聰明異常，十歲即讀《神仙傳》，十五歲就寫了《尋山志》，表現出濃厚的隱逸志向。大約在三十歲前後，陶弘景拜東陽道士孫遊岳為師，學習符籙圖、經法和誥訣，並開始遊歷名山，收集醫書。三十六歲時，他隱居句曲山（茅山），開設道館，廣收門徒，開創了道教茅山派。

　　梁天監元年（公元502年），梁武帝接位後，屢請不出，梁武帝同陶弘景仍保持著密切的書信往來，由於得到梁武帝的支持，陶弘景在茅山還對外丹術作過許多研究。他的《養性延命錄》至今仍是重要的養生經典。其著有《本草集注》《陶隱居本草》《藥總訣》等，他的《本草集注》首創藥物分類方法一直沿用至今。

　　唐代著名道士，醫藥學家孫思邈（581～682），通老、莊及百家之說，兼好佛典。他先隱居太白山，學道，煉氣，養形，究養生長壽之術。後隱居終南

山，與佛教名僧道宣律師相友善。曾入峨眉山煉太一神精丹。他隱居山林，終身不仕。唐太宗，高宗等幾位帝王曾數次徵召他到京城做官，皆固辭不就。北宋崇寧二年（1103年），被追封為「妙應真人」。

唐代另一位著名道士司馬承禎（647～735），字子微，法號道隱，深得潘師正賞識，得上清經法及符籙，導引，服餌諸術，成為上清派第四代傳主。他遍遊天下名山，隱居在天台山玉霄峰，自號天台白雲子。承禎與當時達官雅士陳子昂，李白等人交往甚密，時稱「仙宗十友」。

司馬承禎汲取儒家的正心誠意和佛教的止觀、神定學說，闡述道教修道成仙理論，認為人的稟賦本有神仙之素質，只要「修我虛氣「，「遂我自然」，與道相守，即可成仙。

葛洪《抱朴子內篇·微旨》卷六，從理論上闡述了求生之道與長生之要。其所謂長生之要，即服食九丹：「九丹者，長生之要，非凡人所當見聞也」，「凡服九丹，欲昇天則去，欲且止人間亦任意，皆能出入無間，不可得之害矣。」他在《抱朴子內篇》中，系統總結了晉以前的煉丹成就，記載了九丹之經和丹法：

> 第一之丹名曰丹華。當先作玄黃，用雄黃水、礜石水、戎鹽、鹵鹽、礜石、牡蠣、赤石脂、滑石、胡粉各數十斤，以為六一泥，火之三十六日成，服七之日仙。又以玄膏丸此丹，置猛火上，須臾成黃金。又以二百四十銖合水銀百斤火之，亦成黃金。金成者藥成也。金不成，更封藥而火之，日數如前，無不成也。

> 第二之丹名曰神丹，亦曰神符。服之百日仙也。行度水火，以此丹塗足下，步行水上。服之三刀圭，三尸九蟲皆即消壞，百病皆愈也。

> 第三之丹名曰神丹。服一刀圭，百日仙也。以與六畜吞之，亦終不死。又能辟五兵。服百日，仙人玉女，山川鬼神，皆來侍之，見如人形……。

葛洪極力推崇的長生之道即隱逸名山，「名山當知太元、長谷二山」：

> 夫太元之山，難知易求，不天不地，不沉不浮，絕險綿邈，崢嶸崎嶇，和氣絪縕，神意並遊，玉井泓邃，灌溉匪休，百二十官，曹府相由，離坎列位，玄芝萬株，絳樹特生，其實皆殊，金玉嵯峨，醴泉出隅，還年之士，把其清流，子能修之，喬松可儔，此一山也。

> 長谷之山，杳杳巍巍，玄氣飄飄，玉液霏霏，金池紫房，在乎其隈，
> 愚人妄往，至皆死歸，有道之士，登之不衰，採服黃精，以致天飛，
> 此二山也。皆古賢之所秘，子精思之。

其筆下的名山「絕險綿邈」，「玄氣飄飄」為「古賢之所秘」。無怪乎《神仙傳》中的八十餘位神仙皆能「登之不衰」，「以致天飛」。葛洪亦精曉醫學和藥物學，他主張道士兼修醫術，可助己長生成仙，亦可利濟世人。他所撰《肘後備急方》《肘後救卒方》《金匱藥方》《玉函方》等醫學著作中，保存了不少我國早期醫學典籍，對我國後世醫藥學的發展有很大影響。

2. 煉氣隱形之術

「隱形術」典故，最早見於莊子寓言《以葉障目》中，諷刺了楚國一位欲學螳螂捕捉知了，用一片樹葉把自己遮蔽起來，行竊於街市的書呆子。其「隱形術」不過落一笑柄而已。

《歷世真仙體道通鑑》所存之《樓觀先生傳》，記載了三國魏咸熙年間（264～265），道士梁諶事鄭履道法師於樓觀，鄭履授梁諶「煉氣隱形之法」、「水石還丹術」、「六甲符」及彩服日月黃華法之事。至南北朝時，北朝道士多止於樓觀，為當時道法重地，遂形成樓觀派。該派宗老子五千文，兼修內外丹，又以符籙召神劾鬼，為人治病。他們力主「老子化胡」說，與佛教相抗衡。現有梁諶所傳《樓觀先生本行內傳》一卷，後周韋繼作一卷，唐嚴文操又繼一卷，合稱《樓觀先生傳》，《歷世真仙體道通鑑》存其佚文。

漢代淮南王安亦集天下遺書，招方術之士，百姓傳云：「王能致仙人，又能隱形升行，服氣不食」。晉代著名的巫女章丹、陳珠。她們姿容秀麗，善於輕步回舞，靈談鬼笑，又會拔刀破舌、隱形匿影。五斗米道祖天師張道陵，退隱北邙山修道，得皇帝九鼎丹經，修煉於繁陽山，丹成服之，得分形散影之妙，通神變化，坐在立亡。每泛池中，誦經堂上，隱几對客，杖藜行吟，一時並赴，人皆莫測其靈異也。

《後漢書·費長房傳》有道教關於「壺中天地」的記載，乃道教的仙境之地，宋代張君房編的道教類書《雲笈七籤》卷二十八，亦有壺中洞天「變化為天地，中有日月，如世間」的奇特描述。壺公的故事亦見於道家葛洪《神仙傳》：

> 壺公者，不知其姓名也。……時汝南有費長房者，為市掾，忽
> 見公從遠方來，入市賣藥，人莫識之。賣藥口不二價，治病皆愈。

語買人曰：「服此藥必吐某物，某日當愈。」事無不效。其錢日收數萬，便施與市中貧乏饑凍者，唯留三五十。常懸一空壺於屋上，日入之後，公跳入壺中，人莫能見。……，謂房曰：至暮無人時更來。

「長房如其言即往，公語房曰：見我跳入壺中時，卿便可效我跳，自當得入」。長房依言，果不覺已入……房有神術，能縮地脈，千里存在，目前宛然，放之復舒如舊也。

其實不僅道家有煉氣隱形之術，佛法亦然。六朝時，本於佛經故事的《陽羨書生》，以奇詭構思，描寫了陽羨書生等三人相繼吐出異性尋歡，隱形變化之荒誕情節。魯迅《中國小說史略》第五篇謂「然此類思想蓋非中國所固有，段成式已謂出於天竺」。《酉陽雜俎·續集·貶誤篇》云：「釋氏《譬喻經》云：昔梵志作術，吐出一壺，中有女子，與屏處作家室。梵志少息，女復作術，吐出一壺，中有男子，復與共臥。梵志覺，次第互吞之，柱杖而去」。〔註21〕《壺公傳》是否受了梵志故事的影響有待考證。

吳均《續齊諧記》，是篇敘事曲折有致，確如紀昀所評「幻中出幻」（紀昀：《閱微草堂筆記》卷七）。小說開篇即寫陽羨書生入鵝籠作術，令人驚異：「陽羨許彥，於綏安山行。遇一書生，年十七八，臥路側，云腳痛，求寄鵝籠中。彥以為戲言。書生便入籠，籠亦不更廣，書生亦不更小，宛然與雙鵝並坐，鵝亦不驚。彥負籠而去，都不覺重。前行息樹下，書生乃出籠」。繼而作者又別出心裁，虛構了一個連環套，以書生為主線，引出三位各有神通的男女。「謂彥曰：「欲為君薄設。」彥曰「善。」乃口中吐出一銅奩子，奩子中具諸飾饌，珍羞方丈。其器皿皆銅物。氣味香旨，世所罕見。酒數行，謂彥曰：「向將一婦人自承受，今欲暫邀之。」彥曰：「善。」又於口中吐一女子，年可十五六，衣服綺麗，容貌殊絕，共坐宴。俄而書生醉臥，此女謂彥曰：「雖與書生結髮，而實懷怨。向亦竊得一男子同行，書生既眠，暫喚之，君幸勿言。」彥曰：「善。」女子口中吐出一男子，年可二十三四，亦穎悟要與彥敘寒溫。書生臥欲覺，女子口吐一錦行障遮書生。書生乃留女子共臥。男子謂彥曰：「此女子雖有心，情亦不甚。向復竊得一女子同行，今欲暫見之，願君勿泄。」彥曰：「善。」男子又於口中吐一婦人，年可二十許，共酌，戲談甚久。聞書生動聲，男子曰：「二人眠已覺。」因取所吐女人，還納口中。須臾，書生處女乃出，謂彥曰：「書生欲起。」乃吞向男子，獨對彥坐」。情節環環相連，

〔註21〕魯迅：《中國小說史略》第五篇，齊魯書社，1997年版。

空間層層相因，極盡幻化之能事，其深沉的意蘊和審美意味讓人品味無窮。

道家「奇門遁甲術」更被描繪成一種奇特的隱形之術。其術有先在牆上用手畫個門，然後念咒，穿牆而過的「穿牆術」；騎上板凳閉眼念咒，飛上天去的「穿天術」；地下藏身或行走的「土遁法」；身貼咒符隱形的「隱身術」等。《聊齋誌異》中的「嶗山道士」即懷此術。「奇門遁甲術」原為兵家之法，關於其起源，有一首民謠：

> 軒轅黃帝戰蚩尤，涿鹿經年戰未休。夢中天神授符訣，登壇致祭謹虔修。

> 神龍負圖出洛水，彩鳳銜書碧雲裏。因命風后演成文，遁甲奇門從此始。

據說，《三元奇門遁甲》始於黃帝，為解明天地之法則，傳授稱霸天下之秘術。黃帝命風后寫成奇文，故傳「奇門遁甲」。「奇門」，指天干中的「乙、丙、丁」三奇，還有世稱「休、生、傷、杜、景、死、驚、開」之八門。八門為八卦的變形，即仿八卦之名而表八種狀態。羅貫中《三國演義》第八十四回描寫孔明巧布八陣圖，這八陣就是仿八門。其「三元遁甲」的「三元」，指天、地、人；在戰術上，指天時、地利、人和三要素。「遁甲」八門，每日每時，變化無端。所謂「遁甲」即乘陰陽之變化，晦蔽人目，隱隱遁其身，趨吉避凶之意。諸葛孔明即在五丈原布下「奇門遁甲」之陣，與魏將司馬懿作最後決戰。

奇門遁甲術後來由一種兵家之法，演變而為占卜命相之術。它融合了多種巫術，被稱為占驗巫術的集大成者。命相占卜之術不僅為歷代術士所傳，亦為求仙訪道者追逐，成為一種誘惑力極大的道術。成書於後漢至魏晉的《西京雜記》中即有「奇門遁甲幻術」的記載，稱其為一種「立興雲霧，坐成江河」、「畫地成江河，撮土為山岩，噓吸為寒暑，噴嗽為雨霧」的奇術。宋人編纂的《太平廣記》「幻術」中，亦錄有「隱遊騎木鵠升飛」、「壺公竹竿變人」和晉代道教著名的神仙「黃初平白石變羊」之奇術。

3. 祝水神符，祈福禳災

道教「符籙派」，最早源於古代的巫祝方術。所謂「符籙」，《說文解字》釋為：符者信也；《雲笈七籤》云：籙者指戒籙情性。符籙是利用符、圖等，召劾鬼神，趨吉避凶。用符籙祈禳，以消災卻禍、治病除瘟、濟生度死等為職

事，張宇初的《道門十規》概括為「符籙彌多，皆所以福國裕民，寧家保己」。

符籙派一直是道教主流，早期的五斗米道、太平道，以後的靈寶派、上清派，等，都屬於符籙派。宋元時，在對舊的教理教義進行了革新後，產生出神霄、清微、淨明等新的符籙道派，使符籙方術有了新的發展。

符籙與中國民間習俗關聯密切。道教符籙派信行占驗、符水及術數。占卜視奇偶陰陽以決吉凶，符圖也主要是陰陽五行的各種符號構成，而術數如占候、望氣、星命、奇門遁甲、六壬、測字、揣骨、相面、起課、占夢、堪輿、安宅等，無不用陰陽、五行、八卦、干支循錯綜配合，以其生克制化的數理，附會人事，推測人和國家的吉凶、命運。這些迷信術數，曾以陰陽五行說為理論，盛行長久。

《漢書‧藝文志》列天文、曆譜、五行、蓍龜、雜占、刑法六種為術數。《後漢書》設《方術列傳》，其傳主多擅長醫學養生與占驗法式。隨著時間的推移，術數的類型不斷增加，諸如星占、卜筮、相命、相地、擇日、拆字、占夢、符法等皆入術數之門。

古代祈福禳災術主要包括御祭山川、祈雨術和扶乩術，其習俗流傳甚久遠。如御祭山川，歷代沿襲。三星堆最具代表性的極品文物「玉石邊璋」通長五四‧五釐米，全身都是圖案，其中有雲氣紋、太陽符號、山形物及人像等。據推測，它與原始宗教的祭祀儀式有關。考古學家從每幅圖案上各有四座山，山側有主要用於祭山的璋，以及人像作拜祭狀等情況來綜合分析，認為此物屬於「山陵之祭」。

卜辭山川祭祀的內容，大多與求年或祈雨有關。商代開國的成湯就是一位大巫，商代初年大旱不雨，成湯犧牲自我，禱雨於桑林，降下了大雨。這種禱雨祭，在春秋戰國時代還留有遺跡。自周以後，每逢龍星升起之時，國家都要舉行以祈雨為主要內容的雩祭。《左傳‧桓公五年》記曰：「凡祀，啟蟄而郊，龍見而雩，始殺而嘗，閉蟄而烝，過則書」。虔注云：「大雩，夏祭天名。雩，遠也；遠為百穀求膏雨也。龍見而雩。龍、角、亢也。謂四月昏龍星體見，萬物始盛，待雨而大，故雩祭以求雨也」。東周時代，由於文明的發展，野蠻的焚燒巫、尫的祈雨方式改成了曝曬。

殷代的山川祭祀還包括祭河、祭畫告蟲害，凶為告祟鬼、寧鳥害等。卜辭中還有御祭山川的內容，「御」表示祭神禦災，其中亦包括水災、山崩、地震之類，應與山川的自然力有關。《史記‧河渠書》載，漢武帝時黃河瓠子決

口改道，屢塞輒壞，於是武帝派人在柱塞瓠子缺口的同時，親臨決口祭河神。元大德癸卯年，（1303）八月六日，山西趙城大地震，此後持續數年地震不止。據文獻記載，今洪洞縣義旺村中鎮廟發現一塊當時的碑刻，記載官府為了禳除地震而「致祭霍山中鎮」，「並禱群望之事」〔註22〕

　　人們還認為山川神能為祟而使人致病。《左傳》中即多有關於山川神作祟致人疾的記載。如《昭元年》載晉侯有疾，卜官說是「實沈、臺駘為祟」。其中臺駘是汾水神。又《昭七年》載晉侯有疾，韓宣子對子產說：「並走群望，有加而無瘳」。

　　春秋以後，山川神還被認為能助祐戰爭或賜予土地。《左傳・文十二年》載秦晉交戰之前，「秦伯以璧祈戰於河」，即用璧祭祀河神祈求勝利。又《襄十八年》載晉伐齊，中行獻子用二雙玉祭河祈求。《僖二十八年》載，晉楚之戰前，楚國子玉夢見河神對他說，把玉纓送給我，我賜給你孟諸之麋的土地。《周禮・大祝》云：「過大山川則用事焉。」

　　祈雨巫術在上古主要為焚人祭天和龍祭祀二種形式。祈雨巫術中所焚對象主要是巫與尪。「巫」是上天的使者，擔負溝通天地的職志，用火焚巫是令其昇天，向上天稟告人間的旱情，乞天降雨。「尪」是病殘者。古人將尪視為能導致旱災的不祥之人，故用火焚之。先民們認為上天既然哀其病而致旱，亦可憐其被焚而降雨。商代祈雨巫術在焚巫、尪的同時，還使用「龍」。《淮南子・地形訓》載：「土龍致雨」，高誘注：「湯遭旱，作土龍以像龍，雲從龍，故致雨也」。

　　漢代求雨的方式已轉至禱龍方面，在古人的觀念中，龍是一種能影響雲雨流佈的神獸。商代流行的龍形玉雕「瓏」，即祈雨巫術時巫師所用的一種禮器。許慎注：「禱旱玉也」。

　　七十年代初，在山東沂水縣韓家曲出土的一塊漢畫像石，畫面呈半月形，頂部為一條雙頭龍呈弧形橫亙於天頂，兩端龍頭張口噴水，龍頭下各有一漢裝披髮之人長跪頂器接水；龍體之下有執芝草羽人與鳳鳥等象徵天境的圖像。考古學家認為這幅畫是漢代巫覡求雨的景象。其所描述的內容，表現了天地氤氳、陰陽交合、風調雨順、萬物繁盛的吉祥之義。

　　董仲舒《春秋繁露》載曰：

　　　　　　四時皆以水日為龍，必取潔土為之結。蓋龍成而發之。四時皆以
　　　　庚子之日令吏民夫婦皆偶處；凡求雨，大體丈夫藏匿、女子欲和而樂。

〔註22〕《文物》第十期，1972年。

關於漢人以土龍祈雨的觀念，王充《亂龍》篇曰：「董仲舒申《春秋》之雩，設土龍以招雨，其意以雲龍相致」。〔註23〕王充鑒於人們歷來對於設土龍求雨的解釋都不夠透徹，所以專門寫了這篇文章，取名「亂龍」。「亂」即進行透徹的解釋，「龍」謂之設土龍求雨。《易》曰：『雲從龍，風從虎』。以類求之，故設土龍，陰陽從類，雲雨自至」。〔註24〕

東漢以後，隨著佛教的傳入與道教的建立、發展，兩教均以各自的宗教形式積極介入祈雨活動。史籍亦多載僧、道祈雨之事。

唐代隨著繪畫藝術的發展，又出現了畫龍祈雨的形式。據鄭處海《明室雜錄》載：唐開元中，關輔大旱，京師闕雨尤甚。巫命大臣遍禱於山澤間而無感應。上於龍池新脅一殿，因召少府監馮紹正，令四壁各畫一龍。紹正乃先於西壁畫素龍，奇狀蜿蜒，如欲振躍。繪事未半，若風雲隨筆而生。上及從官於壁下觀之，鱗甲皆濕。設色未終，有白氣若簾廡間出，入於池中，波湧濤洶，雷電隨起。侍御數百人皆見白龍自波際乘之氣而上，俄頃陰雨四布，風雨暴作。不終日，而甘露遍於畿內」。這一典故，無不與唐代崇道之宗教思想有關。

北宋李昉輯《太平廣記》述，唐李綽《尚書故實》記曰：「南中旱，即以長繩繫虎頭骨，投有龍處。入水，即數人牽制不定。俄頃，雲起潭中，雨亦隨降」。這種巫術源於以龍虎相鬥來表示陰陽交合的傳統觀念，虎頭骨祈雨之巫術一直延續到宋代。

明清兩代，朝廷祈雨止旱之形式為祭祀、祈禱宗廟、社稷、山川、龍神等，巫術祈雨的記錄已逐漸消失。而民間則一直延續到了近代及民國時期。

祈雨術之外，祈福禳災還有扶乩術。「扶乩」又稱扶箕、扶鸞、請仙、卜紫姑等。其術「以朱盤承沙，上置形如丁字之架，懸錐其端，左右以兩人扶之，焚符，神降，以決休咎」。

最初的「扶乩」也許與民間傳說和祭祀有關，「扶乩」最早發端於對紫姑仙的崇拜，關於紫姑仙的記載，目前有四種版本。其一，宋人洪邁《夷堅三志》壬卷三「沈承務紫姑」條載：「紫如仙之名，古所未有，至唐乃稍見之。近世但以箕插筆，使兩人扶之，或書字於沙中，不過如是。」洪邁認為紫如仙之名至唐時乃稍見之。其二，南朝劉敬叔的《異苑》卷五記載：

〔註23〕王充：《論衡‧亂龍篇》第四七。
〔註24〕王充：《論衡‧亂龍篇》。引文見《周易‧乾卦‧文言》。孔穎達以「龍吟而景雲出」釋「雲從龍」，以「虎嘯則谷風生」釋「風從虎」。

> 世有紫姑女，古來相傳是人妾，為大家所嫉，每以穢事相次役，正月十五日感激而死。故世人以其目作其形，夜於廁間或豬欄邊迎之，視曰：子婿不在，曹姑亦歸，小姑可出。捉者覺重，便是神來，莫設酒果，亦覺貌輝輝有色，即跳踱不住。能占眾事，卜未來蠶桑，又善射鉤，好則大舞，惡則便眠。

其三，《顯異錄》認為紫姑是唐時人，又名廁神，姓何名媚，字麗卿，山東萊陽人。武則天時，壽陽刺史李景害死何媚的丈夫並把何媚納為侍妾，引起李景的大老婆的妒恨。在正月十五元宵節夜裏，大老婆將何媚陰殺於廁中。何媚冤魂不散，李景上廁所時，常聽到啼哭聲。後來，此事被武則天聽到了，「敕為廁神」。也有的說被天廷知道了，「天帝憫之」，命為廁所之神。

其四，明朝馮應京《月令廣義‧正月令》稱：「唐俗元宵請戚姑之神。蓋漢之戚夫人死於廁。故凡請者詣廁請之。今俗稱七姑，音近是也」。

據傳高祖因屢欲廢太子立趙王如意，呂后深為不滿，高祖死後，呂后就毒死了趙王，且殃及趙王母戚夫人。呂后斷戚夫人手足，挖眼熏耳，飲以啞藥，置於廁中，後人遂把她當作紫姑來請。

沈括在《夢溪筆談》中說：「舊俗，正月望夜迎廁姑。謂之紫姑。亦不必正月，常時皆可召」。此外，又有稱「坑三姑」、「子姑」、「丁姑」的，其中「坑三姑」非人鬼，而為天仙。《封神演義》第五十、五十一回說坑三姑係三仙島上雲霄、瓊霄、碧霄三姐妹，專掌人間降生諸事。這些附會附麗了人們的同情之心，而仙姑的加入又帶上了濃厚的道家色彩。

其後，所請之神，更有各路神仙、名流。如道家神仙呂純陽、濟公、邱長春、白玉蟾、道祖老子；佛教中的釋迦牟尼、觀音；歷代名人關羽、文天祥；甚至詩人、文人、名僧、名道、才女等。

如清人吳熾昌《客窗閒話》卷一描寫文人術士行扶乩之術：

> 有諸生群集鸞壇問功名者。鸞書曰：「趙酒鬼到！」眾皆詈曰：「我等請呂仙，野鬼何敢干預！行將請天仙劍斬汝矣。」鸞乃止而復作曰：「洞賓道人過此，諸生何問？」諸生肅容再拜，叩問科名。鸞書曰：「多研墨。」於是各分硯研之，此刻盈碗，跪請所用。鸞曰：「諸生分飲之，聽我判斷。」眾乃分飲，訖。鸞大書曰：「平時不讀書，臨時吃墨水；吾非呂祖師，依然趙酒鬼！」諸生大慚而毀其壇。〔註25〕

〔註25〕吳熾昌：《客窗閒話》卷一，河北人民出版社，1985年版。

該篇用調侃的筆調描寫了眾諸生扶乩問功名的故事。

《客窗閒話》卷一，亦記載了一狂生，借乩壇以消遣之事：

> 有狂生不信鸞仙者，適友人家，見駢集多士，開壇請仙，其誠
> 肅之容，如對嚴師……狂生大笑曰：「清平世界，敢以妖言惑眾，我
> 將治之。」其友曰：「慎毋嘩，真仙在此。汝若不信，可作文字，固
> 封以叩之，能直言其隱，豈我輩所安託？」生曰：「果如是，請嘗試
> 之。然公等所請者何仙？」友曰：「麻姑耳。」生又大笑。至密室，
> 潛書一封，擲壇上曰：「請判。」鸞少息。生曰：「其技窮矣！」忽
> 大書曰「調寄耍孩兒」。其詞曰：「立似沙彌合掌，坐如蓮瓣微開，
> 無知小子休弄乖，是爾出身所在。」狂生失色而遁。眾開其封，乃
> 大書一「尿」字也。

中國古代的占卜巫術十分很發達，它是人類向神靈請求指令並獲得神靈情感意志的方式。四庫術數類叢書之《唐開元占經》是瞿曇悉達對唐以前各種兆應模式進行總結的占卜之書，達一百二十卷之巨。占驗對象包括了天地日月、飛禽走獸、草木穀物各類自然物，占卜的方法千奇百怪，如龜甲占卜，《易》卜、金錢占卜、動物占卜、扶乩和拆字等等。

日月星辰占卜，為古人尤為關注者，其所卜之內容十分豐富。日月占涉及日月的光亮、顏色、運行速度和規律等。星占的內容也很豐富。日月星辰占合稱星占，即星占術或占星術。其哲學基礎是「天人感應」、「天人合一」。古人希望找到人事變化的徵兆和事物發展的規律，於是將人事與自然物的變幻聯繫起來。

我國最早的星占家是戰國時齊人甘德、魏國的石申，以及相傳商王太戊的大臣巫咸。前二人在司馬遷的《史記·天宮書》中有記載，據長沙馬王堆漢墓中出土的帛書《五星占》載曰，甘、石對於金星和土星會合的週期都有十分精確的記載。

中國的占星術被冠之為皇家的占星術，所佔卜之事多為國家大事，雖然這種星占學理亦適應於芸芸眾生，但在天人對應的觀念下，最明亮的星星皆與大人物對應，老百姓則只能是一些無名小星了。星占中流星、彗星等異象則對應人間凶禍，預示著社會大事，如災年、荒年之類。

占星術還往往被宮廷大臣們假天意而發表已見。以避免謀策不當，造成損失時所帶來的風險。正如美國康乃爾大學的著名行星天文學家卡爾·薩根

指出，中國宮廷星占學家如果預測不精確就要被處決，因此許多星占學家將天文記錄改頭換面，使之符合後來發生的事件。星占學成了觀測、數學和觀點含糊、內容失真的記錄的大雜燴。

占卜術常用的形式還有龜卜預測，它是借灼鑽龜殼出現的縱橫紋路，來說明所佔事件的徵兆，許慎《說文解字》釋「卜」為「灼剝龜也。象灸龜之刑。一曰象龜兆之縱橫也。」司馬遷《史記‧周本記》曰：「昔夏后氏之衰也，有二神龍止於夏帝庭而言曰：『余，褒之二君。』夏帝卜殺之、與去之、與止之，莫吉。卜請其而藏之，乃吉。於是，布幣而策告之，龍亡而在，櫝而去之」。

龜卜之風，始於夏朝，於殷為盛。《左傳‧僖公四年》說：「初，晉獻公欲以驪姬為夫人。卜之不吉；筮之，吉。公曰：『從筮』。卜人曰：『筮短龜長，不如從長』」。獻公表示「吾意已決」，堅持「從筮」。由於貪戀驪姬之美色，為後來晉國大亂埋下了禍根。

《史記‧龜策列傳》載曰：「著生滿百莖者，其下必有神龜守之，其上常有青雲覆之」。據學者考證，周代用筮占十分普遍，僅《左傳》《國語》中就有二十三次記載。

筮占是以著草來進行推算，演成《易》卦，據此推算吉凶。當年周文王推演伏羲八卦為六十四卦，並寫了每一卦的卦辭，成為《周易古經》，傳說孔子及其弟子據此創作了《周易大傳》十篇，稱《易傳》。我們今天所看到的《周易》，包含有六十四卦、說卦、大象、象傳、文言、繫辭等部分，是歷代不斷詮釋的結果。而《周易》之成為經典，則是漢武帝廢黜百家、獨尊儒術之後，此時《周易》成為《五經》之首，取代了《樂經》。

《易》卦不僅以巫術迷信之面目出現，亦不乏理性思維的文化層面。《左傳‧襄公九年》即可視為此類著名卦例：

> 穆姜薨於東宮，始往而筮之，遇《艮》之八，史曰：『是謂《艮》之《隨》。隨，其出也，君必速出。』姜曰：『亡』。是於《周易》曰：「《隨》，元亨利貞，无咎。」元，體之長也，亨，嘉之會也，利，義之各也，貞，事之幹也。體仁足以長人，嘉德足以合禮，利物足以合義，貞固足以幹事。然故不可誣也，是以雖隨无咎。今我婦人而與於亂，固在下位而有不仁不可謂元；不靖國家，不可謂亨；作而害身，不可謂利；棄位而姣，不可謂貞。有四德者，隨而无咎；我皆無之，豈隨也哉，我則取惡，能无咎乎！必死於此，弗得出矣！

　　穆姜是魯宣公之妻、成公之母。她與大夫叔孫僑如通姦，淫亂無德。成公十六年，叔孫僑如與穆姜陰謀推翻魯成公，結果失敗，穆姜被貶東宮。她想知命運如何，用周易測得「艮之隨」卦，卦辭為「元亨、利貞、无咎」。亦即吉利。其原卦為艮、為山，有不動之象；而隨卦則有走動之象。有人勸穆姜逃走，或許成公能顧及母子之情，不予追究。此斷卦似合情理。穆姜則認為：自己是一個婦人，而以淫亂禍國，是身在下位而行不仁之事，這不能叫「元」，使國家不得安寧，這不能叫「亨」，作亂害了自己，不能叫「利」，放棄自己尊貴的位置，與臣子做姣媚之態，這不能叫「貞」。有此「四德」的人，方可「《隨》而无咎」。我這四條一條不占，怎麼能稱《隨》呢？是我自己取來的禍害，能夠無咎嗎？必死於此了。《左傳・昭公十二年》子服惠伯解卦時亦曰：「元，善之長也。」其解「元」、「亨」二字，與穆姜大同小異，由此考之，卦辭「元亨利貞」四字，早在春秋時代，恐已成為「四德」，並有了一致的解釋。穆姜無非引述其解而已。

　　這一故事賦予卦辭以倫理道德之含義，所謂因果輪迴，善惡必報。表現出對於《易》卦之理性思維。至戰國時期，百家爭鳴，思想解放，人的理性意識進一步覺醒，思想家們對《周易》的框架結構和卦辭爻辭作了全面的哲學解釋，從根本上改變了它的宗教巫術性質，將這部用於占筮的算卦之書昇華為論宇宙人生哲理的經典。

　　歷代大思想家和學者們如，司馬淡、王肅、王弼、阮籍、孔穎達、歐陽修、周敦熙、邵雍、司馬光、王安石、張載、程頤、蘇軾、朱熹、王夫之、黃宗羲等都曾對《周易》進行過研究和詮釋，他們拋棄了《周易》的神秘主義成分，使其更具理性和人文色彩。

　　讖緯之風予中國文學文化之影響亦很明顯。古代小說中亦往往以讖緯預言表達人們對於命運、輪迴、宿命觀的某種信念和猜測。

　　作為預測未來，並結構文章的一種手段。如周呂望的《乾坤萬年歌》、三國諸葛亮的《馬前課》、唐袁天罡、李淳風的《推背圖》、李淳風的《藏頭詩》、宋邵康節的《梅花詩》、明劉基的《燒餅歌》、劉基的《金陵塔藏碑》、清黃檗的《禪師詩》等。〔註26〕

　　這八種預言詩分別署以呂望、諸葛亮、袁天罡、李淳風、邵康節、劉伯溫、黃檗的名字，其中袁天罡、李淳風的《推背圖》及劉基的《燒餅歌》見於

<hr>

〔註26〕朱肖琴：《中國預言八種》，上海廣益書局，1946年版。

宋元明清史料記載。其中《燒餅歌》是由四十餘首隱語歌謠組成。

《明史·列傳十六》稱劉伯溫「博通經史，於書無不窺，尤精象緯之學」。在民間傳奇和文學作品裏，劉伯溫甚至比張良、諸葛亮還要神通廣大，他能未卜先知，洞察今古，呼風喚雨，被稱為「帝師」、「王佐」，有「前知五百年，後知五百年」，「所為文章，氣昌而奇，與宋濂並為一代之宗」之譽。

劉伯溫《燒餅歌》述曰：

> 明太祖一日身居內殿食燒餅。方啖一口。內監忽報國師劉基進見。太祖以碗覆之。始召基。入禮畢。帝問曰。先生深明數理。可知碗中是何對象。基乃捏指輪算對曰。半似日兮半似月。曾被金龍咬一缺。此食物也。開視果然。

於是，「帝即問以天下後世之事若何」，劉伯溫和明太祖就是在這種氛圍裏討論和預測後世之事。

又如託名清黃蘗所作的讖詩《禪師詩》，有七絕十四首，其中「日月落時江海閉，青猿相接判興亡。八牛運向滇黔盡，二九丹成金谷藏」。亦多以隱語入詩。

民間讖緯之習，亦造就了文學中的「庾辭」、射虎類休閒文化。春秋時，群雄崛起，列國紛爭，游說之士為了勸說王侯，常常隱本意而借喻他語，使對方受到啟發，從而達到勸說的目的。這種隱語叫「庾辭」。秦漢以後，此風更盛。到漢代蔡邕「曹娥碑題辭」，南北朝鮑照「井字謎」，初具謎語雛形。北宋時每逢元宵人們將詩句製成謎懸掛在燈上，稱為商燈、商謎。也約在宋時燈謎之詞正式出現。《武林舊事》稱：「有以絹燈翦寫詩詞，時寓譏笑，乃畫人物，藏頭隱語及舊京諢語」。此即言燈謎。蘇東坡是一位作謎和猜謎的能手。有一次，朋友請他為名園題字，東坡手書「蟲二」，眾人一時不解其意。後終被射中，原是「風月無邊」之意。

明清時，猜燈謎活動極為流行。《紅樓夢》中出現此場面的次數頗多。《鏡花緣》中「姊妹陶情」和「暢遊智佳國」，幾乎專為猜謎而寫。歷代有不少名人、學者曾編選了謎語選集，如《文戲》《俞曲園燈謎大觀》《春燈謎》《燈謎品括》《拙園燈謎草》等。民國時期的《謎海》，收集了謎語二萬多條。

（四）信巫覡重淫祠之《楚辭》

《漢書·地理志》及王逸《楚辭章句》等，都言及楚人信巫而好祠，「其

祠必作歌樂，鼓舞以樂諸神」。春秋戰國時代，北方經過諸子百家思想的洗禮，鬼神信仰已經很淡薄了，但是南方楚國迷信巫術的宗教風氣卻非常盛行，又由於南方高山大澤雲霧悠渺的情境，非常適合鬼神與宗教信仰的發展，於是，許多美麗的歌詞樂舞，伴隨著各式各樣的神話與傳說發展起來。楚人沉浸在一片充滿奇異想像和熾熱情感的神話世界中。生活於這一文化氛圍中的屈原，不僅創作出《九歌》這組祭神的詩，並且根據民間招魂詞創作了《招魂》，其中大量運用神話材料，色彩瑰麗，想像奇特，給人以神秘的美感。

1. 祭神祀之《九歌》

楚地巫風習氣之淵源可追溯至虞夏殷商之時。《通典・禮典・吉禮》卷八曰：「夏氏時祭之名，因有虞，其祭貴心」。也就是說夏時之祭禮因循虞制，其祭貴心。王制云「春禴，夏禘，秋嘗，冬烝」。鄭玄釋曰：「此夏殷之法」。其祭尚聲，郊特牲云：「臭味未成，滌蕩其聲，樂三闋，然後出迎牲，聲音之號，所以詔告於天地之間也」。「滌蕩」猶搖動也。即歌舞表演。這也許是最早的祭祀之禮。

《九歌》的名稱，見於《左傳》《離騷》《天問》和《山海經》，這是一種古老而著名的樂曲。「九」表示由多篇歌辭組成，不代表實際篇數。屈原的《九歌》共十一篇，是一組祭神所用的樂歌。一般認為，這是屈原根據民間的祭神樂歌改寫而成的，既洋溢著古老的神話色彩，又表現著詩人的某種人生感受。

《九歌》所祀之神是一個非常龐大的神系。如《東皇太一》祭太一神、《雲中君》祭雲神、《湘君》祭湘水神、《大司命》《小司命》祭司命神、《東君》祭日神、《河伯》祭河神、《山鬼》祭山神、《國殤》祭死難戰士的英魂。

《九歌》祭神歌舞中的神者，由巫覡三人扮演。從《九歌》中可以看出這個大型巫舞的表演盛況：祭壇上布置著瓊花芳草，桂酒椒漿；主祭者身佩美玉，手持長劍；樂隊五音合奏，拊鼓安歌；「神靈」穿著彩衣翩翩起舞。楚地巫習之風「其俗信鬼而好祠，其祠，必作歌樂鼓舞以樂諸神」。這種原始宗教的巫風對屈原的作品產生了直接影響。《離騷》最後部分，詩人在理想追求不得之後，轉而請靈氛占卜、巫咸降神，詢問出路，從中反映了其去國自疏和懷戀故土的思想矛盾，而在升騰遠遊之中，「忽臨睨夫舊鄉」，終於不忍心離開自己的祖國，最後決心以死來殉自己的理想《九歌・禮魂》歌云：「成禮兮會鼓，傳芭兮代舞，姱女倡兮容與，春蘭兮秋菊，長無絕兮終古」。則展現了祭祀之後群體自娛的禮俗。

　　楚辭體詩歌是屈原的新創造。然而它並非憑空產生，它對於文化和文學的繼承與取鑒與楚國的區域性文化關聯密切。屈原從民間祭神的巫歌中汲取養料，在詩歌中昇天入地，窮根究底，遊仙問神，卜筮唱巫，文采斑斕。「怨誹而不亂」，「好色而不淫」。

　　春秋時，樂歌已有「南風」、「北風」之稱。鍾儀在晉鼓琴而「操南音」，被譽為「樂操土風，不忘舊也」。〔註27〕戰國時楚國地方音樂極為發達，其歌曲如《涉江》《採菱》《勞商》《薤露》《陽春》《白雪》等，「楚辭」的作者都已提及。「楚辭」雖非樂章，未必可歌。但它的許多詩篇中都有「亂」辭，有的還有「倡」和「少歌」，這些都是樂曲的組成部分。《楚辭》中保存這些樂曲的形式，就說明它同音樂的關係非常接近。

　　楚國的藝術，無論娛神娛人，仍然都是在注重審美愉悅的方向上發展，充分展示出人們情感的活躍性。楚地出土的各種器物和絲織品，不僅製作精細，而且往往繪有豔麗華美、奇幻飛動的圖案。《招魂》《九歌》所描繪的音樂舞蹈，也顯示出熱烈動盪、詭譎奇麗的氣氛。楚文化尤其楚國藝術的一般特點，如較強的個體意識，激烈動盪的情感，奇幻而華麗的表現形式等等，也都呈現於楚辭中。

　　春秋戰國時代，楚國是南方的大國，佔有江淮流域的廣大地區，它在政治、文化上，雖然早已與中原地區有了交往，但在很大程度上還一直保持著自己的文化傳統。在宗教、民俗、詩歌、樂舞等各個方面，都有自己獨立的特色。當時書楚語、作楚聲、紀楚地、名楚物之《楚辭》正是在我國南方區域性文化基礎上發展和產生出來的。現在從《楚辭》等書還可以看到眾多楚地樂曲的名目，如《涉江》《採菱》《勞商》《九辯》《九歌》《薤露》《陽春》《白雪》等。現存的歌辭，較早的有《孟子》中記錄的《孺子歌》，據說是孔子游楚時聽當地小孩所唱。游國恩在《中國文學史》中亦曾指出：「楚國民歌，如《子文歌》《楚人歌》《越人歌》《滄浪歌》等，都是楚國較早的民間文學……後來便成為楚辭的主要形式」。〔註28〕此外楚國的方言於「楚辭」的影響也十分重要，《楚辭》中的方言如「扈」、「汩」、「憑」、「羌」、「宅僝」、「嬋緩」、「些」之類等，皆成為了楚辭的主要表現形式。

　　南楚文化傳統與北方文化在楚地的融合，楚文化在長期發展中所積累的

〔註27〕《左傳》，「鍾儀事見成公九年」。
〔註28〕游國恩：《中國文學史》（一），人民文學出版社，1990 年版，第九十頁。

豐富的文學藝術素材，為楚文學創作提供了充分的有利條件。在這一優越的文化土壤中孕育了屈原這樣偉大的詩人，也產生了《楚辭》這樣千古不朽的詩篇。

2. 楚辭之《招魂》

朱熹《招魂序》曰：「荊楚之俗，乃或以是施之生人，……恐魂魄離散而不復還，遂因國俗，託帝命，假巫語以招之」。

早在先秦，便出現了招魂復魄的儀式。這種習俗後來融入禮儀，成為古代葬禮中一個不可或缺的部分，儒家經典稱之為「復」，即使離散的遊魂復歸於形體之意。《禮記·喪大記》曰：「唯哭先復，復而後行死事。」鄭玄注：「氣絕則哭，哭而復，復而不蘇，可以為死事」。據《儀禮·士喪禮》記載：士人如果壽終正寢，則由一人招魂。招魂者頭戴爵弁，身穿朝服，從東邊的飛簷登上屋頂，手裏持著亡者生前所穿衣服，向著北方連叫三聲死者的名字，招呼亡魂歸來。然後將衣服投於前庭竹篋中，招魂者則從西邊的飛簷退下。

招魂的儀式、場面、人數和衣冠視死者的身份而異。一般的死者伴隨著其生前喜愛的樂舞，招魂時的呼語，一般是「男子稱名，婦人稱字」。招魂的衣物亦須符合死者身份。《禮記》記載：招國君之魂用袞服，其夫人用王后之服；招諸侯之魂用朝廷任命時賞賜的禮服，其夫人則用世婦之命服；卿大夫招魂用玄衣赤裳，其夫人用〇衣；士人招魂用雀形帛冠，穿黃黑色衣、淺紅色裳，其夫人則用黑色綢衣。招魂的衣物不僅要符合死者的身份，又要易於辨認。

《禮記·檀弓上》亦云：國君去世後，要「復於小寢、大寢、小祖、大祖、庫門、四郊」。鄭玄注「夏采」職事時寫道：「夏采，天子之官，故以冕服復於大祖，以乘車建綏復於四郊，天子之禮也」。即由夏采往東西南北四郊招國君之魂。《周禮·天官·夏采》記載古代招魂的禮儀中，孔穎達疏云：「天子則十二人，各服朝服，而復於太祖之廟。當升自東幄，北面，履危西上，云：『皋，天子復』！如是者三，乃卷衣投於前，有司以篋受之。升自阼階，入衣於屍。復而不蘇，乃行死事也」。鄭玄注云：「尊者求之備也，亦他日所嘗有事」。而招大夫之魂，通常是一至三人，招士人之魂則只需一人。

楚辭《招魂》是以《周禮》等典籍所載錄的招魂儀式作為背景，精心結撰而成的瑰麗篇章。楚地盛行的巫教，滲透了楚辭，使之具有濃厚的神話色彩。據史書記載，當中原文化巫教色彩早已明顯消退以後，在南楚，直至戰

國，君臣上下仍然「信巫覡，重淫祠」（《漢書·地理志》）。楚懷王曾「隆祭禮，事鬼神」，並且企圖靠鬼神之助以退秦師（見《漢書·郊祀志》）。民間的巫風更為盛行。《漢書·地理志》及王逸《楚辭章句》等，都言及楚人信巫而好祠，「其祠必作歌樂，鼓舞以樂諸神」。《呂氏春秋·侈樂篇》說：「楚之衰也，作為巫音」。「楚辭」即這種帶有巫音色彩的詩歌。可見在屈原的時代，楚人仍沉浸在一片充滿奇異想像和熾熱情感的神話世界中。生活於這　文化氛圍中的屈原，還根據民間招魂詞寫出了《招魂》，在表述其自身情感時，詞中大量運用神話，馳騁想像，上天入地，飄遊六合九州，給人以神秘之感。乃至屈原《離騷》的構架，亦籍用了「卜名」、「陳辭」、「先戒」、「神遊」、「問卜」與「降神」之民間巫術的方式。

　　《招魂》在具體構思與描寫中，又糅和了楚地巫風，表現出濃鬱的楚文化特色。關於招魂的作者，司馬遷認為《招魂》為屈原之作，王逸卻歸於宋玉名下。《招魂》在藝術上極盡鋪陳誇張之能事，文藻綺麗，想像奇特，極富浪漫主義色彩，對後來漢賦的創作有直接影響。

　　《招魂》之巫陽下招，假託「巫陽」之言，竭力渲染東南西北四方以及天上、幽都的可怕，勸魂不可留居。《招魂》中各種吃人食魂的鬼怪，兇殘猙獰的毒蛇猛獸，極端嚴酷的自然環境，組成一幅幅光怪陸離、詭異恐怖的圖景：

　　　　魂兮歸來！東方不可以託些。長人千仞，惟魂是索些。十日代出，流金鑠石些。彼皆習之，魂往必釋些。歸來歸來！不可以託些。魂兮歸來！南方不可以止些。
　　　　雕題黑齒，得人肉以祀，以其骨為醢些。蝮蛇蓁蓁，封狐千里些。雄虺九首，往來儵忽，吞人以益其心些。歸來歸來！不可以久淫些。魂兮歸來！西方之害，流沙千里些。旋入雷淵，靡散而不可止些。幸而得脫，其外曠宇些。赤蟻若象，玄蜂若壺些。五穀不生，藂菅是食些。其土爛人，求水無所得些。彷徉無所倚，廣大無所極些。歸來歸來！恐自遺賊些。魂兮歸來！北方不可以止些。

　　作品後半部分極力鋪陳宮殿苑囿之麗、女色歌舞之美、飲食佳餚之可口、遊賞博戲之歡樂，應當也是招魂儀式的組成部分。在向天地四方招魂後，由工祝（男巫）將亡魂引導進入郢都之修門，儀式亦帶有楚的地域特色。最終以「目極千里兮傷春心，魂兮歸來哀江南」收結，流露出無限深情。對於楚辭

中的《招魂》一文，學術界一直爭論不休。爭論的問題一是作者是誰；二是到底招誰的魂。

關於作者，最早有王逸的宋玉說（《楚辭章句》）；又有明人黃文煥的屈原說（《楚辭聽直》）關於所招之魂為誰的問題，則主要有屈原自招其魂說，與招楚懷王之魂說兩種。《史記·楚世家》記載：楚頃襄王三年，懷王在被秦扣留中死去，「秦歸其喪於楚，楚人皆憐之，如悲親戚」。大約在這個時候，屈原寫作了這篇作品，以招懷王的亡魂。也有認為屈原的招魂是為自己招魂。屈原放逐江南後，對於是否離開祖國，心中充滿矛盾和鬥爭，於是他採用民間招魂的形式，寫了這一篇招魂詞「外陳四方之惡，內崇楚國之美」。〔註 29〕來堅定自己不肯離開祖國的意志，寄託對故鄉的熱愛。周禾先生認為當我們回到最初的司馬遷和其後不久的王逸那裡，根據他們的觀點，我們完全可以有理由認定《招魂》為屈原所作，其所招之魂為作者之生魂。〔註30〕因此，《招魂》所表現的是屈原魂歸楚國的願望，並以此抒發了作者偉大的愛國主義情思。

（五）封禪之禮與《封禪書》

「封禪」是指封泰山、禪梁父（或其他泰山下的小山）的祭祀天地活動。

《正義》釋曰：「此泰山上築土為壇以祭天，報天之功，故曰封。此泰山下小山上除地，報地之功，故曰禪。言禪者，神之也」。

《白虎通》云：「或曰封者，金泥銀繩，或曰石泥金繩，封之印璽也」。

《五經通義》云：「易姓而王，致太平，必封泰山，禪梁父」。

《傳》曰：「三年不為禮，禮必廢；三年不為樂，樂必壞」。每世之隆，則封禪答焉，及衰而息。厥曠遠者千有餘載，近者數百載，故其儀闕然堙滅，其詳不可得而記聞云。

《尚書·堯典》曰：「舜在璇璣玉衡，以齊七政。遂類於上帝，禋於六宗，望山川，遍群神。輯五瑞」。

對封禪由來的認識，近人有的認為「昉於秦始，侈於漢武」，有的認為「三代典禮，至秦而廢滅無復存」，秦漢封禪的禮儀制度出於方士之口，是「假天以惑世」，「誣民而瀆天」的妄說。

〔註29〕王逸：《楚辭章句·招魂·序》。
〔註30〕參見：華中師範大學學報（人文社會科學版）第二期，第一百一十六～一百一十九頁，2005 年。

　　《封禪書》的實際內容幾乎包括了所有的神祀，司馬遷在《太史公自序》中釋曰：「受命而王，封禪之符罕用，用則萬靈罔不禋祀，追本諸神名山大川禮，作《封禪書》第六」。他在《史記‧封禪書》〔註31〕開篇道，「自古受命帝王，曷嘗不封禪？蓋有無其應而用事者矣，未有睹符瑞見而不臻乎泰山者也。雖受命而功不至，至梁父矣而德不洽，洽矣而日有不暇給，是以即事用希」。可作為我們瞭解漢以前禮制的重要資料。

1. 封泰山、禪梁父之神祀

　　《封禪書》記曰：「其後百有餘年，而孔子論述六藝，傳略言易姓而王，封泰山禪乎梁父者七十餘王矣」。並記載了秦始皇封禪的情況：

　　秦始皇既併天下而帝，或曰：「黃帝得土德，黃龍地螾見。夏得木德，青龍止於郊，草木暢茂。殷得金德，銀自山溢。周得火德，有赤烏之符。今秦變周，水德之時。昔秦文公出獵，獲黑龍，此其水德之瑞。」於是秦更命河曰「德水」，以冬十月為年首，色上黑，度以六為名，音上大呂，事統上法。

　　文中所謂「上黑」、「上大呂」，亦即崇尚之意。秦始皇即帝位三年後，曾於二十八年（公元前219年）東巡郡縣，祠騶嶧山，頌秦功業。

> 　　於是徵從齊魯之儒生博士七十人，至乎泰山下。諸儒生或議曰：「古者封禪為蒲車，惡傷山之土石草木；埽地而祭，席用葅稭，言其易遵也。」始皇聞此議各乖異，難施用，由此絀儒生。而遂除車道，上自泰山陽至巔，立石頌秦始皇帝德，明其得封也。從陰道下，禪於梁父。

　　由於其禮頗採太祝之祀雍上帝所用，而封藏皆秘之，所以世間沒有文字流傳下來「不得而記也」。《封禪書》還記載了自威、宣、燕昭使人入海求蓬萊、方丈、瀛洲三神山之事：

> 　　其傳在勃海中，去人不遠；患且至，則船風引而去。蓋嘗有至者，諸仙人及不死之藥皆在焉。其物禽獸盡白，而黃金銀為宮闕。未至，望之如雲；及到，三神山反居水下。臨之，風輒引去，終莫能至云。世主莫不甘心焉。及至，秦始皇併天下。至海上，則方士言之不可勝數。始皇自以為至海上而恐不及矣，使人乃齎童男女入海求之。船交海中，皆以風為解，曰未能至，望見之焉。

〔註31〕司馬遷：《史記‧封禪書》第六，卷二十八。

其明年，始皇復遊海上，至琅邪，過恒山，從上黨歸。後三年，遊碣石，考入海方士，從上郡歸。後五年，始皇南至湘山，遂登會稽，並海上，冀遇海中三神山之奇藥。不得，還，至沙丘崩。

秦始皇封禪之後十二年，秦亡。諸儒生痛恨秦焚詩書，誅僇文學，百姓怨其法，天下叛之，故借其事而抨之曰：「始皇上泰山，為暴風雨所擊，不得封禪」。〔註32〕

漢武帝時曾有過六次封禪記載。第一次於元封元年（公元前 110 年）三月封禪。他率群臣東巡，至泰山，派人在岱頂立石。之後，東巡海上。四月，返至泰山，自定封禪禮儀：元封五年（公元前 106 年）春月，還至泰山，四月舉行第二次封禪。太初三年（公元前 102 年）四月，武帝東巡海上。四月至泰山，舉行第三次封禪。天漢三年（公元前 98 年）三月，武帝至泰山，舉行第四次封禪。泰始四年（公元前 93 年）三月，武帝至泰山，舉行第五次封禪。征和四年（公元前 89 年）三月，武帝由鉅定還至泰山，舉行了第六次封禪。

據《郊祀志》記載，漢光武帝時亦曾於建武三十二年（公元 56 年）二月十二日封禪，光武帝率群臣至奉高，遣派役夫一千五百餘人整修山道，驍騎三千餘人在登封臺上壘方石。十五日開始齋戒，二十二日在泰山下東南方燔柴祭天。禮畢，乘輦登山，至岱頂少憩後更衣行封禮。二十五日禪梁父山，改年號為建武中元。〔註33〕唐高宗時，曾于麟德二年（665 年）十月，高宗率文武百官、扈從儀仗，武后率內外命婦，封禪車乘連綿數百里，隨行的還有突厥、于闐、波斯、天竺國、倭國、新羅、百濟、高麗等國的使節和酋長。十二月雲集泰山下，派人在山下南方四里處建圓丘狀祀壇，上面裝飾五色土，號「封祀壇」；在山頂築壇，廣五丈，高九尺，四面出陛，號「登封壇」；在社首山築八角方壇，號「降禪壇」。次年二月高宗首先在山下「封祀壇」祀天；次日登岱頂，封玉策於「登封壇」；第三日到社首山「降禪壇」祭地神，高宗行初獻禮畢，武后升壇亞獻。封禪結束後在朝覲壇接受群臣朝賀，下詔立「登封」、「降禪」、「朝覲」三碑，稱封祀壇為「舞鶴臺」、登封壇為「萬歲臺」、降禪壇為「景雲臺」，改元乾封。

唐玄宗亦曾於開元十三年（725 年）十月率百官、貴戚及外邦客使，東至泰山封禪。封禪禮沿襲乾封四制。封禪後，封泰山神為「天齊王」，禮秩加三公一等，玄宗親自撰書《紀泰山銘》，勒於岱頂大觀峰，並令中書令張說撰《封

〔註32〕班固：《漢書》卷二十五上，《郊祀志》第五上。
〔註33〕班固：《郊祀志》卷二十五上，第五上。

祀壇頌》、侍中源乾曜撰《社首壇頌》、禮部尚書蘇頲撰《朝覲壇頌》，均勒石紀德唐玄宗玉牒文：

> 有唐嗣天子臣某，敢昭告於昊天上帝：天啟李氏，運興土德。高
> 祖、太宗，受命立極，高宗升中，六合殷盛。中宗紹復，繼體不定。
> 上帝眷祐，錫臣忠武，底綏內艱，推戴聖父。恭承大寶，十有三年。
> 敬若天意，四海宴然。封祀岱嶽，謝成於天。子孫百祿，蒼生受福。

由於僅在天下大治時才行封禪禮，而治世少，亂世多，所以，「遠則千餘載，近者數百載」始一舉行。而「三年不為禮，禮必廢；三年不為樂，樂必壞」，封禪的禮儀制度自然也就「闕然堙滅」了。

司馬遷之《封禪書》並非為記述祭祀禮制而作，而是針對漢朝之弊政，圍繞封禪的諸種活動「表裏內外，使後世君子，得以觀覽」。司馬遷以憤懣之情，對漢代統治者，尤其是對漢武帝的濫祭淫祀進行了尖銳的針砭、揭露與嘲笑，為後世治史者留下了光輝的典範。

> 我隨從天子巡視並祭祀天地諸神和名山川還參預了封禪禮。進
> 入壽宮祭祀並等候神君說話，考究並觀察了祠官們的心態、意向，
> 於是退而論述自古以來祭祀鬼神的事，全部涉及了事情的表裏內
> 外。使後世君子，得以觀覽。至於祭祀中關於俎豆珪幣等情形，獻
> 酬的禮儀程式，則主管機構保存有詳細檔案，本文就不復贅及了。
> 自古受命帝王，曷嘗不封禪？蓋有無其應而用事者矣，未有睹符瑞
> 見不臻乎泰山者也。雖受命而功不至，至梁父矣而德不洽，洽矣而
> 日有不暇給，是以即事用希。

隨著封禪祭祀的興起，道、佛、儒在泰山不斷發展、融合。東漢張道陵弟子崔文子曾在泰山活動。魏晉時，佛教傳入泰山，竺僧朗公在岱陰創建朗公寺；北魏僧意在泰山、徂徠山創建谷山玉泉寺和光化寺等。唐、宋時，泰山道、佛教進入鼎盛時期，寺廟聲振齊魯。元、明時，先後有日本僧邵元、高麗僧滿空等航海來中國，曾分別任靈巖寺、普照寺住持。泰山地方神，主要有泰山神、碧霞元君、青帝等。宋之後，由於封禪制的嬗變，泰山神逐漸被碧霞元君取而代之。明、清時，元君廟遍及中國各地。泰山神祇不僅影響中國，還影響到國外。日本平安時代（794～1192年），泰山崇拜傳入日本，長期為日本人民所崇祀。

《洪範》八政，其三曰祀：「祀者，所以昭孝事祖，通神明也。

旁及四夷，莫不修之；下至禽獸，豺獺有祭。是以聖王為之典禮。
民之精爽不貳，齊肅聰明者，神或降之，在男曰覡，在女曰巫，使
制神之處位，為之牲器。使先聖之後，能知山川，敬於禮儀，明神
之事者，以為祝；能知四時犧牲，壇場上下，氏姓所出者，以為宗。
故有神民之官，各司其序，不相亂也。民神異業，敬而不黷，故神
降之嘉生，民以物序，災禍不至，所求不匱。」〔註34〕

　　子曰「祭如在，祭神如神在」。祭祀成為了溝通人神之手段。「祭者，際
也」，有交際之意。即人與所祭祀的對象進行交流。中國是個重祭祀的國度，
於家於國，祭祀都是大事。通過祭祀活動，人們禱告鬼神，請求他們護祐，以
表達自己感恩崇德之心。

2. 以舞降神之巫儺

　　隨著巫術的發展，巫術逐漸分化：一部分成為政治制度，一部分成為宗
教，一部分保存在民間，成為民間巫術，一部分成為技藝。

　　「巫」字在《說文》中的義項與「祝」、「舞」相同，「象人兩褒（袖），舞
形」。《尚書·伊訓》說：「敢有恆舞於官，酣歌於室，時謂巫風。」這種「以
歌舞為職」的巫覡，在上古時候已大為風行。後來他們在進行歌舞活動時，
還要「撞鐘擊鼓，間以絲竹」，「輕步徊舞，靈談鬼笑」，「酣酌翩翩」〔註35〕。
現存的民間歌舞中，許多都是原始宗教巫舞逐鬼驅疫的遺存。「儺」是上古先
民以驅鬼逐疫，酬神納吉為目的的祭祀形式。

　　葛洪《抱朴子》記載，在漢代求雨的祭儀中，群巫們載歌載舞：春旱暴
巫祭共工，小兒舞八丈青龍。夏旱祭蚩尤，壯者舞七丈赤龍。秋旱暴巫祭少
昊，鰥者舞九丈白龍。冬旱求雪，祭玄冥神。舞六丈黑龍。天潦淫雨不止，伐
鼓而攻之以止雨。史書亦載，上有嬖臣李延年以好音見。上善之，下公卿議，
曰：「民間祠尚有鼓舞之樂，今郊祀而無樂，豈稱乎？」公卿曰：「古者祀天地
皆有樂，而神祇可得而禮」。或曰：「泰帝使素女鼓五十弦瑟，悲，帝禁不止，
故破其瑟為二十五弦」。於是塞南越（武帝因平定了南越而舉行酬神祭祀），
禱祠泰一，后土，始用樂舞，益召歌兒，作二十五弦及箜篌瑟自此起。反映了
古代以舞樂祠神之習俗。

　　據說後世巫覡效法的舞步，又稱「巫步」，即始於夏禹。傳說中的夏禹不

〔註34〕班固：《漢書·郊祀志》第五上。
〔註35〕《晉書·列傳》第六十四。

僅是治水的英雄，還是一個大巫。他在治水中兩腿受傷，只能碎步向前挪移，這種步法亦被稱為「禹步」。

巫舞流傳在廣大的地域。漢高祖祭祠天地山川就用了北方的秦巫、晉巫和南方的荊巫、漢巫等。巫教的流傳在很大程度上是運用歌舞娛人，利用巫女的美色，用雜技、幻術、戲曲、繪畫種種藝術手段，為人祐福、驅邪、醫病，有眩人耳目的色彩。「巫」、「舞」同音，「巫，以舞降神者也」。

中國古代有許多本來可能起源於巫術的禮俗，如雲雩、請晴、風、儺疫、迎送氣、辟邪、厭勝、釁禮、盟誓、祝詛、巫蠱、毒蠱、救日月等等。事實上都與祭神、祈禱、禳磔的宗教藝術儀式融為一體。就連顯然是宗教活動的大蠟禮，所頌的蠟辭「土反其宅，水歸其壑昆蟲勿作，草木歸其澤」也帶有明顯的巫術意味。

巫儺文化中有很多以民族藝術形式存在，它以巫師歌舞戲劇為載體，涵蓋了人類發生、原始宗教、民族形成、民情民俗、文學藝術等諸方面的內容，其表現形式又集文學、音樂、舞蹈、戲劇、繪畫、書法、雕刻、剪紙之大成，具有極高的研究和觀賞價值。

（六）藏於宗祝巫史之巫書

1. 古之巫書《山海經》

最早界定《山海經》為巫書的是魯迅，他指出：《山海經》「記海內外山川神祇異物及祭祀所宜、以為禹、益作者固非，而謂因《楚辭》而造者亦未是。所載祠神之物多用糈（精米），與巫術合，蓋古之巫書也，然秦漢人亦有增益」。可見《山海經》是出自巫師方士之手。

古時巫史連稱，巫師即是史官，所以魯迅又說「巫以記神事」。他們主持山川神祇的祭典，上下於天溝通神與人之間的信息，廣泛接觸各種人物，周遊各地進行文化交流，因而積累了豐富的天文、地理、歷史、氏族、宗教、博物等方面的知識，故而具有編著《山海經》的條件。

《山海經》今所傳本十八卷。包括「山經」五卷，「海經」八卷，「大荒經」四卷，「海內經」一卷。《山海經》中有不少關於祠祭的內容。祠儀多由部落領袖或其他威望高的人主持，也可能是巫覡。在《中次十經》中記有用巫覡和祭品的特殊規定，祭祠要用雄雞、糈、羞、酒、璧等，「合巫祝二人舞」。《西次三經》直接引用了巫覡的祝詞。《山海經》由於出自巫師方士之手，故含有大量的巫術內容，如：

　　巫咸國在女丑北，右手操青蛇，左手操赤蛇。在登葆山，群巫
所從上下也。(《海外西經》)

　　有靈山，巫咸、巫即、巫盼、巫彭、巫姑、巫真、巫禮、巫抵、
巫謝、巫羅十巫從此升降，百藥爰在。(《大荒西經》)

記述了以巫咸為首之十巫在「靈山」升降，上通於天之活動。又如：

　　有人衣青衣，名曰黃帝女魃。蚩尤作兵伐黃帝，黃帝乃令應龍
攻之冀州之野。應龍畜水。蚩尤請風伯雨師，縱大風雨。黃帝乃下
天女曰魃，雨止，遂殺蚩尤。魃不得復上，所居不雨。叔均言之帝，
後置之赤水之北。叔均乃為田祖。魃時亡之。所欲逐之者，令曰：
「神北行！」先除水道，決通溝瀆。(《大荒北經》)

這一段神話是描寫巫師驅逐女魃的宗教活動。「神北行」即是巫師的咒語。
炎帝之孫名曰靈恝，靈恝生互生，是能上下於天。(《山海經‧大荒西經》)

　　「靈」即巫，「上下於天」是能通神靈之意，炎帝的這位孫子可能是一位
大巫師，與巫山聚居的古代巫人當有關連。

　　早期的巫師多是生理缺陷或形體異常者，這更增添了巫師的神秘性。如
交脛國：「其為人交脛」；三首國：「其為人一身三首」；三身國：「其為人一首
而三身」；一臂國：「一臂、一目、一鼻孔」。據現今多數論者判斷，這些人都
是巫師。巫師還常以圖騰形象裝飾自己，如奢比之屍：「獸身人面大耳，珥兩
青蛇」；雨師妾：「其為人黑，兩手各操一蛇，左耳有青蛇，右耳有赤蛇」。據
張光直先生研究，這是上古巫師藉以通神，或即重返創世情境的巫術手段。

　　《山海經》還記載了一些著名的巫師及其聚集地，如《海內北經》中的
「蛇巫之山」，《海外西經》謂「巫咸國在登葆山，群巫所從上下也」。登葆山
就是巫師上達民情，下宣神旨的天梯。《大荒西經》謂「炎帝之孫名曰靈恝，
靈恝生互人，是能上下於民」。「上下於民」就是能夠乘著風雨，上天下地。
《海內西經》謂「開明東有巫彭、巫抵、巫陽、巫履、巫凡、巫相，皆操不死
之藥」。這些巫師都能上天下地，還採集了許多能使人長生不老的仙藥。

　　《山海經》所載之神話傳說，山川地理、凶禽怪獸、靡草異木，大都直
接和間接與巫術有關，這一切都為了適應巫術這一社會功能之需要。它敘述
山川及各處山水的動植物產，是為了使巫者瞭解各山主司的神靈、祭祀的方
法、凶吉徵兆，而不是撰寫『地理書』、『博物志』；它敘述上古的片斷史實，
是為了使巫者弄清諸神的起源與傳承、諸神形成的各種體系，其目的決非為

記載述說歷史。

2. 信巫鬼，重淫祀之《楚辭》

楚人好巫，楚人的巫風，在楚辭中留下了大量記錄。朱熹《楚辭集注》說：楚俗「信鬼而好祀，其祀必使巫覡作樂，歌舞以娛神」。〔註36〕

《九歌》通體為巫歌，其中的神都由巫師扮演，用巫音演唱。這組祭神樂歌，描寫了楚越民間盛大的祭祀場面，是巫覡做法對唱的歌詞，用以邀神、娛神、送神，其歌詞情意綿緲。所祭之神鬼有全天至尊神東皇太一、雲中君（雷神、祝融）、大司命、少司命、東君、湘君、湘夫人、河伯、山鬼、國殤。

朱熹在《九歌‧東皇太一》中注云：「太一，神名，天之尊神，祠在楚東」。〔註37〕《九歌》中多次提到的「堂」、「壇」、「房」、「庭」，都是祭祀場所。漢代更注重祭祀場地，《東京賦》《東都賦》《南都賦》《甘泉賦》《長楊賦》等篇中所出現「明堂」、「靈臺」、「祖廟」、「廟祧」、「園丘」、「清廟」的頻數有人統計多達二十餘次，祭祀時辰視所祀對象而異。歡樂的祭祀在吉日良辰，如：

> 吉日兮辰良，穆將愉兮上皇。（《東皇太一》）
>
> 春蘭兮秋菊，長無絕兮終古。（《禮魂》）

說明這個盛大祭祀必在春秋二季之吉日舉行。《九歌》中描寫的神人之間的關係，若即若離，若親若疏，異常微妙：

> 靈偃蹇兮姣服，芳菲菲兮滿堂（《東皇太一》）
>
> 靈皇皇兮既降，「飆」遠舉兮雲中（《雲中君》）
>
> 九嶷繽兮並迎，靈之來兮如雲（《湘夫人》）
>
> 靈衣兮被被，玉佩兮陸離（《大司命》）
>
> 鳴篪兮吹竽，思靈保兮賢「誇」（《東君》）
>
> 靈何惟兮水中；乘白黿兮逐文魚，與汝遊兮河之渚（《河伯》）
>
> 若有人兮山之阿，被薜荔兮帶女蘿；
>
> 既含睇兮又宜笑，子慕予兮善窈窕。（《山鬼》）
>
> 身既死兮神以靈，魂魄毅兮為鬼雄」（《國殤》）
>
> 成禮兮會鼓，傳芭兮代舞；

〔註36〕朱熹：《楚辭集注》，卷二。

〔註37〕朱熹：《楚辭集注》，中華書局重刊影印宋端平本。

　　　　　姱女倡兮容與；

　　　　　春蘭兮秋菊，長無絕兮終古。(《禮魂》)

　　其中，既有迎神曲《東皇太一》，又有送神曲《禮魂》；既有《國殤》中那些為國捐軀的楚國將士，也有如《山鬼》中，脈脈含情、楚楚動人、渴求純真愛情的美麗少女「人鬼」；還有《東君》《雲中君》，《大司命》與《少司命》，《湘君》與《湘夫人》中所詠歎的戀歌神曲。

　　楚人祭典的陳設和祭品很有特色。就陳設而言，僅《九歌》所記，有香案、瑤席、玉瑱、桂舟、蕙綢、蓀橈、蘭旌、桂木翠、蘭栧、玦、佩、帷帳、龍車以及各種香花異草裝飾的房屋和其他多種裝飾用具。祭品也異常講究，不僅豐盛，而且芳潔：

　　　　　蕙肴蒸兮蘭藉，奠桂酒兮椒漿。(《東皇太一》)

　　「蕙」、「蘭」、「桂」、「椒」取其芳潔。肴是肉類的總稱。楚人祭祀是蕙草蒸肉，香蘭為藉。《招魂》中侈陳祭品之豐盛，品種之繁多，為當時中原各國所絕無僅有。楚人的祭酒有「桂酒」、「椒漿」(《東皇太一》)，「瑤漿」、「凍飲」、「瓊漿」(《招魂》)。

　　古代祭祀崇尚整潔。巫師在祭祀前必先齋戒沐浴，衣飾華麗以示虔誠。古人認為：沐浴能祓除不祥，盛其衣飾，是儀禮隆重歡欣鼓舞的表現，如此神方能降臨。《雲中君》：「浴蘭湯兮沐芳，華采衣兮若英」。王逸注云：「靈巫先浴蘭湯，沐香芷，衣五彩衣，飾以杜若之英，以自潔清也」。

　　楚祭祀的場面盛大。據《九歌》所記，以鼓為主。巫合著鼓點載歌載舞，如《禮魂》所描寫的：「成禮兮會鼓，傳芭兮代舞，姱女倡兮容與」。除鼓而外，《九歌》所記的樂器還有竽、瑟、篪、排簫(參差)、鍾盤。楚人用樂因神而異，東皇太一這位至尊神姑且不說，在祭次尊神東君時「緪瑟兮交鼓，簫鍾兮瑤虡，鳴篪兮吹竽」。

　　靈巫邀神、娛神的另一重要手段是「以舞降神」，「歌樂鼓舞以樂諸神」。從《九歌》的描述中，楚人祭祀，歌、樂、舞是同時並舉，融為一體的。在「鍾」「鼓」齊鳴，「竽」「瑟」交奏聲中，身穿姣服的美麗女巫，不僅通身洋溢著沁人心脾的香氣，而且嬌柔無比，光彩照人，令神賞心悅目。他們踩著鼓點，「安歌」以和，「緩節」「應律」而舞。在「芳菲菲兮滿堂」的祭堂之上，以悅耳的樂曲、動聽的歌聲、優美的舞姿和嫵媚的神態酣歌醉舞，使神享受到了更大的快樂，所謂「羌聲色兮娛人，觀者憺兮忘歸」。(《東君》)正如朱熹

《楚辭集注》所說：「舉桴擊鼓，使巫緩節而舞，徐歌相和，以樂神也」。

楚巫的舞姿很有特色，據《九歌》所記，是「偃蹇」（時仰時俯，一腳著地，修袖飛揚，綽約多姿）和「連蜷」（彎曲貌）。據說，楚女擅長「弓腰舞」。「飄逸」、「輕柔」，是楚舞的主要特色。

此外，《國語・楚語》《漢賦》中亦載了楚地區巫覡的產生及其職能：「在男曰覡，在女曰巫」，「民神雜糅，不可方物，夫人作享，家為巫史。」漢興之後，典章制度雖多承秦制，宗教文化則多襲楚風。漢代的郊祀，正是繼承和發展楚地巫風的明證。這些文化現象同樣也深深烙印在漢賦中。

在上古《周禮・春官・大史》《禮記・禮運》等典籍中亦記載了巫覡祭祀占卜的職責：「祝嘏辭說，藏於宗祝巫史」；「王，前巫而後史。」（《禮記・禮運》）；「大史掌建邦之六典……大祭祀，與執事卜日……祭之日，執書以次位常」。（《周禮・春官・大史》）也就是說在祭祀神明的時候，史官也要擔負占卜天命的職責，並要手持典冊站在自己的位置上。而國家的典章也是由「宗祝巫史」掌管，巫師和史官要分別站在國君的前後以輔佐祭祀。

3. 發明神道不誣之《搜神記》

東晉干寶「性好陰陽術數」，稱撰《搜神記》之作乃在「發明神道之不誣」，「幸將來好事之士錄其根體，有以遊心娛目而無遊焉」。於是侈談鬼神，稱道靈異，又附會人事，雜以儒、釋、道三家觀點，其中有許多虛妄怪誕之說。這一方面反映了漢魏六朝時期社會動亂、巫教盛行的歷史事實，一方面也反映了當時人們認識的侷限。正如魯迅先生所說：「蓋當時以為幽明雖殊途，而人鬼乃皆實用。故其敘述異事，與記載人間常事，自視固無誠妄之別矣」。書中因博採奇聞異事，舉凡神仙方術，神靈感應，妖祥卜夢、物怪靈異、神話傳說，無不畢載。被當時人劉惔譽為「鬼之董狐」。

《搜神記》的材料來源如其序中所云：「考先志於載籍，收遺逸與當時」。故書中輯錄了在干寶之前所產生的諸如劉向《列仙傳》、魏文帝《列異傳》、應劭《風俗通》、張華《博物志》之類書中的神怪故事，此外包括子、史諸書中所載的神仙故事，亦有秦漢甚至更古之事。

原始巫教、陰陽五行學說對志怪小說的形成起著思想誘發的作用。這種種原因與後世道教存在著千絲萬縷的聯繫。因此，道教志怪小說便在上古時期出現的《莊子》|《山海經》《汲冢瑣語》等作品中逐步孕育。漢代開始，讖緯故事流行，巫覡之風日盛，當時社會彌漫著求仙的「雲煙」。故而，求仙成

為此間小說創作的主題。

　　實際上志怪小說的作者中有不少就是方士、道士或佛教徒，也有些志怪小說出於文人之手，如張華的《博物志》、干寶的《搜神記》《神異記》的作者王浮是道士，《冥祥記》的作者王琰是佛教徒。志怪小說適應了宗教宣傳的需要，也提供了閒談的資料，因而得以流傳。當時的人對鬼神之事雖然似乎有所懷疑，但卻把這些怪異的故事當成真實的事情來記載，並廣為流傳。魯迅在《中國小說史略》中說魏晉時人「以為幽明雖殊途，而人鬼乃皆實有」，相當程度的掌握了魏晉六朝人的心理實況。如《搜神記》載：

　　　　孫堅夫人吳氏，孕而夢月入懷，已而生策。及權在孕，又夢日入懷。以告堅曰：「妾昔懷策，夢月入懷；今又夢日，何也？」堅曰：「日月者，陰陽之精，極貴之象。吾子孫其興乎？」〔註38〕

　　　　夏陽盧汾，字士濟，夢入蟻穴，見堂宇三間，勢甚危豁。題其額曰「審雨堂」。〔註39〕

《異苑》記曰：

　　　　晉太元十九年，鄱陽桓闈殺犬祭鄉里綏山，煮肉不熟。神怒，即下教於巫曰，「桓闈以肉生貽我，當譎令自食也。」其年忽變作虎，作虎之始，見人以斑皮衣之，即能跳躍嚙逐。〔註40〕

　　志怪小說乃是原始社會巫覡傳統的延伸發展，此種原始傳統，到漢代還造成了有名的巫蠱之禍，牽連了漢武帝太子劉據的被廢與自殺。一直延伸到魏晉，巫覡的傳統並未全然消失；加上道家到漢末以後，演變為道教，穿上了迷信神仙鬼怪的外衣；而佛教自東漢傳入中國，其「六道輪迴」、「因果報應」的思想也在當時大為流行。結合了各種思想，於是魏晉六朝志怪小說不僅呈現了人、鬼、神、仙共處的特異關係與現象，而且這種情況還被寫入了史書中，《晉書‧王坦之傳》曾有記載：

　　　　初，坦之與沙門竺法師甚厚，每共論幽明報應，便要先死者當報其事。後經年，師忽來云：「貧道已死，罪福皆不虛；唯當勤修道德，以升濟神明耳。」言訖不見。

　　魏晉以前所稱的小說，大略包括：神話、歷史傳說、時事、寓言以及民

〔註38〕干寶：《搜神記》，卷十。

〔註39〕干寶：《搜神記》，卷十。

〔註40〕劉敬叔：《異苑》卷八，《隋書‧經籍志》著錄十卷。

間傳說。其中有一大部分已經亡佚；部分則保留在少數幸存於今日的小說，如漢武故事等書中，不過這些書一般認為出於偽託；部分則散見於《山海經》《穆天子傳》《楚辭‧天問》、先秦諸子書、歷史書籍及某些類書，如《法苑珠林》《太平廣記》《太平御覽》與魯迅所搜集編纂的《古小說鉤沉》中。

4. 小說家之淵海《太平廣記》

清朝政府從乾隆三十七年（1772 年）開始，集中當時大批著名的文人學者，以十年的時間修成規模龐大的叢書《四庫全書》，「提要」稱：「古來軼聞瑣事、僻籍遺文咸在焉。卷帙輕者往往全部收入，蓋小說家之淵海也。其書雖多談神怪，而採摭繁富，名物典故，錯出器件，詞章家恒所採用，考證家亦多取所資。又唐以前書，世所不傳者，斷簡殘編，尚間存其什一，尤足貴也」。〔註41〕

這部曾被清代四庫館臣稱作「小說家之淵海」之《太平廣記》，作者李昉（公元 925～996 年），曾參與編修《舊五代史》，並監修《太平御覽》《文苑英華》。《太平廣記》。魯迅道：「宋既平一宇內，收諸國圖籍，而降王臣佐多海內名士，或宣怨言，遂盡召之館閣，厚其廩餼，使修書。成《太平御覽》《文苑英華》各一千卷；又以野史傳記小說諸家成書五百卷，目錄十卷，是為《太平廣記》」。〔註42〕《太平廣記》對於宋前文言小說的保存、傳播起了重大作用。該書採摭宏富，引用書約四百種，自漢、晉至宋初的野史小說，以及釋藏（佛教經典）、道經的某些篇章均收錄，按其內容性質分成九十二類，五十五部，其中神怪故事所佔比重最大。其末有雜傳記九卷，唐神仙（五十五卷），女仙（十五卷），夢（七卷），神（二十五卷），鬼（四十卷），妖怪（九卷），精怪（六卷），再生（十二卷），龍（八卷），虎（八卷），狐（九卷）等。

李昉等在奉詔編撰《太平廣記》後，曾向皇帝上過一表，提到此書宗旨「博宗群言，不遺眾善」，「編秩既廣，觀覽難周，故使採摭菁英，裁成類例」。書中絕大部分小說都是唐代的作品，六朝志怪、唐人傳奇等，有些篇幅較小的書幾乎全部收錄，其中許多原書已經失傳，靠本書而得以流傳。書裏最值得重視的是第四百八十四至四百九十二卷，九卷雜傳記裏所收的《李娃傳》《東城老父傳》《柳氏傳》《長恨傳》《無雙傳》《霍小玉傳》《鶯鶯傳》等，都是唐人傳奇的名篇，最早見於本書。魯迅所輯《古小說鉤沉》和《唐宋傳奇集》，多取材於此書。他在《破〈唐人說薈〉》一文中指出：「我以為《太平廣

〔註41〕《白話太平廣記》，河北教育出版社，1995 年 6 月。
〔註42〕《白話太平廣記》，河北教育出版社，1995 年 6 月。

記》的好處有二，一是從六朝到宋初的小說幾乎全收在內，倘若大略的研究，即可以不必別買許多書。二是精怪，鬼神，和尚，道士，一類一類的分得很清楚，聚得很多，可以使我們看到厭而又厭，對於現在談狐鬼的《太平廣記》的子孫，再沒有拜讀的勇氣」。

《太平廣記》之神怪故事據多，與當時的文化環境有直接的關係。魯迅曾經指出：「宋代雖云崇儒，並容釋道，而信仰本根，夙在巫鬼，故徐鉉吳淑而後，仍多變怪讖應之談，……迨徽宗惑於道士林靈素，篤信神仙，自號『道君』，而天下大奉道法。至於南遷，此風未改，高宗退居南內，亦愛神仙幻誕之書」。〔註43〕這種一方面表示崇儒，另一方面又兼容佛、道二教的態度，在《太平廣記·表》中就有表露，這份由兼修者李昉署名的進書表中說：「臣奉敕撰集《太平廣記》五百卷，伏以六籍既分、九流並起，皆得聖人之道，以盡萬物之情，足以啟迪聰明、鑒照古今。……博綜群言，不遺眾善，裁成類例」。明代著名文學家馮夢龍自稱從年輕時就愛讀《太平廣記》，「喜其博奧」。〔註44〕

四、以詩證史之「海絲、海貿」著述

康熙二十年，尤侗撰《外國竹枝詞》百首，其《歐羅巴竹枝詞》二首，第一首下聯云：「音聲萬變都成字，試作耶穌十字歌」。第二首：「天主堂開天籟齊，鐘鳴琴響自高低。阜城門外玫瑰發，杯酒還澆利泰西（按：泰西應作西泰，利瑪竇字，為趨韻而改。）」居然以天主、耶穌、利瑪竇入詩。反映了天主教文化在中西文化交流史上舉足輕重之地位。

屈大均之《澳門五律》：屈大均（1630～1696），清初廣東著名詩人。順治七年清兵再次攻陷廣州，屈大均削髮為僧，法號今種。屈大均約於順治十五年七月底赴澳門。此次遊澳，屈大均留下了有關澳門的大量詩文，其中最著名的詩有《澳門》五律六首，《望洋臺》五律一首，《廣州竹枝詞》五首。其收錄在《廣東新語》中的《澳門篇》，是他遊歷澳門時所見的真實記錄：「番人列置大銃以守，其居為三層樓，依山高下，樓有方者，圓者……己居樓上，而居唐人其下，不以為嫌。有東望洋寺，西望洋寺，中一寺曰三巴，高十餘丈，若石樓，雕鏤奢麗，奉耶穌為天主居之。有千里鏡，見三十里外塔尖。有顯微

〔註43〕 魯迅：《宋之志怪及傳奇文》，《中國小說史略》第十一篇，齊魯書社，1997年版。
〔註44〕 田若虹《巫覡文化與古典小說的尚鬼重巫》，《藝文論稿·說部文化偶談》，中國戲劇出版社，2007年版。

鏡，見花鬚之明虵，背負其子，子有三四人，以黑氎為帽，相見脫之以為禮，錦毯裹身，無襟袖縫綻之製。腰帶長刀，刀尾拖地數寸，劃石作聲……面甚白，惟鼻昂而目深碧，與唐人稍異。……彼中最重女子，女子持家計，承父資業，男子則出嫁女子，謂之交印。男子不得二色，犯者殺無赦。女入寺，或惟法王所欲，於法王生子，謂之天主子，絕貴重矣」。

（一）海絲視域與宗教小說文化

秦漢以降，海上絲綢之路開通，嶺南作為始發地甚至是惟一通商大港，一直是中外文化交流的平臺，東西方的商業文化、科技文化、宗教文化、政治文化都從這裡登陸引進，近代以來其勢更甚。外來文化給嶺南文化注入新活力。

兩千多年來，除卻大漠裏那條駝鈴叮噹的絲綢之路外，還有另一條藍色的海上絲綢之路，即是從廣州開始，滿載中國的文明和驕傲，揚帆遠航。廣東港口最多。以廣州為中心，東起饒平、潮州、澄海、汕頭、汕尾、惠州、東莞、深圳（包括香港）、珠海、澳門，西至台山、陽江、電白、徐聞、雷州、遂溪、湛江，其港口在不同時期都曾經是海上絲路的始發港或中轉港。

海上絲綢之路最早的出發點是廣東西部的徐聞。《元和郡縣圖志》稱：「（嶺南道・雷州）徐聞縣，本漢舊縣也，居合浦郡。其縣與南崖州澄邁縣對岸，相約一百里。漢置左右候官在縣南七里，積貨物於此，備其所求，與交易有利」。〔註45〕徐聞在漢代已是中國重要的進出口貿易港，是經商致富之地，諺稱，「欲拔貧，詣徐聞」。「交趾」為中國自海上通天竺之途經之地，漢楊雄《交州箴》云：「大漢受命，中國兼該。南海之宇，聖武是恢。稍稍受羈，遂臻黃支。牽來其犀，航海三萬」。所指「黃支」，故地在今印度半島馬德拉斯西南。西漢時即有「黃支國獻犀牛」的記載。〔註46〕晉代王叔之的《擬古詩》寫到：「客從北方來，言欲到交趾。遠行無他貨，惟有風皇子。百金我不欲，千金難為市」。可見交趾在當時為中外貿易之要地，百金、千金之貨皆集於此。

漢代楊孚的《臨海水土記》又名《異物志》，即是一部中西歷史文化交流的重要著述。郭棐《粵大記》曰：「楊孚字孝元，南海人，章帝朝舉賢良，對

〔註45〕宋・王象之：《輿地紀勝》引自李吉甫《元和郡縣圖志》闕卷佚文，卷三。
〔註46〕見《漢書・平帝紀》元始「二年春」條。

策上第，拜議郎」。又云：「復著《臨海水土記》」。〔註47〕《異物志》，成書於東漢，被認為是現存最早的第一部嶺南學術著作。記有異國之地域、人物、職官類，如儋耳夷、金鄰人、穿胸人、西屠國、狼䐑國、甕人、雕題國人、烏滸夷、扶南國、牂牁、黃頭人、朱崖、交趾橘官等。此外還包括：草木類、動物類和礦物類。楊孚《異物志》，志中有贊，均為四言詩體，韻語藻雅，寓意蘊藉，亦被視為廣東詩歌創作之始。屈大均認為，《異物志》亦詩之流也。楊孚身為漢朝議郎，但對嶺南物種作了仔細觀察，無論從博物學、醫藥學、地理學、史學角度來看，都給後人留下了豐厚的遺產。

　　海洋絲綢之路，與海洋貿易的繁榮，為文學創作提供了新的視域、題材，和豐富的素材。嶺南文化的中心地廣州，二百年前，即為千帆競發的繁華商港。當時，歷經長途航行到達中國的外國商船，絕大部分都在黃埔港登岸，船上的貨物再從廣州輸送到全國。陶瓷、絲綢、茶葉等中國特產也從這裡流向世界。據《黃埔港史》記載，從 1757 年至 1837 年，也就是廣州作為「一口通商」外貿口岸的八十餘年間，停泊在黃埔古港的外國商船計有五千一百零七艘。廣州，從這裡開始連通世界。從古代海洋詩詞作者的筆下，我們不難感受到這種喧囂和繁華的氣息。

　　屈大均《廣州竹枝詞》：「廣州城郭天下雄，島夷鱗次居其中。香珠銀錢堆滿市，火布羽緞哆哪絨。碧眼蕃官占樓住，紅毛鬼子經年寓。濠畔街連西角樓，洋貨如山紛雜處。洋船爭出是官商，十字門開向二洋。五絲八絲廣緞好，銀錢堆滿十三行」。〔註48〕

　　這是最早的關於十三行的文字記錄，起了「以詩證史」的作用。匯聚在當時廣州的財富，「銀錢堆滿十三行」。據《千年國門》記載，道光二年，西關大火，燒毀一萬五千餘戶民居、十一家洋行，十三行火燃七晝夜，所存白銀和洋毫統統燒熔，流入水溝，竟結成一條長至二里的銀帶，是為「銀河奇觀」。

　　韋應物《送馮著受李廣州署為錄事》：「大海吞東南，橫嶺隔地維。建邦臨日域，溫燠御四時。百國共臻奏，珍奇獻京師。富豪虞興戎，繩墨不易持」。〔註49〕

〔註47〕明·郭棐：《粵大記》，中山大學出版社，第六百六十七～六百六十八頁，1998年版。

〔註48〕參見：《五千外國商船穿梭古港成就廣州貿易中心地位》，廣州日報，2011年02月12日。

〔註49〕韋應物：《馮著受李廣州署為錄事》，《韋應物詩全集》，《全唐詩》卷一八九。

　　韓愈《送鄭尚書赴南海》：「番禺軍府盛，欲說暫停杯。蓋海旗幢出，連天觀閣開。衙時龍戶集，上日馬人來。風靜鵁鶄去，官廉蚌蛤回。貨通師子國，樂奏武王臺。事事皆殊異，無嫌屈大才」。〔註50〕詩中形象地展現了一幅：「百國共臻奏，珍奇獻京師」，和「貨通師子國，樂奏武王臺」的壯麗、恢弘的畫面。

　　《漢書・地理志》載：「處近海，多犀象、珠璣、銀銅、果布之湊，中國往商賈者多取富焉。番禺一都會也」。〔註51〕古番禺即今之廣州，早在秦漢之際，就已經是一座繁榮的國際性海港城市。廣州河網密布，交通發達。它依仗河流的觸角，將經濟腹地伸到全廣東以至全中國。因此，兩千多年來，作為海上「絲綢之路」最重要的起點，它一直是最繁忙的貿易吞吐大港。正如清代一位外國人所報導的：中華帝國與西方列國的全部貿易都聚會於廣州。中國各地物產都運來此地，各省的商賈貨棧在此經營著很賺錢的買賣。東京、交趾支那，柬埔寨、緬甸、馬六甲或馬來半島、東印度群島、印度各口岸、歐洲各國、南北美各國和太平洋諸島的商貨，也都薈集到此城。這也就為詩人們筆下的盛景提供了真實、豐富的素材。

　　海神信仰與仙話，如《八仙過海》等。八仙傳說「八仙蹤跡居島蓬，會罷蟠桃過海東。大士不為扶山海，龍王安得就深宮」。〔註52〕求仙訪道傳說，如：「石橋東望海連天，徐福東來不得仙。直遣麻姑與搔背，可能留命到桑田」。〔註53〕諷刺了秦始皇海上求仙之妄。又如明藍田《觀海行》：「少嶗山人乘桴來，天地島嶼洪濤洄。三山若無又若有，蜃氣海市成樓臺。下有天吳之窟宅，朝餐朱英夕碧水。安期赤松相經過，縹渺千年憶方格。秦人乘車求神仙，方士樓船去不還」。神龍神話「飄蕩貝闕珠宮，群龍驚睡起，馮夷波激。雲氣蒼茫吟嘯處，驚吼鯨奔天黑」。〔註54〕以及海神媽祖神話：「海若東來神鬼泣，尾閭南瀉魚龍逃」。

　　唐人張籍：「海上去應遠，蠻家雲島孤。竹船來掛浦，山市賣魚鬚」。敘述了南海漁民、海客的海上生涯。

〔註50〕韓愈：《送鄭尚書赴南海》，《韓愈詩全集》，《全唐詩》，卷三四四，第三十四頁。

〔註51〕班固：《漢書・地理志》中華書局，1962年版，第六冊，卷二十八。

〔註52〕明・吳元泰：《八仙》，海洋出版社，第二百一十八頁，2006年版。

〔註53〕李商隱：《海上》，海洋出版社，第六十二頁，2006年版。

〔註54〕宋・張元幹：《念奴嬌・題徐明叔海月吟笛圖》，海洋出版社，第一百二十六頁。

　　宋人楊萬里：「海濱半程沙上路，海風吹起成煙霧。行人合眼不敢覷，一行一步愁亦步。步步沙痕沒芒屨，不是不行行不去」。反映了海岸沙行時的艱難情景。

　　湯顯祖題詠澳門風物詩。萬曆十九年（1591）12月，戲劇家湯顯祖（1550～1616），因貶官去雷州徐聞途徑澳門。在赴徐聞途中，他來到香山澳，見到了許多「碧眼愁胡」的外國商人和漂亮的葡萄牙姑娘，還參觀了「番鬼」們建造的「多寶寺」（即天主之母教堂）。後來在創作《牡丹亭》時，將其在澳門所見所聞記入劇情之中。

　　遊歷澳門期間，他還在詩集中留下吟詠澳門風物的七絕四首。為中國文人最早在澳門創作的文學作品。其一為《聽香山譯者》：

　　　　占城十日過交欄，十二帆飛看溜還。握粟定留三佛國，采香長
　　傍九州山。花面蠻姬十五強，薔薇露水拂朝妝。盡頭西海新生月，
　　口出東林倒掛香。

　　握粟之典，出於《詩經・小雅・小宛》。意為以一把小米給卜人，作為占卜的酬勞。這艘西洋海舶大約和中國海舶一樣，以在神前祈禱、占卜的方式來決定船隻的去留和航路。按照占卜的結果，先在南海古國三佛齋（今印尼蘇門答臘）的港口寄碇停留，然後駛往馬來半島霹靂河口外的九州山，採購龍涎香及其他香料。湯顯祖從當時活躍在澳門的中國通事（香山譯者）的口中，得知西洋海舶亦以占卜的方式來決定航海活動，可以說是中國人對西方航海者的航海保護神崇拜認識的開始。

　　湯顯祖來到澳門的那年，約四十一歲。「花面蠻姬「句，是中國人最早寫下的吟詠葡國少女的詩篇。嬌媚如花的葡國少女，衣裳上噴灑著薔薇露水，少女美麗的面容宛如西海邊上剛升起來的月亮，口中有香氣噴出，使人聯想起爪哇國的倒掛鳥。薔薇露水，即花露水。澳門女郎以花露水化妝，清人吳鏜曾有詩載：「遍將薇露灑香塵，一抹肌衣一抹春。自是寒閨無怨女，天魔爭看散花人」。盡頭西海，意謂葡萄牙人的故土在西海的盡頭。而「倒掛」，是一種爪哇國的鳥，其夜間倒掛，張尾翅而放香。在中國女性依然被深鎖閨中的年代，很難體味這些曼妙的異國少女給湯顯祖帶來的震撼。

　　他在香山欣賞那裝束新潮的「薔薇露水拂朝妝」的葡國少女，他在已被葡萄牙人占住的澳門，與一位「不住田園不樹桑，珢珂衣錦下雲檣」的外國

商人相遇。他還在端州見到意大利傳教士利瑪竇和特·彼得利斯神父，聽過他們「破佛立義」的講道。湯顯祖的這些詩是十六世紀澳門市井生活的形象記載，它在中西文化交流史上留下了值得珍視的一頁。

其二為《香山驗香所採香口號》，詩中描述了「海上香絲之路」時期，中國香料貿易之景況：「不絕如絲戲海龍，大魚春漲吐芙蓉。千金一片渾閒事，願得為雲護九重」。

明朝宮廷對龍涎香以及沉香、降香、海漆諸香等海外香料需求量甚大，「千金一片」說明香料之貴重。「香山驗香所」亦即朝廷設在澳門負責檢驗香料質地之專門機構。當時澳門的風物、人情及華夷貿易之事，已漸為中國的士大夫所留意。

其三為《香嶴逢賈胡》：「不住田園不樹桑，琲珂衣錦下雲檣。明珠海上傳星氣，白玉河邊看月光」。

此處「香嶴」，即香料之嶴意。澳門開埠後，大宗香料運抵澳門，龍涎香、龍腦香、龍舌香、迦南香、檀香、降香、速香、乳香等，形形色色，無一不有，澳門成為海外諸國對中國販賣香料的集散地。

明朝宮廷及上流社會達官貴人也紛紛派人來澳門求購名貴香料，澳門成為名副其實的「香之城」，故湯顯祖稱其為「香嶴」。詩中描述外國商人衣著華麗地下了帆船，他們來自「明珠海」、「白玉河」，他們不耕種田地，不事農桑，專從事著珠寶玉石的貿易。

這三首詩真實地反映了葡萄牙人寓居澳門以後，以澳門為中轉站的海上貿易的繁榮，葡商的富裕，以及萬曆皇帝為求龍涎香在香山設立「驗香所」收購葡人龍涎香的情況，詩人對澳門土生葡人少女美麗的讚揚，對葡萄牙富商奢華氣度的讚賞，為中葡文學交往留下了不可多得的傳世佳句。

此外，馬歡《瀛涯勝覽》、費信《星槎勝覽》、鞏珍《西洋番國志》、嚴從簡《殊域周諮錄》等，亦皆描述了海外異域地理、風情、習俗與物產，如：「船來蠻賈衣裳怪，潮上海鮮鱗口紅」。

屈大均《海水》曰，廉州海中，常有浪三口連珠而起，聲若雷轟，名三口浪。相傳舊有九口，馬伏波射減其六。予有《伏波射潮歌》云：「后羿射日落其九，伏波射潮減六口。海水至今不敢驕，三口連珠若雷吼」。〔註55〕屈大均

〔註55〕屈大均：《海水》《廣東新語》，卷四。

的《採珠詞》，則描寫了嶺南合浦沿海人採珠、曬珠之境況：「合浦清秋水不波，月中珠蚌曬珠多。光含白露生瓊海，色似明霞接絳河」。

清人王士禎的《廣州竹枝詞》：「潮來濠畔接江波，魚藻門邊淨綺羅。兩岸畫欄紅照水，蛋船爭唱木魚歌」。描述了珠江上，紅船戲水的繁華景象。〔註56〕

供奉於廣州純陽宮觀之嶺南古代著名學者楊孚，其觀中存有楊孚詞和清獻詞。楊孚是東漢時代番禺人，漢章帝時為議郎，後隱居鄉中從事著述，著有《南裔異物志》，這是歷史上第一部記述嶺南風土物產的志書，書中多有關於南海海上奇觀，與海外的奇聞異事的記載。這也是我國有關異物志的第一書，是粵人著述存於史志之第一人。

（二）經略海洋的心理模式：涉海題材小說

嶺南海洋小說流傳較早的主要有明代馮夢龍的《情史·鬼國母》〔註57〕，與署名「庾嶺勞人」之《蜃樓志》等。前者，敘述了建康巨商揚二郎，數販南海。累資千萬。後遇風暴，沒於海中，與鬼國之奇遇。兩年後，其家人為之招魂，「數年始復本形」之事。《蜃樓志》又名《蜃樓志傳倚》，作者署名「庾嶺勞人」。共二十四回，現存嘉慶九年（1804）刻本。故事描寫了明嘉靖年間，廣州十三行富商蘇萬魁與其子蘇吉士、粵海關監督赫廣大、土匪頭子摩剌、蘇吉士的業師李匠山、義士姚廣武等人之間的矛盾和爭鬥。這是一部諷刺清廷腐朽之作。儘管明朝並未出現粵海關和十三行，僅有廣東市舶司與三十六行，故事卻以粵海關為人物活動背景，具有濃鬱的粵地域色彩。

歷代潮汕以海洋為題材的文學體裁，以其時代獨特的對外開放的社會背景，詮釋著海洋這個神秘的世界。主要內容有：經略海洋的心理模式；寄情海洋的情感世界；崇尚海洋的英雄氣勢；讚美海洋的瑰奇壯闊，與跨越海洋的文化交流等。潮人在新加坡先後出現過《荒島》《洪荒》和《新航路》等二十多種華文文學報刊，開闢了華文海外文學的重要園地。而潮人在新加坡直接參與從事的華文文學創作，他們所創作的小說、新詩、散文、文學評論等，更是直接推進了海外華文文學浪潮的興起。如涉海題材，歷代描寫媽祖傳說

〔註56〕參見：田若虹《嶺南詩詞中的海洋文化印象》，《五邑大學學報》第十四卷第四期。

〔註57〕《情史》一名《情史類略》，又名《情天寶鑒》，為明代馮夢龍選錄歷代筆記小說和其他著作中的有關男女之情的故事編纂成的一部短篇小說集，全書共二十四類，計故事八百七十餘篇。中國廣播電視出版社，2005年版。

的小說《天妃出身濟世傳》《三寶太監西洋記通俗演義》（明）羅懋登撰，其中大多情節都與媽祖相關。如書中第二十二回寫道：「只聽得半空中，那位尊神說道：『吾神天妃宮主是也。奉玉帝敕旨，永護大明國寶船。汝等日間瞻視太陽所行，夜來觀看紅燈所在，永無疏失，福國庇民』」。

明代鄭和在其著《通番記》裏也寫道：「值有險阻，一稱神號，感應如響，即有神燈燭於帆檣，靈光一臨，則變險為夷，舟師恬然，咸保無虞」。書中第二十二回有「天妃宮夜助天燈，張西塘先排陣勢」，二十卷九十八回「水族各神聖來參，宗親三兄弟發聖」，第一百回有「奉聖旨頒賞各宮，奉聖旨建立祠廟」等。

明萬曆年間建陽林熊龍峰刊行的《新鐫出像天妃出身濟世傳》，又名《天妃娘媽傳》或《新刻宣封護國天妃娘娘出身濟世傳》，全書分為上下二卷，共三十二回，寫於萬曆年間（1573～1615）。「如書中第一回有「鱷猴精碧苑為怪」，第二回「玄真女叩闕傳真」，第十回「玄真女湄洲化身」，第十五回「林二郎兄妹受法」，第三十一回「天妃媽收服鱷精」，第三十二回「觀音佛點化二郎」等。明末崇禎年間（1624～1644）有陸雲龍撰《新鐫出像通俗演義遼海丹忠錄》，其中第十八回「大孝克仲母節，孤忠上格天心」，也提到媽祖許多神跡顯應的故事。近代文人林紓（1852～1924），一九一七年二月他自著三部戲曲作品，其中一部是十一場的《天妃廟傳奇》。這部戲曲以江蘇松江地區天妃廟為背景，描寫清光緒年間留學日本的假洋鬼子搗毀天妃廟神像，引起集資數年修建天妃廟的商人們的憤怒，從而導致軍閥的干涉，以及軍閥內部的鬥爭。

近代媽祖題材的劇目有《天妃降龍全本》，描述天妃降伏東海龍王的神話故事。其中一折劇目《媽祖出生》，內容是有關媽祖誕生之顯聖先兆的傳說。上世紀五十年代末創作的神話戲劇《媽祖志》，亦將媽祖形象搬上舞臺。〔註58〕

（三）寄情海洋的情感世界：海神信仰與仙話

仙話是中國所獨有的一種特殊神話，學界通常認為是戰國時代由道教對原始神話加以改造利用的結果，其以長生不死與快樂自由為宗旨，仙性大於神性。其人物系統與演變主要與東方海洋文化相關，如蓬萊仙話已為道家仙話之代名詞。而《山海經》所記載的五位水神，其中一半都演變成神話小說

〔註58〕田若虹：《近二十年以媽祖信仰為核心的媽祖文化圈研究》；《中華海洋意識與媽祖文化》，《中國文化月刊》2007年3月。

之中的神格神，如《封神演義》中的巫支祁；《西遊記》當中的四海龍王的範本計蒙等。

古代流傳的仙話系統主要包括：蓬萊、徐福、八仙、麻姑仙話，媽祖、神龍、海若、付波神話等。

1. 蓬萊仙話

「蓬萊山」相傳為仙人所居之處。《山海經・海內北經》：「蓬萊山，在海中。有仙人，宮室皆以金玉為之，鳥獸盡白，望之如雲，在渤海中也」。

《後漢書・竇章傳》：「是時學者稱東觀為老氏臧室，道家蓬萊山。」李賢注：「蓬萊，海中神山，為仙府，幽經祕錄並皆在焉」。

又傳：蓬萊山在渤海中，由三座山組成，包括蓬萊、方丈、瀛州。

《史記・秦始皇本紀》曰：「齊人徐市等上書，言海中有三神山，名曰蓬萊、方丈、瀛州，仙人居之」。

《封禪記》亦云：「自威、宣、燕昭使人入海求蓬萊、方丈、瀛州，此三神山者，其傳在渤海中，去遠，患且至，則船風引而去。蓋嘗有至者，請仙人及不死之藥皆在焉。其物禽獸盡白，黃金銀為宮闕。未至，望之如山，及到，三神山反居水下。臨之，風輒引去，終莫能至云。」

唐・李白《古風》之四八：「但求蓬島藥，豈思農扈春？」

唐・駱賓王《海上書懷》：「鬱鬱蒼梧海上山，蓬萊方丈有無間。舊聞草木皆仙藥，欲棄妻孥守市闤。」

李煜《菩薩蠻》：「蓬萊院閉天台女，畫堂畫寢人無語。」

辛棄疾《遊武夷》：「蓬萊枉覓瑤池路，不道人間有慢亭。」

晏幾道《踏沙行》：「綠徑穿花，紅樓壓水，尋芳誤到蓬萊地。」

吳文英《瑞鶴仙》：「寄殘雲，剩雨蓬萊，也應夢見。」

嚴羽《滿江紅》：「日近觚稜，秋漸滿，蓬萊雙闕。」

白居易《西湖晚歸回望孤山寺贈諸客》：「到岸請君回首望，蓬萊宮在海中央。」

杜牧《偶題》：「今來海上升高望，不到蓬萊不是仙。」

清・唐孫華《同年沉昭嗣明府談杭州西溪之勝》：「桃源與蓬島，仙界疑未遙」。

清・孫枝蔚《壽汪生伯先生閔老夫人》：「何名西王母，何處蓬萊山」。

清・屈大均《廣東新語》：「蓬萊有三別島，浮山其一也。太古時，浮山自東海浮來，與羅山合，崖峭巑一。然體合而性分，其卉木鳥獸，至今有山海之異，浮山皆海中類云……或曰：羅山亦蓬萊一股，故浮來依之。羅主而浮客，客蓬萊而依主蓬萊，故袁宏、竺法真作《登山疏》，皆言羅而不及浮，言主而客在其中也」。〔註59〕

又曰：「浮山乃蓬萊一股，是必此山無根，隨風來往，故方士可望不可即。其與羅山合也，浮而遂定，故其東麓、北麓有二小山，皆名浮定，謂昔浮而今定也。」

2. 徐福求仙神話

道教的基本信仰和修煉方法即希望通過修煉能夠得道成仙，長生不死。道教不僅信仰神仙，還信仰鬼神，因此從這種宗教信仰出發可以分為兩派——丹鼎派和符籙派。丹鼎派通過煉丹、吞吃仙丹而成仙。符籙派是通過畫符、念咒等方式來驅使鬼神，治病、消災等。皆從古代巫術發展而來。

力士徐福求仙的神話最早見於《史記》的「秦始皇本紀」和「淮南衡山列傳」（其在秦始皇本紀中稱「徐巿」，在淮南衡山列傳中稱「徐福」）。據《史記》「秦始皇本紀」記載，秦始皇希冀長生不老。

秦始皇二十八年（前219年），徐福上書說海中有蓬萊、方丈、瀛洲三座仙山，有神仙居住。於是秦始皇派徐福率領童男童女數千人，以及已經預備的三年糧食、衣履、藥品和耕具入海求仙，耗資巨大。但徐福率眾出海數年，並未找到神山。

秦始皇三十七年（前210年），秦始皇東巡至琅岈，徐福推託說出海後碰到巨大的鮫魚阻礙，無法遠航，要求增派射手對付鮫魚。秦始皇應允，派遣射手射殺了一頭大魚。後徐福再度率率數千童男女出海。

關於徐福所要尋訪的蓬萊、方丈、瀛洲三座仙山，《史記》「封禪書」只是說在渤海中。而《史記》「淮南衡山列傳」，對徐福東渡之事有較詳細的描述，其中包括徐福從東南到蓬萊，與海神的對話，以及海神索要童男童女作為禮物等事。

蘇軾《寓居合江樓》：「海山蔥朧氣佳哉，二江合處朱樓開。蓬萊方丈應不遠，肯為蘇子浮江來」。紹聖元年（公元1094年）四月，新黨執政，蘇東

〔註59〕清・屈大均：《廣東新語》（卷三，山語・羅浮）。

坡以「譭謗先帝」之罪名，被貶為「寧遠軍節都副使惠州安置」。蘇東坡到惠州後初居合江樓，讀書之外，每日陶情山水，觀賞風景，遐想連篇，彷彿眼前即是蓬萊仙境。

李商隱《海上》，反映了求仙訪道傳說：「石橋東望海連天，徐福東來不得仙。直遣麻姑與搔背，可能留命到桑田」。諷刺秦始皇海上求仙之妄。

八仙傳說，最早見於《太平廣記》，經民間流傳，內容不斷豐富。明代吳元泰創作小說《八仙出處東遊記傳》，始正式確定八仙之名為漢鍾離（鍾離權）、張果老、韓湘子、鐵拐李、曹國舅、呂洞賓、藍采和與何仙姑。八仙過海傳說把獨具特色的「仙文化」與濃厚的世俗人情有機地融合在一起，是膾炙人口的山海傳奇。八位仙人分別是世俗社會不同階層的代表，八仙傳說具有濃鬱的人文色彩和地域風格，吳元泰《八仙》亦反映了「八仙」傳說：「八仙蹤跡居島蓬，會罷蟠桃過海東」。

3. 海神「海若」神話

海若故事最早見於《莊子‧秋水》篇。通過河伯與海若的對話，刻畫了孤陋寡聞之河伯，與大方之家海神「北海若」之形象。河伯在未見到北海之前「欣然自喜，以天下之美為盡在己」。其後，至於北海，「東面而視，不見水端」，「始旋其面目，望洋向若」發出自歎弗如的感慨：

> 秋水時至，百川灌河。涇流之大，兩涘渚崖之間，不辯牛馬。於是焉，河伯欣然自喜，以天下之美為盡在己。順流而東行，至於北海。東面而視，不見水端。於是焉，河伯始旋其面目，望洋向若而歎曰：「野語有之曰：『聞道百，以為莫己若』者，我之謂也。且夫我嘗聞少仲尼之聞，而輕伯夷之義者，始吾弗信，今吾睹子之難窮也，吾非至於子之門，則殆矣，吾長見笑於大方之家」。

繼莊子《秋水》篇，同類題材的又如南朝鮑照《望水詩》：

> 臨川憶古事，目屬千載想。河伯自矜大，海若沉渺莽。

宋代王安石《謝知江寧府第二表》：「秋水方至，因知海若之難窮」。

明代徐渭《十八日再觀潮於黨山》：「秋水自生幻，海若安措手」。

屈原《楚辭‧遠遊》中，有使湘水之神鼓瑟，令海神與河伯合舞助興之句：「使湘靈鼓容瑟兮，令海若舞馮夷」。王逸注：「海若，海神名也。」洪興祖補注：「海若，莊子所稱北海若也」。

章炳麟《訄書‧原教下》：「海若者，右倪之龜也，以為瀛之神」。

　　民間亦有對聯：「九河橫流歸海若，孤峰俯眺懾天吳」。

　　「海若」亦有「若水」之名：據《呂氏春秋・仲夏紀・古樂》卷五記載：古帝顓頊生在若水，住在空桑，他登上帝位，德行正與天合：「帝顓頊生自若水，實處空桑，乃登為帝，惟天之合」。顓頊喜好八方純正之風運行時發出的聲音，乃令飛龍作樂，摹仿八方的風聲，樂曲命名為「承雲」，用以祭祀上帝：「惟天之合，正風乃行，其音若熙熙淒淒鏘鏘。帝顓頊好其音，乃令飛龍作效八風之音，命之曰《承雲》，以祭上帝」。顓頊令魚單領奏樂曲，魚單即仰面躺下，用尾巴敲打著自己的腹部，發出和盛的樂音：「乃令魚單先為樂倡，魚單乃偃寢，以其尾鼓其腹，其音英英」。

　　明代袁可立《仲夏登署中樓觀海市・並序甲子》，亦抒發其與海若海神之因緣：「仲夏念一日，偶登署中樓，推窗北眺，於平日滄茫浩渺間儼然見一雄城在焉。因遍觀諸島……世傳蓬萊仙島，備諸靈異，其即此是歟？自己歷申，為時最久，千態萬狀，未易殫述。豈海若緣余之將去而故示此以酬夙願耶？因作詩以記其事云」。

　　此外，張元幹《念奴嬌・題徐明叔海月・吟笛圖》反映了神龍神話：「群龍驚睡起，馮夷波激。雲氣蒼茫吟嘯處，驚吼鯨奔天黑」。查慎行《海潮歎》反映了海神媽祖神話：「海若東來神鬼泣，尾閭南瀉魚龍逃」。屈大均《海水》反映了伏波神話：「予有《伏波射潮歌》云：『后羿射日落其九，伏波射潮減六口。海水至今不敢驕，三口連珠若雷吼』。」